AF353822

México en 2070

-Viajando a un futuro mejor-

Primera Edición: diciembre 2021

© Jorge Sánchez Zarza, 2021
© Ediciones de Autor Editorial, 2021

ISBN *México en 2070 -Viajando a un futuro mejor-*: 978-607-9402-47-1

Diseño editorial y de portada: Ediciones de Autor Editorial

México en 2070

-*Viajando a un futuro mejor*-

Jorge Sánchez Zarza

Ediciones de Autor Editorial

Índice

Agradezco a mi esposa e hijo por su insistencia para terminar esta obra.

A "Newt", nuestra mascota, que me acompañó mientras escribía y, por desgracia, murió trágicamente justo cuando escribía los últimos capítulos. Le dedico algunas líneas, esperando que sirvan para reflexionar sobre el cuidado de las mascotas y animales de compañía que tanto bien nos hacen a los seres humanos.

A quienes me apoyaron directa o indirectamente para realizar esta obra que finalmente ha salido a la luz.

¡Mil gracias!

Prólogo

Al hablar del futuro hay dos maneras de referirse a él, sobre todo cuando pensamos en las condiciones que tendrá el mundo. La primera forma sería la visión pesimista y catastrófica, basada en los malos momentos por los que pasa el mundo en general y que parece presagiar que, si el presente es malo, tal vez el futuro será peor.

La segunda forma de hablar del futuro sería la ideal, pensando en un futuro positivo en el cual el pasado y el presente son la experiencia de la cual aprendemos para no repetir los errores cometidos, frenar y corregir el presente para tener el futuro que anhelamos y que sea mucho mejor de lo que imaginamos.

Este libro tiene una visión positiva sobre el futuro, una visión que parte de la idea de que el futuro se construye en el presente. Es hoy cuando debemos actuar para evitar que los problemas que afectan a la Tierra empeoren. Ya vemos cómo la naturaleza nos cobra la factura y se trata de evitar que el daño sea irreversible.

Podemos cambiar el mundo para nuestro beneficio, creyendo que si todos ponemos manos a la obra los pequeños cambios en la forma de pensar y actuar que hagamos en este momento nos permitirán un mejor modo de vivir, así como la posibilidad de heredar a las generaciones futuras un mundo totalmente diferente.

Considero que la vida será mejor a medida que apliquemos valores humanos en lo que hacemos. Hoy estamos en un momento en el cual la tecnología y la transformación del mundo suceden de manera materialista y poco ética; se están pasando por alto valores fundamentales como el respeto a los demás y al medio ambiente; se privilegian el dinero y las comodidades y se desprecian otros bienes tan o más importantes. *No se puede hablar de un verdadero progreso de la humanidad, si no se respetan los derechos de los demás y se sigue destruyendo el medio ambiente.*

Con este libro se pretende aportar a la reflexión y a la creación de una conciencia que ponga en el centro lo siguiente: solo tenemos un planeta, nuestra Tierra es única, es un regalo de la naturaleza o de quien quiera que nos la haya otorgado, si acaso creemos en algún ser superior o deidad. Es nuestro deber cuidar y preservar este sitio, para que lo disfruten las generaciones que vienen. Debemos asumir que nuestro modo de actuar es egoísta y que le estamos causando daños al mundo que no solo ponen en riesgo al planeta, sino a nosotros mismos.

Tenemos que reflexionar en el daño terrible que hemos provocado a partir del desarrollo tecnológico y el crecimiento desmesurado de la humanidad, todo lo cual ha pasado rápidamente en unas cuantas decenas de años. Somos los herederos directos de generaciones que propiciaron daños mayores al planeta, daños que rebasan por mucho a los daños que miles de años de existencia humana no realizaron.

En esta era de conocimiento y grandes avances de tecnología, debería ser también la era de la conservación y preservación del planeta. Si el conocimiento y la tecnología no nos ayudan a mejorar la vida que heredamos de nuestros ancestros, algo estamos haciendo mal.

A lo largo de esta obra planteamos que el desarrollo tecnológico y el conocimiento que hemos alcanzado en el presente ayudará a conseguir un mundo mejor si lo utilizamos de manera correcta. No es una utopía, sino un mundo al que muchos aspiramos y cuya consecución será difícil si no la iniciamos hoy, aquí y ahora todos cuantos estamos en el mundo.

La labor de cambio se debe iniciar desde todos los ámbitos: la sociedad civil, las empresas y gobiernos. Solo con la suma de muchos granitos de arena podremos formar ladrillos que construirán un mundo diferente en el que el equilibrio entre el ser humano y la naturaleza sea la norma.

Jorge Sánchez Zarza

Introducción

La historia se desarrolla en el México del 2070, el cual es un mundo mejor del que tenemos actualmente. Se muestra el progreso en todos los aspectos: desde el resurgimiento de los valores humanos, hasta el aprovechamiento de la tecnología.

Los protagonistas son los miembros de una familia cuyo modo de vivir correspondería al modo de ser de los habitantes del 2070 de la clase media promedio. Viven desahogadamente, están preparados académica y profesionalmente. Están satisfechos de sus logros y contribuyen para que otros consigan la satisfacción de sus necesidades y sueños.

La historia se narra de manera cronológica a lo largo de 50 años, comenzando en el presente y toda la trama se desarrolla a partir de viajes que los protagonistas realizan en ese año en particular. Los viajes son variopintos, incluyen un viaje de trabajo del protagonista principal, quien es un alto ejecutivo de ventas en una empresa de soluciones tecnológicas, por lo que el viaje da pretexto para hablar de la tecnología que el futuro nos depara.

El siguiente viaje es un paseo escolar, en el que se visualiza el sistema de educación y la importancia de la convivencia presencial para los estudiantes, así como la trascendencia de las actividades extraescolares para complementar la formación de niños y jóvenes.

Hay viajes familiares, en los que la familia aprovecha las oportunidades del mundo globalizado: facilidad para desplazarse; oportunidad de vivir en cualquier parte del planeta y trabajar también desde cualquier lugar. Las familias han sido separadas por la distancia física y por sus actividades, pero siguen unidas por el cariño y las buenas relaciones, por la comunicación y las reuniones especiales.

Por último, quedan los viajes de esparcimiento, tema central de la obra, pues es el momento en que la familia viajará a un lugar que hoy parece lejano e inaccesible, pero que en 50 años será totalmente cercano y accesible.

El recorrido temporal se hace exponiendo la situación actual y el proceso para realizar los cambios que mejorarán las condiciones del mundo, donde se presenta una narración del futuro esperado.

Es una invitación a cerrar los ojos y a imaginar que viajamos en el tiempo y que encontraremos un mundo en el que, en cuanto a *valores* y *educación*, ha formado mejores ciudadanos cuya base primordial es el respeto y el trabajo en equipo. Pese a que casi toda la educación se realiza vía remota, prepara a los habitantes del mundo en competencias y la tecnología se ha vuelto verdadero factor de acercamiento y acceso al conocimiento.

En cuanto a las *comunicaciones*, son tan buenas que pueden llevar voz y datos a otros planetas. El Internet es gratuito y accesible para todos, pues la conexión inalámbrica está en todas partes. Los medios de transporte por tierra, agua y aire se han desarrollado a tal grado que son silenciosos y muy rápidos, además de no emitir partículas contaminantes.

El *campo mexicano* será un campo con semillas mejoradas, sistemas de riego, fertilizantes y sistemas de distribución bien manejados que darán a México la autosuficiencia alimentaria. Se exportarán granos y la producción además se usará para producir biocombustibles que ayudarán a mantener un medio ambiente más saludable.

El desarrollo de la *tecnología* se verá en la gran cantidad de máquinas, enseres domésticos inteligentes y robots que ayudarán al hombre en muchas actividades, haciendo la vida humana más fácil y práctica.

La *medicina* habrá alcanzado niveles de control de enfermedades y se ha pasado de los tratamientos a la prevención de las enfermedades. Será una medicina 100% personalizada, expedientes médicos únicos y electrónicos para todos, generados antes del nacimiento por sistemas de salud públicos y privados a la vanguardia técnica y médica al alcance de toda la población.

Las nuevas y funcionales maneras de acercarse a los productos y servicios harán evolucionar el *comercio*. Se eliminarán los procesos que dificultaban la venta y distribución de mercancías, productos y servicios, pues estarán disponibles en puntos de consumo, lo que evitará los desplazamientos y la pérdida de tiempo. Se ahorrará energía y combustible en los traslados a los puntos de venta, llegarán directos al consumidor final.

El *turismo* estará desarrollado al máximo en la mayoría de los países del mundo. De hecho, la premisa principal es que los viajes son una manera de aprender y conocer, además de que la posibilidad de viajar incluirá, también, a lugares fuera de la Tierra. No hay fronteras en el espacio, que será un lugar para visitar por diversión o por trabajo.

El 2070 será un año en el que el *deporte* seguirá practicándose. Se practicarán todos los deportes, costosos y baratos, con las mejores condiciones, pues se contará con lo necesario para construir las infraestructuras necesarias para practicarlos, así como habrá facilidades para asistir a las competencias. México destacará, habrá dejado de lado el *ya merito…* El *no se pudo* y el *jugaron como nunca y perdieron como siempre*, pues los resultados serán obtenidos. En la celebración del centenario del Mundial de Fútbol de 1970 se organizará, por cuarta vez, el Mundial de Fútbol México 2070.

Aficiones y prácticas controversiales como las corridas de toros y las peleas de gallos no han sido prohibidas, pero se han modificado aplicando la ciencia y la tecnología, lo que permite tener espectáculos agradables y no violentos contra los animales.

En cuanto a la *política*, para 2070, se cuenta con un sistema mejorado de elecciones, el cual incluye variaciones en las campañas políticas, adaptadas a la época. El Congreso es mucho más sencillo y proactivo, revalorando al político de carrera y con un sistema de partidos cuyo interés va más allá de la consecución del poder. Se trata de una política realmente basada en el servicio público y de verdadera representación popular.

Se debe partir del hecho de que la sociedad que se presenta es una sociedad nueva, cuyos valores humanos son incompatibles con la corrupción y el abuso. En el México del 2070 que vislumbramos, no son necesarias las comisiones de derechos humanos y las guerras están cada vez más lejanas. Los movimientos migratorios dejaron de realizarse por necesidad o para escapar de las condiciones de inseguridad. La migración se realiza como parte de un plan para acceder a oportunidades nuevas en un mundo donde los derechos son respetados.

Uno de los principales problemas del México previo a esta visión había sido la *inseguridad* y la mala *situación económica*. Sin embargo, para el futuro estas situaciones han sido resueltas. El camino a la solución no fue fácil, pero la práctica de valores humanos mejoró la economía y dio como resultado la posibilidad de crear cientos de miles de empleos formales bien remunerados. Conforme se concientizó a la población y se aplicaron las leyes, México se volvió un país libre de inseguridad.

En cuanto a la *infraestructura*, las ciudades han sido replanteadas, adaptando sus espacios a los nuevos medios de transporte. Hay estrictos reglamentos de construcción que favorecen los espacios verdes. Hemos aprendido a convivir y a conservar la flora y la fauna. Ya no hay ciudades contaminadas y hemos aprendido a manejar los desechos y las aguas negras. Las ciudades nuevas cuentan con prolíficas fuentes de energía limpia, las que han dejado en el olvido el desorden del pasado de las grandes ciudades.

Para el 2070 contamos con un gran sistema aeroportuario en el centro del País; se han rescatado y modernizado los sistemas de ferrocarriles tanto de carga como de pasaje y se ha construido, por fin, el tan esperado canal en el Istmo de Tehuantepec, que compite con el Canal de Panamá y es una obra colosal e importante para México y el mundo, ya que facilita el comercio global.

Esperamos que esta obra sea motivo de inspiración para aquellos que hoy están construyendo el futuro de México. ¡Sí podemos soñar un México mejor y moderno!

De la ciudad de los palacios
a la ciudad de los rascacielos

Las ocho de la mañana de un lunes. Segunda semana de diciembre. Año 2070. Una bruma espesa cubre la zona poniente de la Ciudad de México, los rayos del sol invernal tratan inútilmente de filtrarse a través de ella. Esta batalla se hará más fuerte durante los siguientes minutos: la neblina resiste, aliada con la brisa ligera y el sol se acompaña por un vientecillo que finalmente ayuda a vencer a la neblina. Aparecen los rayos del sol.

La brisa golpea los ventanales de un alto edifico ubicado en una exclusiva zona, famosa desde hace décadas por albergar edificios de oficinas y departamentos de lujo.

En la ventana del piso 53 de un edificio en una calle arbolada, el Ing. Daniel Moreno observa la lucha entre la brisa y la neblina. Él trabaja para una compañía internacional con oficinas corporativas en Tokio Japón, dedicada a la producción en serie de robots especialistas en trabajos pesados. Estos robots realizan actividades que antiguamente habían realizado los humanos, pero cuyo esfuerzo físico era tan grande que provocaban enfermedades y riesgos para la integridad física. Los robots son utilizados para la minería, la explotación de petróleo en los mares, los trabajos con asbesto y otros materiales tóxicos y labores pesadas en la agricultura.

Empresas como la de Daniel, con sus constantes innovaciones a través de los años, han representado una valiosa contribución al desarrollo de la humanidad.

Aunque los robots comenzaron a proliferar a partir de finales del siglo XX y principios del XXI, la industria repuntó años más tarde y en la actualidad estos equipos son indispensables para las actividades humanas. Influyó en su proliferación la escasez de mano de obra humana, pues con el paso de los años de disminución de la población, también disminuyó la población apta para el trabajo. No había manos fuertes y jóvenes y las necesidades de producción seguían siendo inminentes.

La empresa de Daniel es un verdadero emporio dedicado a facilitar las actividades humanas. En sus albores, este tipo de empresas satisfacía las necesidades de empresas dedicadas a la producción en serie o de trabajo pesado y de alto riesgo. Sin embargo, tras la intervención del Gobierno, su uso se expandió masivamente. Se pasó de un puñado de actividades a muchas más que fueron desde la explotación del petróleo y los recursos naturales hasta la producción de la riesgosa energía nuclear.

Después del 2050, el uso de los robots ha crecido exponencialmente: en la salud, en la agricultura y en las actividades diarias tanto comunitarias como del hogar. Incluso hay robots especializados en el cuidado de enfermos y en la educación, así como robots cirujanos.

Aplicaciones en Robótica es una empresa internacional con oficinas en muchos países del mundo: en los principales países de Asia, Europa, América y África; en América del Norte cuenta con una Dirección Regional ubicada en Nueva York, desde la cual se atiende a los Estados Unidos, Canadá, Alaska y Groenlandia.

En América Latina tiene oficinas en ocho países y la Dirección Regional se ubica en la Ciudad de México en la zona de Santa Fe en la torre de cristal en los pisos 53 y 54.

Es un lugar con espacios confortables para trabajar, donde convive personal de ventas, personal técnico y directivo. El edificio cuenta con una amplia zona de acceso: en sus tres flancos de cristal hay amplios ascensores para la comodidad de todos. Algunas compañías incluso cuentan con sus ascensores exclusivos, por lo que el personal de Aplicaciones en Robótica llega directamente a sus pisos de trabajo, justo los últimos pisos.

Las oficinas son espaciosas y cuentan con lo necesario para trabajar: salas de juntas, baños, sitios de descanso, comedor, lugares informales y compartidos para trabajar y un pequeño auditorio, pues ya no hay reuniones masivas de personal.

Después del 2020, los grandes corporativos redujeron los espacios de sus oficinas para ahorrar rentas y hacer eficiente el uso del espacio. Cada vez las oficinas se hicieron más pequeñas, para lo cual también ayudó la reducción de documentos en papel y archivos, así como muebles y estanterías para su almacenaje. El papel se sustituyó por los medios electrónicos. En lugar de un espacio para archivo, se pudieron construir áreas colaborativas y el trabajo remoto y virtual dentro de la nube fueron popularizándose y resultaron los grandes aliados de la revolución que cambió la concepción del trabajo en las oficinas.

Los libros, revistas y volúmenes enciclopédicos solo se conservan como parte de la historia, como recuerdo de una época que pasó.

En la década de los 20's, la tendencia de la reducción de espacios y el teletrabajo se volvieron moda, al grado que empresas con cientos de empleados pudieron operar en espacios de apenas unos cuantos metros cuadrados, donde personal operativo y administrativo realizaba actividades de enlace en tiempo real y donde eventualmente se realizaban reuniones o juntas, sobre todo para fomentar la convivencia directa entre seres humanos, que también es importante.

Al dejar de haber empleados transportándose hacia su trabajo, las condiciones de tránsito en las ciudades mejoraron. Aquellos cuyas actividades implicaban desplazamientos, pudieron realizarlos en menor tiempo y más fácilmente, así que todos se beneficiaron y eventualmente la calidad de vida mejoró. El estrés que producía el desplazarse y el convivir con grandes masas de seres humanos se redujo y eso fue benéfico.

Sin embargo, un problema nuevo surgió, pues la falta de convivencia entre seres humanos provocó el aislamiento y la falta de empatía. Algunos se deprimieron, pues no debemos olvidar que los seres humanos somos seres sociables, y hubo la necesidad de reformular la manera en la que hacíamos las cosas. Hubo un auge de los terapeutas y psicólogos y las empresas y escuelas favorecieron actividades donde se permitiera la convivencia directa entre la gente. La educación que casi por dos décadas se llevó casi al 100% desde casa, ahora incluye materias presenciales en todos los grados de formación. Y las empresas fomentan la convivencia, pues es vital no olvidar las relaciones humanas.

Para ellos hay espacios confortables dentro y fuera de los lugares de trabajo, lo que ha favorecido el rendimiento laboral y escolar. La convivencia promueve personas más comunicativas, reflexivas y creativas. Y es posible que grupos cohesionados emotivamente desarrollen proyectos innovadores y seres humanos más proactivos, sensibles ante las problemáticas del mundo. Los profesores también se sienten mejor cuando puede ver físicamente a sus alumnos, pues el contacto cercano entre humanos es totalmente necesario.

Daniel se sirve una taza de café y advierte que ha recibido un mensaje en su equipo móvil. Es la confirmación para una videoconferencia a realizarse a las 10:30 con el director general de Ventas y el de Nuevos Proyectos, ambos ubicados en Tokio, Japón, pero ahora de visita en los Estados Unidos. Además, por la Región Latinoamericana, participarán el director general de América Latina y él, como director regional de Nuevos Proyectos. Confirma verbalmente que ha recibido el mensaje y que ingresará a la reunión. Su equipo móvil responde automáticamente a los remitentes, en el idioma en que le han enviado el mensaje. Daniel camina hacia la ventana. Da un sorbo al café. Lo saborea y mira la neblina que sigue sin ceder ante los débiles rayos solares.

El edificio es un gigante de cristal golpeado por la brisa. Una torre inteligente de reciente construcción. Tiene apenas diez años de antigüedad y fue construida donde antes hubiera habido un edificio más pequeño de oficinas y departamentos. Tras los primeros 50 años del siglo XXI aumentó la demanda habitacional y de espacios de trabajo, así que los dueños del edificio antiguo lo demolieron y construyeron la torre, cuyas dimensiones duplicaban el tamaño de su predecesor.

Debido al nuevo reglamento de construcción de la ciudad, aprobado durante la década de 2030, es posible construir edificios más altos siempre y cuando observen las medidas de seguridad y los requerimientos adecuados. Tras los terremotos posteriores al 19-S que azotaron la zona metropolitana, se pensaba que la Ciudad de México caería o se hundiría. Sin embargo, eso no ha sucedido todavía, gracias, principalmente, a la cultura de prevención y a la conciencia de protección civil que se puso en práctica desde esas décadas.

Hubo sismos en las décadas de 2020 y 2030 que culminaron con un terremoto de gran intensidad que dañó considerablemente la ciudad. Sin embargo, los daños no fueron catastróficos, sobre todo por la experiencia previa, la prevención y la buena administración de las autoridades de la ciudad. Pese a ello, hubo pérdidas humanas y materiales, las cuales inspiraron un reglamento cuyas prioridades eran amplias y consideraron los riesgos de las construcciones en la zona metropolitana de la Ciudad de México.

La torre de cristal fue construida con tecnología de punta, al igual que otros edificios más en la zona, cuya majestuosidad, aunque no compite mano a mano con las torres de otros países, sí son parte de las modernas proezas de la ingeniería.

Empleados como Daniel se sienten tranquilos y confiados al trabajar en las alturas. Saben que el inmueble fue construido adecuadamente y que, en dado caso, la torre resistirá a un fuerte movimiento telúrico. Por otra parte, las condiciones para una evacuación segura están establecidas y probadas, así lo han demostrado los simulacros realizados internamente por la brigada de evacuación en coordinación con las autoridades, quienes realizan revisiones periódicas para que se cumplan los requerimientos en materia de protección civil y seguridad laboral.

La corrupción ha sido erradicada. La gente puede confiar en que el cumplimiento de las leyes es total y real. Por fortuna no pasa lo que sucedía en 2020, cuando las actividades reguladas se arreglaban con dádivas o cuotas periódicas *bajo el agua.*

Después de algunos sorbos de café, Daniel se separa del ventanal y se acomoda en su silla. Pone atención a la pantalla del ordenador proyectada sobre la pared blanca de su oficina. En el centro de la pantalla aparecen las imágenes de un noticiero con cobertura nacional. En un extremo, el resumen de su correo electrónico y los mensajes instantáneos, los cuales puede contestar desde un teclado en su escritorio o verbalmente, gracias a su asistente virtual. Al otro extremo de la pantalla se visualizan más canales de televisión en imágenes pequeñas, uno de ellos trasmite en vivo desde Tokio y aparece automáticamente en todos los equipos de los empleados. Las imágenes pueden moverse al centro de la pantalla a través del sensor de vista, el cual funciona mirando fijamente la imagen y desplazándola sobre la pantalla.

Cuando llega la hora de su reunión, Daniel se dirige hacia la sala de juntas especificada. En ella se encuentra con el director general de México. Se saludan con un apretón de manos y un ligero abrazo, estilo adoptado para enfatizar las buenas relaciones humanas.

La reunión encabezada por los ejecutivos japoneses desde Nueva York se desarrolla en japonés. Toda la reunión versa sobre nuevas tecnologías aplicadas al desarrollo y comercialización de robots. Finalmente, el director general de Nuevos Proyectos invita a sus pares de la Región Norte y Latinoamericana a asistir al lanzamiento de una nueva línea de robots cirujanos, mineros, recolectores de hortalizas y otros dos proyectos más. El evento se realizará ese mismo jueves en

Japón, por lo que deberán viajar el mismo día para poder llegar a tiempo y realizar otras actividades previas y relacionadas al evento.

Inmediatamente confirman su asistencia tanto el director general como el director de nuevos proyectos de la Región Norte y Latinoamérica.

Daniel tendrá que llegar al día siguiente a Japón, mientras que el director general de México lo hará el jueves. Al terminar la conferencia, ambos comentan y coinciden en que, nuevamente, los japoneses los han invitado de última hora a un evento presencial. Pese a todo, ambos se sienten emocionados por la expectativa del evento. Deseosos de conocer detalles de los nuevos productos y ansiosos por iniciar su promoción en la región. De hecho, ya habían tenido primicias sobre los proyectos, porque ellos finalmente son parte importante en estos lanzamientos, solo que pensaban participar vía remota, como en la mayoría de los nuevos desarrollos tecnológicos desde hace años.

La espera para su comercialización entra en su cuenta regresiva y varios clientes desean ser los primeros en adquirir las nuevas tecnologías. Pues pese a que casi todos los productos se pueden tener de manera instantánea en todo el mundo, la región de Latinoamérica a veces sigue resintiendo una especie de marginación.

Daniel y su jefe se despiden y se desean buen viaje. Antes de separarse ya habían hablado de extender la invitación al director regional de Ventas, quien al momento se hallaba en un viaje por Sudamérica. Será bueno que él conozca los detalles antes de que se abra la venta.

De vuelta a su oficina, Daniel calcula la diferencia de horario con Japón y decide salir de inmediato para llegar a Tokio con tiempo para iniciar actividades el mismo miércoles por la mañana.

En su oficina busca las opciones de vuelos a Tokio. Tres aerolíneas tienen pasajes y vuelos disponibles entre las dos y las cinco de la tarde. Elige el de su conveniencia, con escala en los Ángeles y salida a las tres de la tarde. Por fortuna, los aeropuertos ya no exigen la antesala prolongada, pues todos los trámites de documentación de equipaje y abordaje son muy ágiles. Bastan 30 minutos antes de la salida para abordar un vuelo. Si se llega con más tiempo, pueden abordar con tranquilidad y sin presiones. Los aviones tienen espacios cómodos y eficientes, lo mismo que sus compartimientos de carga, donde en minutos se puede acomodar el equipaje de cientos de pasajeros que viajan en los grandes aviones comerciales.

Daniel recibe la confirmación de su reservación, la cual se reenvía automáticamente para su registro y control dentro de la compañía. Realiza una video-llamada para avisar a su esposa del viaje urgente. Su esposa está trabajando en una oficina de una empresa de seguros ubicada al sur de la ciudad, cerca de su residencia. Ella le desea buen viaje y deciden llamarse nuevamente por la tarde.

Daniel se toma una hora más resolviendo asuntos de trabajo y comunicándose con algunos colegas. Poco antes de la una de la tarde sale de la oficina con una pequeña maleta de mano y una chamarra. Hace un poco de fresco en el exterior. Se despide de sus compañeros en el camino al ascensor y baja hasta el estacionamiento.

En el elevador solo van él y otras tres personas, dos de las cuales bajan al nivel de la acera y él y otro bajan hasta el estacionamiento. El otro usuario del ascensor es un cliente asiduo a quien Daniel conoce bien. Intercambian palabras hasta llegar a donde finalmente se tienen que separar para subir a sus respectivos autos. Su auto está en el área de estacionamiento destinada a los altos ejecutivos de la empresa. Cuando se acerca a su camioneta, ésta detecta su presencia y lo reconoce. Abre las puertas y Daniel solo tiene que jalar la puerta hacia él y sentarse al volante.

Acomoda su maleta en el asiento del copiloto junto con la chamarra. El miedo a un cristalazo ha quedado en el pasado. Su camioneta se pone en marcha y el piloto automático hace todo el trabajo sin ayuda del conductor. Una pantalla frontal deja ver el destino al que Daniel se dirige. Aparecen las opciones de ruta a seguir y se indican también la situación del tránsito y los lugares y personas conocidas que están cercanos. Daniel se limita a elegir la ruta.

El cielo se ha nublado un poco. Una ligera lluvia se abate sobre la ciudad. Avanza por Paseo de la Reforma, a la altura del edificio más alto de la Ciudad de México que, con sus 90 pisos desafía la sismicidad y es mirado con asombro por el Ángel de la Independencia. A su alrededor, otras torres de cristal y estructura que alcanzan los 70 pisos son la nueva imagen de la ciudad que pasó de ser la otrora *Ciudad de los Palacios* y se ha vuelto la *Ciudad de los Rascacielos.*

El tránsito fluye constante. Hace años que el caótico tránsito de las calles de la ciudad de México se volvió historia. En los años 20 casi se llegó a un grado de total inmovilidad, principalmente por el exceso de vehículos, la ineficiencia operativa de las vialidades, la falta de cultura vial de los conductores y peatones y las múltiples manifestaciones y bloqueos. Todo ello propició que algunas vialidades se detuvieran por completo, lo que congestionó a la ciudad.

Se implementaron programas para reeducar a los conductores y peatones, los cuales consistieron en la aplicación rígida de las leyes de tránsito y la implementación de semáforos inteligentes, los cuales tienen la función de agilizar la circulación. Asimismo, se realizaron obras y adecuaciones a las vialidades, lo que favoreció la circulación vehicular y los cruces peatonales. Automatizados en su mayoría, los vehículos de transporte público respetan su ruta, los sitios establecidos para realizar paradas y circulan por carriles dedicados, los cuales tienen bahías de incorporación y desincorporación en las avenidas principales.

En cuanto a las marchas, plantones y bloqueos, se hizo necesario durante la década de los 20's avanzar en tres frentes: escuchar las demandas de la gente, para lo cual hubo necesidad de realizar un verdadero cabildeo con los partidos políticos y las asociaciones lo que paulatinamente evitó tales formas de manifestación; por otro lado, se instauró un sistema de aplicación de la ley en el caso de que se vulneraran o violentaran los derechos de libre tránsito. Así que escenas en las que la ciudadanía se veía terriblemente afectada y hasta la policía salía humillada y maltratada por un puñado de personas dejaron de suceder.

Para el 2070 la aplicación de la ley es clara y precisa: si hay delito, hay castigo. Se defienden los derechos humanos, pero se ha dejado a un lado la mala práctica de ponerlos al servicio de asociaciones o entes que manipulaban su función. La Comisión de Derechos Humanos desapareció más o menos en los años 50, pues al no haber mala aplicación de las leyes y al darle seguimiento a los casos especiales, todo abuso y toda corrupción terminaron y su presencia se volvió obsoleta.

Los derechos humanos en la actualidad son una cultura que se respeta, las leyes se aplican y su aplicación no es negociable. Las autoridades no requieren que les hagan observaciones ni recomendaciones, en caso de no actuar, incurren en delitos que se denuncian como tales y son sancionados.

La información vial dejó de ser responsabilidad de los medios de información, cuyas motocicletas, unidades móviles y helicópteros ofrecían el panorama del tránsito en tiempo real. Estos datos ahora se obtienen directamente de los satélites y llegan a través de aplicaciones del Gobierno o particulares que brindan gratuitamente el servicio, lo cual evita la saturación del espacio aéreo y la contaminación.

Sin embargo, sí hay helicópteros sobrevolando la ciudad, los cuales cumplen la función de *labores de emergencia y patrullaje.* Son helicópteros ambulancia, del cuerpo de bomberos y de la policía que patrullan y se desplazan para cubrir emergencias tanto dentro de la Ciudad de México como en la zona metropolitana. Ofrecen respuesta rápida durante traslados hospitalarios, persecuciones policíacas —escasísimas, por cierto—, atención a incendios y otros. Los helicópteros de patrullaje sobrevuelan la ciudad a baja altura y está prohibido que cualquier otra aeronave se mueva en su radio de acción y altura.

Además, también existen *helitaxis.* Aeronaves que prestan un servicio público de traslado de personas dentro de la metrópoli. Hay rutas preestablecidas hacia centros comerciales, complejos de oficinas, estadios, plazas, auditorios. Son de bajo costo y veloces, por lo que resultan una alternativa perfecta para quienes tienen la necesidad de llegar rápido a algún lugar. Los *helitaxis* vuelan por encima de los helicópteros de patrullaje con el fin de evitar accidentes entre ellos.

Y también existen los helicópteros privados para pasajeros. Hacen viajes dentro de la ciudad y fuera de ella a cualquier estado de la República Mexicana. Éstos son rentados, principalmente, por ejecutivos, políticos, artistas, empresarios y cualquiera cuyas actividades le exijan el máximo aprovechamiento de su tiempo. Aunque también hay quienes los prefieren por la comodidad y privacidad. Estos helicópteros deben viajar a mayor altura que las categorías anteriores y comparten espacio aéreo con los helicópteros particulares, cuyo uso es casi igual al de un automóvil compacto. Pero para usarlos, por supuesto, se tienen que cumplir varios requisitos, así como poder costearlo.

A diferencia de los modelos previos a los años 50's, los helicópteros del 2070 cuentan con mejoras tecnológicas importantes. Para empezar, ya no son ruidosos e inseguros, pueden viajar grandes distancias volar incluso con mal clima. Silenciosos y con motores sumamente potentes y eficientes, ahorran combustible y su ligereza les permite volar grandes distancias. Cómodos para el viajero, pues alcanzan gran velocidad y altura rápidamente y para pocos pasajeros, por lo que son un transporte muy recurrido por personas que gustan de la privacidad.

Mientras tanto, Daniel solo cambia un par de veces la ruta en su trayecto al aeropuerto. Pasa a un lado del sitio donde alguna vez estuvo la vieja terminal aérea número 1 del Aeropuerto Benito Juárez, conocida por la cantidad de menciones que tuvo en los últimos años del siglo XX y los primeros 30 del XXI, tan controversial y polémica por su ampliación o su reubicación.

¡Desacuerdos no, aeropuerto sí!

La decisión de construir un aeropuerto que fuera de acuerdo con la nueva gran metrópoli se tomó finalmente. Se eligió un sitio que afectara lo menos posible las tierras agrícolas y de propiedad privada. Por esa razón se eligieron tierras que, en su mayoría, eran de propiedad federal, todo lo cual hizo más llevadera la construcción y evitó las manifestaciones en contra de su edificación.

La construcción se tuvo que realizar en un tiempo más corto al previsto, pues la demanda de servicio se incrementó recién abrieron sus primeras dos de seis pistas, así que las licitaciones tuvieron que ser modificadas para ajustarse a los tiempos reducidos, lo cual solo se consiguió agregando colaboradores para terminar de construir uno de los aeropuertos más modernos a nivel mundial.

Las largas pistas de aterrizaje y despegue están acompañadas de amplios hangares para los aviones. La terminal aérea es un edificio moderno con salas de espera, mostradores de atención al público, pasillos amplios y lugares de esparcimiento; hay restaurantes y hoteles, centros comerciales y centros de negocios, centrales de autobús, tranvía, tren, taxis y *helitaxis*, así como excelentes servicios de mantenimiento y emergencias.

El Nuevo Aeropuerto de la Ciudad de México cuenta con una estación de bomberos, instalaciones policiales y militares, una oficina de la Agencia de Procuración de Justicia, hospital de la Cruz Roja y cerca se construyeron hospitales de Alta Especialidad, los cuales funcionan como hospitales públicos para los residentes de la zona. Estos hospitales también reciben a pacientes foráneos, quienes usualmente llegan por vía aérea del interior del país y de países vecinos.

El personal que labora en la terminal aérea vive cerca de la zona, lo cual reduce los traslados largos de la gente y contribuye a la mejora de las condiciones económicas, minimiza el tránsito y los tiempos de traslado, lo que favorece el desarrollo sustentable.

Desde donde se ubicaba la vieja terminal aérea hasta llegar al Nuevo Aeropuerto, hay un moderno boulevard de 12 carriles. En uno y otro sentido hay tres carriles centrales y tres laterales. Los carriles centrales son para los transportes particulares y privados, mientras que los carriles laterales están destinados exclusivamente para los servicios de transporte público y los vehículos de carga. Existe un sistema de tranvías que llega por la misma ruta al aeropuerto y que complementa la ampliación que se hizo del metro. Hay una terminal donde convergen tres líneas: la del tranvía, la del metro y la del Metrobús, una de las cuales es la que llega hasta Texcoco, lo que facilita la llegada a la terminal aérea del personal que ahí labora. Además de esto hay un sistema de tren rápido de superficie cuya salida es en Santa Fe y cruza la ciudad, lo que ofrece un sistema eficiente y rápido de traslado de esa zona a todo aquel que desea ir al aeropuerto.

Se desarrolló un plan integral de carreteras cuyo fin fue comunicar al aeropuerto con las autopistas que convergían en el Valle de México. De esta forma, las personas de los estados cercanos a la Ciudad de México pueden acceder al Aeropuerto sin pasar por la zona urbana, lo que evita los problemas de saturación vehicular.

Para el Nuevo Aeropuerto de la Ciudad de México se consideraron muchos aspectos. En primer lugar, las etapas y proyectos alternos a su edificación. Todo esto fue importante sobre todo por el aspecto concerniente a la ecología, ya que hubo que realizarse un rescate de la zona lacustre que pudiera dar un hábitat alterno a las aves cuyo hogar era el sitio de construcción. Al mismo tiempo se debió verificar que las colonias de aves no representaran un riesgo para las operaciones aéreas, problema con el que muchos otros aeropuertos lidiaban en el mundo.

Otro aspecto importante fue el del manejo del agua. La obra hidráulica representó un gran reto para los especialistas, pues debieron favorecer la inundación de algunas áreas y secar otras, lo que no fue sencillo, como dicen, el agua reclama su cauce y ante las lluvias existen riesgos y pueden surgir catástrofes. Así que se respetaron los cauces naturales del agua y se rellenaron correctamente otros sitios. Se dio preferencia a sistemas de pavimentación cuyos materiales permiten la filtración del agua al subsuelo, lo que reduce los riesgos de inundación y además favorece la recarga de los mantos freáticos.

Daniel finalmente llega a su destino y sale del boulevard para ingresar a uno de los estacionamientos del aeropuerto. Todo es automatizado, al ingreso el sistema del estacionamiento escanea el boleto electrónico del vuelo y le asigna un lugar cercano al pasillo de abordaje. Al instante de ingresar al estacionamiento, el vehículo es registrado y la cuenta bancaria asociada a su dueño se ingresa como forma de pago. Tras estacionarse, Daniel baja su pequeña maleta y su chamara, así como otra maleta que siempre carga en el portaequipaje, especial para eventualidades como la que vive. Sube al elevador y llega al pasillo que lo conducirá a las salas de abordaje. Todo ha resultado simple gracias a la aplicación de la tecnología en la logística. En el arco de ingreso a la sala de entrada se realiza la revisión inicial a los pasajeros. Basta con detenerse en medio del arco para que el sistema de seguridad haga la revisión de rutina. Gracias a este sistema se han evitado y reducido los atentados en todo el mundo, pues los aeropuertos tienen esto como una política internacional. Cada maleta está asociada a su dueño a través del video y los sensores personalizados que se asocian al boleto de vuelo. Basta con esta pequeña pausa en el arco de seguridad para que el chip precargado en las valijas se adhiera a los datos del comprador del viajero. Luego de esto Daniel puede dirigirse hasta la sección donde se deposita el equipaje. Todo se realiza ágilmente, sin filas ni largas esperas.

La banda transportadora de equipaje llevará las maletas al avión correspondiente. Al descender en su destino, Daniel no tendrá que recoger su equipaje, pues éste se enviará directamente al hotel que tenga reservado o que reserve a su llegada. Tarifas como las de equipaje extra u otras han dejado de existir, pues en caso de haber una variación ésta simplemente se considera carga y, aunque el trato es un tanto diferente, no significa que sus pertenencias vayan a ser tratadas ineficazmente.

El sistema de bandas es monitoreado por cámaras y sensores, los cuales no solo vigilan el tránsito, sino que además también realizan una investigación concienzuda, que permite conocer dónde y por quién fue manipulado el equipaje; del mismo modo es posible detectar anomalías, en cuyo caso el pasajero será notificado para realizar las aclaraciones pertinentes antes del abordaje. El equipaje llega antes que los pasajeros, así que, si hubiera alguna eventualidad con cualquier carga, al entrar a la sala de abordaje el pasajero cuyo equipaje esté detenido será informado.

Todo el sistema evita los traslados de personas con carga dentro de la terminal aérea, así como ofrece comodidad al viajero, quien puede disfrutar de los lugares de entretenimiento dentro de la terminal con comodidad y facilidad. El sistema de las bandas recolectoras de equipaje es obligatorio para cierto tipo de maletas y desde su implementación resolvió los problemas consabidos del equipaje: dejó de haber extravíos y robos, así como "siembra" de objetos prohibidos y reclamaciones que, por desgracia, jamás procedían. En la actualidad la pérdida de equipaje sea total o parcial, es duramente sancionada. El usuario es primero, dadas las amplias pólizas y garantías de servicio, que por fortuna han dejado de tener esas antes famosas *letras chiquitas*, las que casi siempre obstaculizaban las reclamaciones a favor de los usuarios.

Otro sistema que ayuda a reducir el tránsito con maletas es el servicio de equipaje a domicilio. Se puede reservar el servicio, que ya está incluido en el boleto, y el equipaje será recogido previamente en el domicilio, hotel o lugar de trabajo, así que cuando llegue el momento de ir a tomar el avión, el pasajero podrá ocuparse tan solo de él mismo. El equipaje puede rastrearse en tiempo real, tanto por los sistemas de las aerolíneas y del aeropuerto como por los chips incluidos en las maletas.

Si se desea, el equipaje puede viajar en una aerolínea diferente, pues a veces se requiere que algunas cosas lleguen antes o después. En el presente moderno hay muchos convenios entre empresas, todos los cuales tienen la finalidad de brindar mejores servicios a los usuarios.

Después de dejar la maleta, Daniel camina por los largos pasillos hacía la sala correspondiente. Es curioso, pese a que todo parece ágil, Daniel tuvo que lidiar con un nutrido grupo de viajeros que van a China por las fiestas. Según calculo, serían unos 500. Al ingresar en la sala de su aerolínea, pensó en que algunas cosas jamás cambian, pues viaja, justamente, en una de las líneas aéreas más antiguas y grandes de México, la que sigue conservando su nombre original. Se dirige a la puerta de ingreso y simplemente pasa. No hay personal, tan solo sensores que detectan los datos de compra en su teléfono y su pasaporte electrónico. El torniquete gira y en el piso aparecen señales luminosas que lo dirigen hasta un cruce donde hay una segunda revisión física que incluye rayos "X". Daniel no tiene que detenerse, tan solo caminar por donde le indican las señales. Por supuesto que existen destinos cuyas medidas de seguridad implican otros filtros, pero para Japón ha sido suficiente con los mencionados.

Todos los ciudadanos del mundo cuentan con un pasaporte desde el nacimiento. El documento es virtual y primero, durante el periodo de infancia y niñez, está vinculado a los pasaportes y dispositivos de los padres, pero cuando los niños cumplen 13 años y cuentan con un teléfono personal se desvincula y pasa a ser la identificación oficial del nuevo usuario. El documento puede ser enviado o descargado para ser impreso, igualmente puede ser mostrado o transferido, leído como código o cualquier otra cosa que se requiera. Usualmente solo se transfiere y aparece en los registros nacionales e internacionales. Así como el pasaporte, existe un número personal de identificación, el cual también es asignado al nacer y se compone de los indicativos del país, la región y las localidades, así como datos relativos a la fecha de nacimiento, sexo y hora del nacimiento. El número es irrepetible y en caso de duplicidad, el sistema encuentra la manera de asignar un número diferente.

Las visas dejaron de existir, aunque los controles de ingreso a los países siguen variando. Algunos países mantienen su política de control de tránsito de los viajeros, aunque la realidad es que todos los países controlan a las personas del mundo a través de los dispositivos móviles, los que realmente guardan todos los datos importantes de una persona.

Toda la información queda registrada en video y en los lectores de los aeropuertos, en los sitios de salida y llegada a los países, en cualquier punto de las fronteras, aun en medio de la selva, el desierto o el mar, pues la lectura de los dispositivos puede hacerse por medio de escáneres o a través del sistema satelital. Si alguien tiene un celular, es monitoreado. Y en este mundo actual todo mundo necesita un celular a partir de los 13 años.

La ausencia de visas favorece el tránsito de las personas por todo el mundo, lo mismo que la proliferación de la tecnología para registrar, detectar y vigilar a los viajeros internacionales. El mundo está monitoreado por un sistema global de millones de cámaras de vigilancia, las cuales permiten monitorear en todo momento a los habitantes. Esta información, sin embargo, es privilegiada, no está al servicio de particulares y es protegida celosamente por el gobierno global. Salvo en casos excepcionales, las empresas de telefonía pueden ser obligadas a dar los datos de localización de un usuario y casi siempre, cuando se intenta localizar a alguien, es por un accidente, un problema médico o porque está en peligro su vida. La privacidad del usuario es un derecho inalienable, pero en casos de emergencia legal, catástrofes naturales, problemas de salud, conflictos bélicos o casos de repatriación inmediata, la privacidad pasa a segundo término.

Los viajeros frecuentes cuentan con un historial de sus movimientos, lo que facilita la predicción de sus patrones de movimiento y puede hacer eficiente y automáticos los trámites. Un viajero frecuente solo tiene que confirmar o descartar los viajes que el sistema ha aprendido por su cuenta que él realiza y, al ser tan frecuente, el sistema de vigilancia aeroportuario puede suprimir algunos filtros, lo que le permite viajar más rápido.

Así que esta frase de *ciudadano del mundo* ahora es verdadera. La gente nace en un país, pero puede vivir donde le plazca, donde haya mejores oportunidades o donde le toque la suerte. En la antigüedad la migración sucedía por condiciones de pobreza extrema, falta de oportunidades laborales, problemas étnicos, violencia provocada por la delincuencia, problemas políticos, guerras internas o conflictos bélicos con otros países, pero ahora las condiciones de todos los países han cambiado y hay oportunidades para todos. Si alguien migra, es porque tiene la oportunidad de competir laboralmente, estudiar o probar suerte en otro país.

El hombre es un explorador nato, así que la gente sigue cambiando de país y la ventaja es que ahora se cuenta con los medios para hacerlo rápida y cómodamente. Como las condiciones laborales y estudiantiles son valoradas y reconocidas por igual en el mundo, ahora la migración también puede ser regulada y controlada en cada país, lo único que hace falta es ofrecer una oportunidad de oro para que sus habitantes y visitantes quieran vivir en él. Ya no existen crisis humanitarias en las fronteras, porque ahora las fronteras son las que cada individuo se impone.

Las organizaciones mundiales trabajaron arduamente en conjunto con los gobiernos donde los migrantes eran un problema. Se trabajó para apoyar a los países que tenían mayores índices de migración y se evitó que continuaran con su política de "expulsar" a sus ciudadanos. Hubo que crear programas de desarrollo económico, cultural y sanitario que corrigieran las formas de gobierno, para que finalmente hubiera una justicia social y una atención real a la población. Fue duro, pero al cabo de unos cuantos años se pudieron mejorar las condiciones de vida en estos países y ahora la migración ya no es un tema de falta de oportunidades, sino de posibilidades.

Una vez dentro de la sala de espera, Daniel observa la hora en uno de los relojes del lugar. Va a tiempo. Se acomoda en su silla y consulta su equipo móvil. Lee y contesta algunos mensajes. Cuando la aerolínea da el anuncio, los pasajeros avanzan para ingresar al avión. Casi todos son pasajeros de negocios y avanzan ordenadamente hasta que se distribuyen en el avión y están listos para partir.

El avión despega. El lugar donde fue ubicado y las rutas de los aviones no molestarán a los habitantes. Es un aeropuerto nuevo y moderno, que será cómodo y probablemente jamás será absorbido por las zonas urbanas. Es el más grande del Sistema Aeroportuario del Valle de México, si algo llega a fallar en él, los demás están listos para apoyarlo. Y cuando la situación es delicada, los otros aeropuertos se reparten las operaciones hasta que termine la contingencia.

Difícilmente hay retrasos, salvo que haya una grave falla electrónica. Pero incluso estas fallas están previstas en los planes de emergencia, pues el tiempo y la productividad de la gente tienen un valor muy alto. La gente que viaja por negocios no puede perder tiempo viajando. Daniel Moreno sale puntual en su vuelo hasta Tokio.

Aviones y aeropuertos

El avión en el que viaja Daniel es un aparato en el que viajan 380 pasajeros. Llegará en poco más de ocho horas a su destino final, ya que es un avión supersónico cuyas velocidades son superiores a los 2,400 km/hora. En poco más de una hora llegará a su primera escala, cuyo tiempo de espera aproximado será de dos horas, tras las cuales continuarán el recorrido hasta el destino final. Pese a su gran capacidad, es un avión ligero, con capacidad de autonomía de combustible para volar 10 horas continuas, casi el doble de lo que podía volar el Concord 50 años atrás.

La aeronave rentada por la compañía de aviación mexicana más importante es moderna y, aunque no es tan grande como otras aeronaves, es bastante rentable por su rapidez y seguridad. Este tipo de aparatos casi no tiene incidentes y se han vuelto comunes para los viajes de negocios, ya que ahorran mucho tiempo con respecto de otros aviones más grandes y cómodos, pero menos veloces.

La verdad es que la movilidad se ha vuelto muy veloz en comparación con los aviones utilizados en los años previos al 2030, cuando surgió una verdadera *revolución en la aviación comercial*, cuyos objetivos primordiales fueron aumentar la cantidad de pasajeros desplazados en un solo aparato y lograr mayor velocidad en los aviones.

El primer objetivo se materializó cuando las empresas aeronáuticas de todo el mundo iniciaron una carrera por la construcción del avión más grande. Se construyeron muchos prototipos y modelos, los cuales eran comprados o rentados por las compañías aéreas de todo el mundo y los hubo de dimensiones colosales variadas: los largos, amplios, de niveles múltiples, de doble cuerpo, con varios motores potentes… Algunas de estas innovadoras aeronaves llegaron a medir 200 metros de largo, lo que puso de cabeza a los aeropuertos, que no contaban con pistas de aterrizaje y despegue adecuadas, ni con hangares que pudieran albergarlos para su mantenimiento. La competencia frenética duró 25 años, en los que se construyeron aviones que sobrepasaron el transporte de 1000 personas a la vez.

Aunque el sueño de transportar masivamente a las personas por el aire se cumplió, su consecución trajo consigo consecuencias en otros aspectos. Los viajes masivos impidieron la privacidad y aumentaron el estrés, pues aquello era un hervidero de multitudes que viajaban todas juntas en un solo aparato. Aumentó la dificultad para moverse en los aeropuertos, las salas y pasillos necesitaron reajustarse y redimensionarse, la logística a veces tenía sus fallas, pues la realidad es que era demasiada gente.

En la década de 2050, se privilegió a la comodidad y seguridad del usuario sobre la cantidad de usuarios. Tanto las autoridades aeronáuticas y aeroportuarias como las aerolíneas iniciaron una campaña de reducción del número de pasajeros por viaje para ofrecer una mejor atención al pasajero.

Otro factor importante para esta decisión fueron los accidentes, pues, aunque la seguridad estaba muy cuidada, los pocos accidentes en los aviones de grandes cantidades de pasajeros siempre fueron fatales e implicaron la muerte de multitudes. Quizás por el interés de salvaguardar la vida de los pasajeros o por ahorrarse los gastos de indemnización, era más rentable perder vuelos más pequeños.

En el 2070 son pocos los aviones de grandes dimensiones que siguen volando. Casi todos han sido retirados o adaptados para volverse atractivos por sus servicios y comodidades, un viaje caro y especial.

Los aviones Boeing, por supuesto, fueron ávidos competidores en esta carrera, en la cual ya llevaban 100 años de ventaja. Sin embargo, en el 2040 perdieron la carrera ante los aparatos fabricados por China y la India, donde los beneficios fiscales que los gobiernos dieron a este tipo de transporte incentivaron las inversiones, después de todo, eran los países que más fácilmente podían llenar aviones de gran capacidad.

Para el 2060, los Boeing-747 recuperaron su espacio y volvieron a ser los reyes de los aires, pues son los más grandes aviones, capaces de transportar hasta 800 pasajeros.

La velocidad se desarrolló también. Requirió estudios y experimentos para mejorar los combustibles y así dotar de mayor potencia a los motores. Se buscó más eficiencia al privilegiar los materiales más ligeros para la construcción, lo que permitió que los aviones pequeños y medianos pudiesen alcanzar mayores velocidades y altitud.

A diferencia de la carrera por la capacidad, la carrera por la velocidad jamás se detuvo. Al contrario, se sigue buscando la manera de que las personas se transporten cada vez más a prisa a distancias cada vez más largas. Desde los últimos años de la década de los 20's, algunas aeronaves surcaban los cielos a velocidades mayores a las del Concord. Sin Embargo, hubo necesidad de descartar algunos modelos, no solo porque resultaban riesgosos, sino porque además eran excesivamente costosos.

Recorrer distancias grandes en tiempos reducidos fue la gran idea que vendieron las aerolíneas a las personas de negocios. Las empresas y compañías compraron la idea y buscaban estos vuelos para sus viajes intercontinentales. Después de todo, todas las empresas se volvieron globales.

La velocidad de las aeronaves aumentó poco a poco y las opciones de viaje se diversificaron. Hubo un reajuste en los precios, que bajaron de costo y así se abrió la oportunidad de viajar a todo tipo de viajeros, lo que dio un repunte en el mercado de la aviación comercial.

Después del 2050 se incrementó el número de aviones supersónicos, pues se volvieron accesibles por su precio y por su demanda, ya que se volvió común ir a grandes distancias de manera rápida. Por eso casi todas las compañías de aviación cuentan con un avión supersónico dentro de su flota, no pueden quedarse atrás en la carrera de ofrecer la velocidad a grandes distancias.

Daniel percibe cómo el avión en el que viaja va perdiendo altura y velocidad. Están por llegar a la Ciudad de los Ángeles, donde llega sin ninguna dificultad o retraso. Los pasajeros que trasbordan lo hacen de forma ágil y ordenada. Solo la seguridad es un poco más quisquillosa que en otros lugares, pues Estados Unidos insiste en el tema de los *motivos de alerta*. Sin embargo, han aprendido a no sacrificar el tiempo de sus visitantes y sus medidas de revisión incluyen dispositivos y tecnologías de punta, todos los cuales son rápidos, eficaces y nada invasivos con el viajero.

Daniel aprovecha para caminar un poco por las salas del aeropuerto y tomar un refresco, se tienta con algunos dulces y recuerdos, pero al cabo solo compra el refresco y paga como pagan todos en esta época, con dinero digital encriptado en su móvil.

Los cargos son autorizados o rechazados en el transcurso del día y es muy rara la vez que hay un cargo no reconocido o mal diligenciado. Los filtros de seguridad incluyen el número confidencial, la identificación por voz y la identificación dactilar o visual. Si acaso se llegara a perder el móvil y se generaran cargos indebidos, su ratificación no podrá realizarse y el seguro contra robo o pérdida del equipo o de la cuenta bancaria cubrirá los gastos improcedentes y se irán a investigación de inmediato.

En este tiempo ya no existe el efectivo. Las monedas y billetes solo circulan en las exposiciones de artículos antiguos y en los museos. Incluso se ha llegado al punto en el que el pago se puede realizar utilizando datos biométricos, ya sea la huella digital o el iris del ojo.

Daniel vuelve a la sala. Se acomoda en un sillón y espera el tiempo que falta para abordar el avión de nuevo. Mientras tanto, piensa en tres situaciones que ha vivido, vive y vivirá la enorme ciudad de los Ángeles y que es la misma historia del Estado de California.

El pasado entre México y Estados Unidos se podía ver en la relación de México con California. Después de todo, la alta California alguna vez en el pasado fue México. Luego, el desplazamiento de millones de mexicanos para trabajar, primero como *héroes de bronce* y luego de manera ilegal, ya fuera en la tierra, la construcción y los servicios, dio un auge particular al Estado, que llegó a ser la 4ª economía del mundo.

Los Ángeles fue la ciudad que cosechó directamente los beneficios económicos de la migración, tan solo dando a cambio empleos a los miles de expulsados por las crisis económicas de México, lo que también se volvió una bendición para algunas generaciones de mexicanos, que se beneficiaron de las remesas.

En la actualidad, la migración ilegal ha dejado de existir. Los mexicanos que trabajan en Estados Unidos lo hacen con la documentación correspondiente y sus contratos de trabajo son formales, con sueldos y prestaciones aprobadas por las leyes estadounidenses y en condiciones de competencia laboral. Ya no hay migraciones masivas ni deportaciones abusivas. Aquellos que migran por trabajo son cada vez menos desde hace décadas, pues México ha mejorado. Ha elevado sus índices de preparación académica y de producción en el campo; también ha habido un incremento importante en los sueldos y desarrollo tecnológico han contribuido para que los mexicanos se puedan quedar en México, igual que ha pasado con los migrantes procedentes de Centroamérica y Sudamérica.

El cambio de condiciones comenzó a darse a partir del 2030, paradójicamente, un siglo después de la crisis de 1929 que dejó sin mano de obra barata a los Estados Unidos.

Ahora Los Ángeles, como cualquier otra gran ciudad, ha crecido y ha incorporado a su área metropolitana poblaciones pequeñas donde se distingue, todavía, la influencia latina y particularmente la mexicana. Sin embargo, en el futuro parece que México se disolverá entre las calles de Los Ángeles, pues el español cada vez es menos hablado y la cultura mexicana se ha ido apagando ante la cultura estadounidense que ha sido absorbida por las generaciones de hijos de mexicanos nacidos en Estados Unidos. Quedarán, tal vez, los nietos que recuerdan las historias de sus abuelos, quienes migraron en los lejanos años 30's del XXI.

En el pasado quedará también la historia que se escribió por la migración, la lucha y, por supuesto, el llamado sueño americano.

Daniel vuelve al avión para continuar con su viaje. Pronto estará en Tokio, en el viejo aeropuerto de Narita, que fue reconstruido y modernizado para mantenerse como uno de los mejores del mundo.

Miles de pasajeros se deslizan silenciosamente por sus salas y enormes pasillos, realizando las actividades propias de los aeropuertos internacionales grandes. El de Narita es uno de los más grandes del mundo y da servicio a una de las urbes más grandes del planeta: Tokio, cuyo sitio ha mantenido desde hace más de un siglo. Actualmente, sin embargo, su crecimiento se ha ralentizado y hasta reducido, pues Japón es de los países donde la tasa de mortalidad es mayor que la de natalidad. Asimismo, es uno de los países donde el fenómeno del abandono de las áreas metropolitanas comenzó a notarse primero. La gente adulta y jubilada prefiere la tranquilidad de la provincia y la ciudad, al vaciarse, también mejora.

Daniel avanza entre los cientos de pasajeros que arribaron junto con él a Tokio. Lleva su equipaje de mano y el resto llegará directamente al hotel. Un autobús lo dejará en poco tiempo, pues la extensa red de transporte del aeropuerto hacia múltiples puntos de la ciudad es eficaz.

Es la tarde del martes en Tokio, así que Daniel puede descansar, hablar con su familia y revisar asuntos pendientes antes del evento que lo hizo viajar.

La revolución de las ventas

Miércoles 07:00 horas, el Ing. Daniel Moreno desayuna algo ligero y saludable. La salud y su cuidado son bienes preciados que se inculcan desde la niñez. Ejercitarse y alimentarse adecuadamente son fundamentales para mantener poblaciones sanas y productivas con esperanzas de vida que superan los 90 a nivel global.

Después del desayuno, Daniel sale del hotel y camina por la banqueta. Puede llegar caminando hasta las Oficinas Corporativas de su empresa. Por eso elige ese hotel en especial, para poder caminar hasta su trabajo, salvo cuando el clima se lo impide.

En Tokio existen infinidad de alternativas para el transporte ágil y seguro. Hay taxis, bicicletas, autobuses y otros sistemas de transporte individual que se pueden rentar por cuotas muy económicas.

Lo único que Daniel necesita es su equipo móvil de comunicación. Es más que suficiente para trabajar desde cualquier sitio.

Camina despacio, disfrutando el recorrido por aquella zona exclusiva de Tokio. Pese a que lo ha recorrido infinidad de veces, Daniel siempre lo disfruta. Es una zona altamente comercial: hay restaurantes, tiendas comerciales, plazas, hoteles. Las banquetas son amplias y las calles arboladas y muy concurridas. Es una zona cosmopolita, es difícil distinguir cuántas nacionalidades conviven en el mismo restaurante o mirado el mismo aparador.

A pesar de la gran cantidad de peatones, tanto asiduos como itinerantes, el flujo parece natural. Nadie se nota incómodo, como si los habitantes de la zona realizaran sus actividades y traslados ligeros y sin peso. Sin embargo, se nota al turista, que camina casi siempre más lento y asombrado, tomando fotos o videos.

Son escenas, sin embargo, que comparten las grandes urbes del mundo, donde infinidad de viajeros hacen por fin realidad sus sueños. Daniel llega al edificio donde se alojan las Oficinas Corporativas de su empresa. Aunque no es un edificio alto, es muy moderno y cómodo. Al frente hay una zona de jardines, laboratorios de desarrollo de robots, salas de juego, gimnasio y tres comedores, uno de los cuales sirve exclusivamente comida japonesa.

Los empleados no asisten diariamente a trabajar a las oficinas, sino que lo hacen solo cuando es requerido. El edificio parece vacío, pues el personal se distribuye ordenado y sutil de acuerdo con horarios establecidos previamente.

La reunión a la que Daniel asiste es en una sala para doce personas. Tras los saludos y las charlas de cortesía, la reunión dará inicio. A Daniel le gusta llegar con antelación a sus compromisos, pues eso le da tiempo para tomar algo antes de la reunión. Aunque es fanático del café, cuando está en Japón y en China prefiere sus exquisitos tés.

La reunión comienza. El presidente de la empresa anuncia a los directores regionales y a los directores de nuevos proyectos, asimismo da la orden del día, donde se darán a conocer los nuevos modelos de robots diseñados para actividades difíciles cuyo valor será grande para la humanidad.

Primero pasan a un auditorio, donde también se hallarán los directores de ventas, personal técnico y líderes de proyectos de los nuevos desarrollos. Ahí se presentarán los cinco proyectos a detalle. Habrá un intermedio después de los primeros tres, en el cual servirán la comida. Al día siguiente visitarán la fábrica donde se producirán los diseños presentados y los asistentes podrán ver en tiempo real la primera producción.

Algo que ha sufrido una verdadera revolución es la manera de vender. En la actualidad la promoción de los productos se hace por el *gran medio*. A través de él se transmite toda la información técnica, la publicidad y los precios con tan solo una búsqueda o el indicio de una búsqueda. En el caso de que el comprador no conozca el producto o servicio puede hacer una consulta directa dentro del *gran medio*.

En la antigüedad, la venta incluía una labor de venta en la que necesariamente se acercaba el producto al consumidor. Para ello el vendedor recurría a métodos de venta, sofisticados o simples, cuyo éxito dependía de la promoción directa. Los volantes, folletos y la publicidad de apoyo eran parte de las campañas publicitarias y se daba prioridad a los medios de comunicación masiva. Por ello la publicidad y el marketing se convirtieron en recursos profesionales que dieron empleo a muchas personas y crearon una economía de comisiones que alimentaron a millones en el mundo.

Sin embargo, al paso de los años, la promoción y venta de los productos cambió. El consumidor o usuario ahora es el que va en busca de los productos y servicios, por lo que la labor de venta y el asedio del vendedor se acabó. La contaminación visual por publicidad de productos y servicios ha desaparecido, pues ya no es necesario ni posible despertar el interés o la necesidad creada de comprar algo.

Hoy, la gente consume de manera responsable y busca satisfacer sus necesidades de forma práctica y bien pensada. Sabe cómo y dónde buscar todo lo que requiere y no necesita la carga publicitaria de antaño. Pese a ello, la publicidad sigue ahí, pues el marketing persiste, pero silenciosamente. Las campañas publicitarias actuales son inteligentes, llamativas, claras, verdaderas y transparentes. Las informaciones y datos se dan sin miramientos, al grado que se recurre a las comparaciones con las marcas de competencia como argumento de venta. Los productos mejor aceptados a veces no son los más económicos o accesibles, pues los clientes se sienten atraídos por el servicio personalizado. El precio dejó de ser el detonante de la compra.

El consumidor va a la publicidad, no al revés. Así que hay canales específicos donde los consumidores pueden seleccionar grupos de objetos que están buscando, así acceden a la publicidad de lo que necesitan.

El consumismo fue combatido, pero no significa que la gente no compre o satisfaga sus caprichos, esto se sigue haciendo, solo que, con un análisis de necesidades más exhaustivo, sigue existiendo mercado para todo.

Las instancias para vigilar los precios, la calidad y la sana competencia tienen un comportamiento muy profesional. No se permite la publicidad engañosa y se verifican los procesos de elaboración de los productos para garantizar su calidad en cuanto a elaboración, distribución y comercialización. Los precios están regulados en todo el mundo de manera especial y para permitir la competencia sana se realiza una perfecta determinación de costos y márgenes de utilidad competitivos. Es decir, no se trata tan solo de poner un precio, sino de ofrecer un buen precio, servicio y calidad que pueda competir a nivel internacional. Esto, por supuesto, ha llevado a un emparejamiento de los costos y servicios en la mayoría de los países del mundo.

La moneda corriente es el *dólar global.* Dejaron de existir las monedas locales o de comunidades para dar paso a una moneda única, de aceptación universal que facilitó las operaciones comerciales y quitó la necesidad de conversiones.

El esfuerzo para llegar a esta moneda universal fue mayúsculo, sobre todo para los países con economías frágiles y monedas con devaluaciones; sin embargo, mientras el desarrollo económico alcanzó a estos países, más fácil fue acercarse a la meta de adherirse a la moneda global. En la actualidad son poquísimos los países que no están ahí y aquellos que han entrado al uso de esta divisa tienen la posibilidad de mayor competencia. Pese a todo, sigue habiendo economías más fuertes y poderosas, pero por fortuna las condiciones actuales no condenan a los países que están en situación desfavorable a permanecer en pobreza extrema.

La competencia es un aspecto que afecta todos los aspectos de la vida. Es una actitud profesional cuyo fin es la mejora continua de los productos, servicios y las empresas y personas. Competir no es, como solía pensarse antes, ganar aun con situaciones desleales, sino tener estándares que posibiliten la comparación y la elección, para lo cual es de gran utilidad el *gran medio*, donde los productos y servicios se publicitan y muestran.

El uso de la publicidad ha llegado al grado de publicitar incluso aquello que no ha sido creado o que está en fase de desarrollo. Hay sitios específicos donde los usuarios pueden ver productos y servicios en desarrollo y, aunque a veces este tipo de productos carece de la ficha de descripción completa, el consumidor puede darse una idea de lo que podrá esperar cuando finalmente se termine de diseñar o crear. Esto da pie a que otros productores también puedan tomar ideas en proceso y comenzar su propia carrera para competir por el mejor lugar siempre de forma libre y profesional.

En el auditorio de Aplicaciones en Robótica la reunión da inicio y todo el personal de ventas y los técnicos están pendientes esperando su turno para intervenir. El primer proyecto es presentado por técnicos de Estados Unidos y Canadá. Es un prototipo de robot destinado a la recolección de productos agrícolas. El modelo actual pretende ahorrar energía y agregar flexibilidad a su cuerpo para mejorar su movilidad y su alcance. Cambia de color para camuflarse con los productos que recolecta, lo que lo protege de los rayos del sol y la oxidación. Según las pruebas realizadas, el robot puede permanecer agachado, semi levantado o totalmente erguido de acuerdo con la necesidad de recolección que se le programe; cuenta con ocho articulaciones que pueden recolectar simultáneamente a la derecha y a la izquierda o arriba y abajo. Sus sensores han sido calibrados para ser más agudos y percibir condiciones de madurez de los productos, asimismo se le ha agregado un sistema de video de 360°, el cual puede identificar el color del fruto a recolectar.

Igual que otros prototipos que actualmente se usan en la industria agrícola, éste se ensambla fácilmente y puede adherirse a un vehículo o remolque para desplazarse. Es compacto, por lo que no reduce el espacio de carga de los productos recolectados y usa poca energía.

Las pruebas del prototipo se realizaron en los campos de California y las tierras húmedas de Canadá. Al grupo de la reunión le parece bien lo observado, pues es un prototipo que no solo puede ser útil en los países donde está siendo probado, sino en todo el mundo. Con oprimir una sola tecla, la información y los datos del prototipo serán liberados para su venta masiva.

El segundo proyecto es presentado por Sudáfrica y Chile, donde la industria minera requiere robots especializados para trabajar en las profundidades. Estos robots han reemplazado a los humanos, para lo cual se han desarrollado sistemas de comunicación entre el hombre y la máquina, no tanto a lo relacionado con la fuerza física. Se diseñó un GPS mejorado que no pierde su localización en tiempo real, ni siquiera en las profundidades y pese a los materiales de la mina, que en ocasiones pueden afectar la transmisión de señal. También se trabajó en el sistema de intercomunicación para que la recepción de comandos y órdenes puedan cambiarse en cualquier momento.

En un principio, los robots que trabajaban en las minas llevaban cargadas las indicaciones y el control de sus actividades, pues no existía una manera de sostener una comunicación de forma continua con ellos, a menos que existiera una conexión de cable directa. Luego las condiciones mejoraron y la tecnología logró que se pudieran contactar desde la superficie o algún puesto de control.

La comunicación es inalámbrica, para lo cual se requieren antenas pequeñas que ayudan a la retransmisión de datos, incluido el video. Esto posibilitó que se llegara a puntos en las excavaciones que no se habían imaginado. Los mismos robots van *sembrando* las mini antenas de comunicación en lugares estratégicos, por lo que los hombres no deben bajar a la mina para hacerlo y beneficia la movilidad que los robots tendrán dentro gracias a los sensores.

Si bien las inversiones en equipos, preparación de técnicos y tecnología fueron costosas, no se compararon con los ahorros en primas de seguros por accidentes, pago de enfermedades, sueldos y prestaciones que devengaban los trabajadores mineros antes de la automatización de la actividad minera.

La vieja fuerza laboral humana cedió ante las máquinas, que fueron incorporándose paulatinamente hasta que ya no quedaron mineros en funciones. Se hicieron labores de reconversión de actividades. Aquellos que realizaban actividades de alto riesgo dentro de las minas y que fueron sustituidos por máquinas, se capacitaron para trabajos técnicos: mecánicos de mantenimiento y reparación; operarios vía remota y otras donde la experiencia y el amor a la minería eran invaluables.

Los sindicatos mineros terminaron por convencerse de que habían adquirido mayor productividad con menor esfuerzo, mejores condiciones de salud y más ganancias y seguridad para sus agremiados. Por ello apoyaron a las empresas para introducir nuevas tecnologías y adoptaron procesos de reconversión de actividades. Aumentó la productividad y bajaron los costos, las utilidades subieron y mejoraron las condiciones de vida de este gremio admirable y respetado, cuyas condiciones de trabajo fueron complicadas por cientos de años.

Las minas pueden sufrir accidentes, son sitios de alto riesgo. El trabajo del hombre desafiando a las entrañas de la tierra incluso con máquinas inteligentes tiene riesgos, pero la probabilidad de pérdidas humanas es menor. Los equipos se cansan menos y no pasan por alto los estándares de seguridad y los análisis de riegos elaborados por los programas automatizados que consideran miles de variables en minutos y toman la mejor decisión. La tecnología redujo los accidentes y llevó la extracción de minerales a un punto jamás imaginado.

El proyecto es aceptado y se auguran buenas ventas. Los directores de nuevos proyectos, incluido Daniel, lo anotan como uno de sus objetivos a promover en los próximos meses, pues son del tipo que consiguen pedidos antes de iniciar su fabricación.

Ha llegado el momento de tomar un receso y salen del auditorio para caminar un poco, comer bocadillos y beber algo mientras platican. Daniel conversa con tres ingenieros mexicanos, quienes más tarde presentarán el proyecto de México que comenzará a ser fabricado masivamente en la planta de Japón en su primera etapa. La planta mexicana comenzará sus operaciones de ensamblaje dos años más tarde para dejar de depender de las plantas que hasta ahora hay en América: las de Estados Unidos, Canadá y Brasil.

Los especialistas mexicanos tienen su base de operaciones en Monterrey, donde la empresa cuenta con instalaciones similares a las de la Ciudad de México en las que los técnicos que instalan, reparan y dan mantenimiento a los equipos de toda la república. Hay clientes que solicitan capacitaciones para personal, pues a veces resulta importante no depender totalmente de los técnicos especialistas. La empresa, Aplicaciones en Robótica, da estas asesorías, lo que le permite enfocarse en cuestiones que le dan mayor impacto al negocio: nuevas instalaciones, reparaciones delicadas, refacciones y renovación de equipo.

En Monterrey se fabrican componentes y se hacen reparaciones mayores a muchos de los equipos vendidos en México, por eso se pensó que ahí sería un buen sitio para construir una planta de producción. El diseño propuesto por ellos se realizó en sus primeras fases en Monterrey, pero las fases de experimentación y optimización tendrán que realizarse en Japón, donde los ingenieros mexicanos llevan un año trabajando. Cada mes viajan a México, para visitar a sus familias y están contentos pues el proyecto casi concluye y podrán regresar definitivamente a México, aunque, sin embargo, alguna vez volverán a visitar Japón, en tanto no esté lista la planta de México.

Daniel conoce el proyecto y les desea suerte a sus compañeros con una ligera palmada en el hombro, les dice que sabe que será un éxito para la empresa en México y otros países. Cuando regresan al auditorio todo está listo para conocer el tercer proyecto de la mañana, el cual ha sido desarrollado por la planta de Japón ubicada en la ciudad de Kobe. Al día siguiente todos irán a visitarla, para presenciar el inicio de la producción. El proyecto consiste en un Robot Cirujano capaz de realizar intervenciones quirúrgicas de forma autónoma. Robots similares existen en el mundo, pero la diferencia radical de este prototipo en particular es que el robot ha sido diseñado para operar un órgano muy delicado: el cerebro humano.

El robot cirujano japonés ha sido diseñado con sistemas de alta sensibilidad con memoria por triplicado, lo cual le permite revertir, corregir y evitar las fallas y las contingencias. Tiene dos fuentes de energía de emergencia independientes, para que ninguna falla técnica interrumpa sus actividades.

Aunque ha sido diseñado como un sistema totalmente autónomo, es factible que trabaje en equipo al lado de médicos humanos y personal de quirófano. Incluso puede ser detenido por la mano de un médico especialista o guiado vía remota.

Las intervenciones quirúrgicas son fácilmente teledirigidas desde hace muchos años, las más recientes son las de corazón y, como es el caso del robot presentado, las de cerebro. Muy pocas empresas compiten en estos ámbitos con Aplicaciones en Robótica.

Los ingenieros japoneses muestran cómo el robot cirujano puede programarse para trabajar en mancuerna con un ser humano o con otro robot especialista en otro tipo de cirugías. La tecnología permite *hacer equipo hombre-máquina o bien máquina con máquina.*

Estos robots son una solución técnica a las complejas intervenciones, pues demandaban amplios conocimientos y experiencia del personal médico, todo lo cual ahora se condensa en una serie de partes mecánicas inertes cuya habilidad motriz e inteligencia artificial diseñada por brillantes mentes humanas, lo han diseñado para realizar actividades de alta especialidad. La preferencia por los robots cirujanos en esta época fue consolidándose al notar que en muchas ocasiones los médicos humanos involucraban sus sentimientos y afecciones físicas, tales como el cansancio, las cuales muchas veces van más allá de su voluntad y pueden conducirlo hacia el error o la equivocación, todo lo cual va en detrimento de la recuperación del paciente.

Cuando termina la presentación del nuevo proyecto japonés, el auditorio se desocupa entre murmullos y comentarios en torno a las presentaciones. En la sala contigua el murmullo se hace más intenso y resulta curioso oír conversaciones en tantos idiomas distintos. Muchos de los participantes trabajan codo a codo a la distancia, pero casi nunca tienen la oportunidad de convivir o reunirse físicamente, por lo que estar fuera del *gran medio* y, en algunos casos, verse por primera vez, es emocionante y no desaprovechan el momento de saludarse con afecto, conocerse y tener contacto.

El *gran medio* ha permitido que muchas reuniones y congresos a nivel mundial se realicen vía remota, por lo que los eventos presenciales han adquirido un cariz especial. Los empleados suelen asistir a los eventos internacionales de manera remota y es más usual que se reúnan por regiones, aunque también se hace para situaciones especiales. La reunión en Tokio sin duda es especial, por ello ha reunido a técnicos y personal de ventas, cuyo trabajo será prioritario para posicionar mundialmente los cinco proyectos estrella, los que se espera sigan posicionando a la empresa como una de las más importantes e innovadoras en el ramo de soluciones en robótica a nivel mundial.

Daniel recorre la sala para reunirse con su homólogo de la región norte, un hombre muy alto, delgado y de tez blanca, originario de Oslo, Noruega, quien dirige los nuevos proyectos en su región desde Detroit, Michigan, donde se encuentra una de las tres plantas de Estados Unidos, la más grande. Su colega lo ha llamado con señas desde el otro extremo del salón, y Daniel lo secunda y va hacia él. Casi al momento de su encuentro se topan con el presidente de la empresa y el director de las plantas de Japón, quienes se detienen con Daniel para intercambiar comentarios. Aunque coniven muchos idiomas, casi todas las conversaciones de carácter laboral se realizan en japonés, idioma que dominan la mayoría de los empleados. Luego de esto el noruego se reúne con ellos y la conversación continúa.

A pesar de los protocolos y la excelente planeación, esta reunión tiene un toque informal que permite la convivencia libre entre los asistentes. Por esa razón no hay sitios preestablecidos para comer. Cada cual convive con quien desea y, en este caso, el presidente invita a Daniel y a su homólogo noruego a compartir mesa. Salen de ese vestíbulo para tomar uno de los elevadores que los llevará a la zona de comedores.

En estos años han variado las constituciones físicas de algunas naciones, tal es el caso de los mexicanos, quienes a lo largo de los años han cambiado su constitución física y talla. Han ganado centímetros en promedio y en comparación con la estatura de principios del siglo XXI. Todo esto gracias a la sana alimentación, el ejercicio desde pequeños y los cambios genéticos, que permiten mejorar rasgos de las generaciones nuevas. Por fortuna, un cambio importante fue la erradicación de la discriminación por los tonos de piel.

Daniel y sus compañeros comen en un comedor con menú occidental, el cual fue sugerido por el mismo presidente, quien desea que Daniel y su homólogo del norte se sientan como en casa. Se unen a ellos otros dos directivos y la comida transcurre entre pláticas sobre las últimas noticias de sus respectivos países y temas relacionados a sus familias. Se evitan los temas laborales, pues el trabajo solo se discute dentro del trabajo. El equilibrio entre trabajo, familia y descanso es muy valorado.

Al terminar la comida se despiden y se disponen a continuar con el evento, para lo cual han de volver al auditorio. Daniel se reúne con sus colegas de México, quienes continúan en el itinerario de presentaciones.

En el auditorio, comienza la presentación del proyecto mexicano. La presentación comienza con una pantalla donde aparece la bandera de México resaltando el Escudo Nacional, lo cual indica que el proyecto es 100% mexicano. Los símbolos patrios han sufrido cambios en los últimos 50 años, pero los colores y la esencia del Escudo son los mismos de siempre. El Escudo se proyecta solo y se resalta al nopal, sobre el que se posa el águila, un acercamiento más y se aprecian perfectamente las espinas del nopal y las tunas, que se convierten en un logotipo por medio de una animación en color verde y rojo acompañada de las palabras *Escudo Nacional*, el cual es el nombre del proyecto y que tiene que ver, justamente, con el nopal, un producto típicamente mexicano.

Los ingenieros mexicanos continúan con la presentación de un androide caracterizado como persona que puede cambiar de indumentaria al gusto. En un primer momento lo muestran con pantalón de cuero y un overol con los colores mexicanos. Su característica especial es la adaptación de guanteletes en sus articulaciones superiores, lo que le permite cortar nopales directamente de la planta y a gran velocidad, los deposita en un cesto-robot que se desplaza por los sembradíos de nopal.

El robot está provisto de sensores y una cámara que le permiten identificar la madurez y el tamaño de las piezas a cortar, con el fin de cortar solo aquellos nopales cuyas condiciones son óptimas. Su eficiencia es tal que sustituye a varias personas dedicadas a la actividad y, además, está dotado de un contador de piezas y un sensor bascula que las pesa, de tal suerte que se sabe al momento de la cosecha cuánto se ha cosechado. La información se guarda y se envía en tiempo real a un sistema de monitoreo y control.

El robot cuenta con una adaptación montable cuyo objetivo es realizar el proceso de pelado o retiro de espinas, el cual debe ser exacto para no lastimar la pieza y han conseguido que la máquina sea tan hábil y exacta como las personas más hábiles pelando nopales. El beneficio adicional es que el robot puede realizar la actividad sin pausas y sin riesgos o accidentes.

Igualmente, el equipo es capaz de manejar las tunas y puede utilizarse para otras plantas con espinas, como las rosas u otras cactáceas.

El último en intervenir en la presentación señala las ventajas de este prototipo, que al igual que el prototipo diseñado para la minería, supone la reconversión de actividades. Al introducir en la producción al *Escudo Nacional,* muchas personas podrán especializarse en el manejo y configuración de equipo, así como dedicarse a actividades relacionadas a esta industria y dejar el trabajo manual a los androides.

Para finalizar, Daniel menciona cifras de la industria del nopal en México, destacando el sinfín de cactáceas que son explotadas con fines diversos, por lo que sin duda es un proyecto viable para México y para países cuyos cultivos sean similares en cuanto a tratamiento. El robot puede ser igualmente adaptado a tratamiento con plantas tóxicas o venenosas de cuyos frutos o partes se obtienen medicamentos y compuestos para producir materias primas o productos, principalmente para la industria médica.

El último proyecto es presentado por ingleses y suizos, quienes se han puesto de acuerdo para desarrollar un legado más para el deporte. No debemos olvidar que Inglaterra inventó el futbol y Suiza alberga a la sede de la FIFA. Su proyecto fue nombrado *Referee,* y consiste en un androide con un sistema de arbitraje electrónico apto para el futbol y otros deportes. El objetivo principal es evitar que el arbitraje se realice tan solo con la "apreciación", lo que sucedía antes tan solo por el factor humano. El *Referee* evitaría los problemas de decisión y evaluación, así como daría transparencia y justicia a la competencia. Su utilidad se podría extender a todo tipo de deportes que requieren jueces o árbitros, quienes a pesar de que a veces eran varios y podían debatir o consultar los resultados, siempre se basaban en apreciaciones subjetivas, humanas, y la mayor parte de las veces las decisiones eran inapelables y, también, polémicas. No son pocos los errores terribles y las sanciones injustas cifradas en la historia del arbitraje, por lo que también había el pensamiento de que dentro de los partidos había situaciones de compra de resultados, consignas *a priori* para definir al ganador y al perdedor y decisiones arbitrarias o corruptas.

La televisión representó el primero de los avances significativos en ese sentido, pues por primera vez hubo posibilidad de *repetir* y ver desde otros puntos de vista. Fueron las cámaras de video de las televisoras las que permitieron evidenciar errores arbitrales y pusieron incluso en entredicho la capacidad de los jueces, algunos de los cuales fueron suspendidos temporalmente o incluso vetados.

Más adelante, la tecnología ayudó a los árbitros a través de la introducción de sensores en balones, los cuales daban vistas milimétricas de las jugadas y los movimientos, así como la introducción de sistemas de puntaje electrónicos con comunicación entre árbitro o juez principal y el personal de apoyo. Sin embargo, fueron varias las ocasiones en las que esta tecnología, lejos de ayudar, propiciaba aún más divisiones entre los jueces, quienes señalaban que se perdía la esencia del arbitraje, sustentado principalmente en juzgar por apreciación.

Fue en este momento cuando se dividieron las tendencias: o bien se mantenía el mundo del arbitraje como estaba o se descartaba por completo el factor humano del arbitraje. La decisión se dejó a las confederaciones deportivas de cada disciplina, así el futbol americano recurrió a la tecnología y después el futbol soccer, a través del *Video Assistant Referee* o VAR, aceptaron los árbitros electrónicos.

El proyecto de ingleses y suizos representa una innovación al respecto, pues es un árbitro totalmente electrónico que reemplazará definitivamente a los humanos. Ya hay mucho factor tecnológico, que incluye las cámaras y algunos otros dispositivos, pero es la primera vez que se piensa en un robot autónomo.

Los jueces de línea ya han sido sustituidos por equipos situados de manera estratégica alrededor de la cancha, y realizan sus funciones a la perfección tan solo con enviar señales a un computador central que, a su vez, lo transmite al árbitro central, el cual puede o no ser humano.

El *Sistema de Arbitraje Automático* se localiza en las zonas de la cancha cuya posición no interfiere con la actividad propia del juego dentro de la cancha. Es a través de él que se realiza la marcación, una práctica que es totalmente automatizada y coordinada entre las siluetas mecánicas. No existe el error en el marcaje, pues la tecnología es muy precisa. Sin embargo, a veces produce cierta confusión pues los jugadores se desconciertan al buscar las siluetas mecánicas para reconocer la marcación, además de que algunos jugadores siguen estando acostumbrados a la marcación humana.

El proyecto ha desarrollado una silueta que se mueve en el campo, igual que los jugadores, además de que tiene características que lo hacen único e individual. Sin embargo, ya no será de materiales físicos ni rígidos, al contrario, se trata de una proyección holográfica con los colores tradicionales de un árbitro cuyas señas de marcaje son las universales del futbol internacional. Está dotado de un dispositivo de voz, para poder emitir palabras en diferentes idiomas, lo que servirá para reforzar el entendimiento de sus marcaciones.

De esta manera se mantendrá la tradición del árbitro en el terreno de juego, pero será una imagen holográfica cuyos sensores están alimentados por las cámaras y sensores dentro y fuera de la cancha. Será capaz de procesar en segundos toda la información y de clasificarla o juzgarla. Se pretende que el dispositivo evite las reclamaciones e inconformidades, agregando el beneficio de las tomas de tiempos de juego precisas y su intangibilidad, para evitar que choque con los jugadores o que sea un factor de cambio en los rebotes de balón.

El sistema siempre puede ser complementado por la labor de un cuarto árbitro humano y tradicional, quien puede sancionar situaciones especiales dentro y fuera del terreno de juego como conatos de riña, agresiones y faltas éticas o morales, cuyo ámbito por supuesto no ha trascendido a la robótica.

El diseño del proyecto *Referee* se planeó para introducirlo en el futbol soccer, pues es el deporte más popular en el mundo, genera grandes ganancias económicas para jugadores, empresarios y demás personas que participan en alguna actividad relacionada con él.

Se pretende, en una siguiente etapa, adaptar el prototipo a otros deportes, con lo que se podría juzgar una competencia deportiva de manera correcta y expedita.

Esta presentación representa la última actividad dentro del auditorio. Sin embargo, permanecen en el sitio por una hora más, en la que básicamente se trata de convivencia y recreación. Hasta ese momento sirven bebidas diversas, incluido vino, así como una ligera música informal. Poco a poco la sala se va quedando sola y todos se retiran a descansar, pues la mañana siguiente se reunirán para ir a la planta ubicada en Kobe y admirar el proceso de la primera producción.

Daniel regresa a su hotel caminando y disfruta del recorrido. Al entrar al hotel recibe la notificación de que cinco de sus compañeros de trabajo están cerca de él, una función bastante útil que enlaza a los familiares conocidos y compañeros de trabajo. Son tres colegas latinoamericanos y dos de países africanos, quienes gustosos de verse reunidos nuevamente, quedan en cenar juntos.

Los seis se reúnen en el restaurante del hotel y conversan en torno a temas diversos, entre los cuales no puede faltar, por supuesto, el futbol soccer, al que todos son aficionados. Hablan también de los lugares turísticos de sus respectivos países y el tiempo pasa rápido. Más o menos a las 10 de la noche se despiden y se retiran a descansar.

Al día siguiente la jornada inicia a las 6 de la mañana. Dos vehículos los llevarán a tomar el tren rápido hacia Kobe.

Antes de dormir, Daniel busca en la televisión el partido de voleibol que se llevó cabo ese día, precisamente en la ciudad de Tokio, entre la selección femenil de voleibol de México y la de Corea del Sur, disputando el tercer lugar de un torneo celebrado durante más de una semana, con un desempeño muy bueno de las mexicanas, quienes obtuvieron el tercer lugar y le ganaron un partido a Corea, país campeón en la disciplina. Daniel ya conoce el resultado, pero quiere ver el resumen de 15 minutos, así que se lo solicita al canal donde se transmitió.

Los medios de comunicación se volvieron poderosas empresas de servicios. El usuario tiene capacidad de determinar y elegir muchas cosas, entre ellas, el tiempo que desea destinar a ver determinado contenido. Así que los canales ofrecen resúmenes de diferentes tiempos, así como síntesis con los momentos importantes.

También solicita ver 4 minutos de reacciones en los medios mexicanos, coreanos y japoneses. Así que, en menos de 20 minutos, Daniel está informado, ha conocido tres puntos de vista internacionales y sabe cómo jugó el equipo de México.

Al día siguiente, Daniel se levanta temprano para iniciar su día. Toma un té en una máquina despachadora y lo complementa con unas galletas nutritivas, las cuales le darán suficiente energía para iniciar el día. Las comidas han dejado de ser abundantes para volverse nutritivas y sanas.

En el *lobby* del hotel, un robot de servicio lo recibe y lo conduce hasta el vehículo que ya está esperándolo a él y a los huéspedes de su empresa que asistirán a la fábrica. El robot le informa de las condiciones climatológicas que se presentarán en Tokio y Kobe. Esta es otra de las ventajas de los sistemas de logística automatizados. Si el cliente lo desea, el hotel puede gestionar todas sus actividades y ofrecer servicios y apoyos adicionales casi siempre sin costo o a costos muy baratos.

En el sitio del transporte saluda a sus dos compañeros. El viaje será breve hasta la estación de tren rápido. La terminal del tren es totalmente automatizada; no requiere *ticket* de viaje, pues todo, como hemos dicho, está vinculado al dispositivo móvil. Tanto el abordaje como el itinerario del tren se realiza de forma exacta y ordenada. La puntualidad es sumamente valorada y respetada, por lo que los sistemas de automatización se han vuelto comunes en todas las estaciones de medios de transporte urbanos y suburbanos.

Tras un poco más de 2 horas y un recorrido de casi 600 kilómetros, llegarán a Kobe. El vuelo de Tokio a Kobe dura aproximadamente 20 minutos, pero implica un complicado abordaje porque los dos aeropuertos son inmensos y con muchísimo tránsito de turistas internacionales. Por esa razón, en el caso de trabajo, se prefiere utilizar el tren rápido, que proporciona alta seguridad y calidad de viaje y resulta una excelente opción para evitar las congestiones aeroportuarias.

Saliendo de la estación abordan los autobuses dispuestos para ellos. Y así se dirigen hasta la planta de Aplicaciones en Robótica, situada en las afueras de la ciudad y cerca de una región montañosa.

En la planta los esperan con un desayuno ligero y les dan el equipo de protección personal obligatorio para el recorrido. Es un equipo básico, puesto que no ingresarán a la zona donde las máquinas trabajan, sino a corredores de observación y puentes debidamente protegidos por cristales y acrílicos que aíslan de cualquier situación de riesgo, pero que permiten ver casi de primera mano el proceso de producción. De cualquier forma, el recorrido será grabado y reenviado a sus dispositivos, por si desean ver otros puntos de vista del proceso observado.

Daniel y sus compañeros recorren las áreas donde se producen los primeros lotes de los proyectos presentados. Antes de iniciar el recorrido por las máquinas de armado, ven un video sintético que presenta a los países involucrados y los pormenores del producto. Luego siguen su recorrido recibiendo explicaciones técnicas de parte de los técnicos de las áreas de fabricación.

Los recorridos concluyen, tras lo cual se reúnen en un salón para escuchar un mensaje del presidente de la compañía. Daniel se encuentra ahí con el director general de México, su jefe inmediato en México, quien recién ha llegado y se incorpora al grupo. Daniel y él terminan la jornada juntos y reciben comentarios y dudas sobre el *Escudo Nacional,* su proyecto emblema.

La comida se realiza en un jardín al aire libre, los alimentos son variados y típicos de varios países, dispuestos en pabellones que representan los sabores de cada nación. Los asistentes eligen cuanto desean de los países que más les guste, casi todos optan por sus comidas nacionales, aunque algunos se aventuran a probar los platos de otras latitudes. El pabellón de Kobe, sin embargo, es el más recurrido, pues sus platillos incluyen deliciosos cortes de ternera, conocidos y famosos desde hace muchos años, típicos de la región, los cuales son de inigualable calidad y sabor. Al terminar, pasan por el pabellón de comida mexicana, representada en esta ocasión por tacos de diferentes guisados acompañados por las infaltables salsas, ríen al ver sus efectos en algunos comensales, quienes inútilmente beben líquidos y agitan las manos para quitarse la sensación de picor en la lengua.

Por la tarde, recorren una sección donde se realiza la experimentación de los prototipos en operación directa. Se trata de reproducir el ambiente de trabajo lo más parecido a la realidad. Destaca, por supuesto, la cancha de futbol trazada en un campo con vestidores y tribuna reproducidos a escala de un cuarto para poner en práctica al *Referee.* Asimismo, el *Escudo Nacional* se está probando en una huerta donde se reproducen las condiciones de producción del nopal y un invernadero con cultivo de rosas. Destacan las cajas cuyo contenido son nopales, tunas, biznagas y cactus pequeños, ante los cuales Daniel no puede evitar comentar que a los tacos les pusieron los nopales secos y que el picante excesivo fue para ocultarlos.

A las cinco de la tarde termina la jornada de trabajo. El director global de plantas despide a los asistentes con un discurso, el cual es transmitido vía remota a todas las plantas y corporativos.

El evento concluye con un pequeño coctel en el que se despiden los asistentes, muchos de los cuales partirán a sus respectivos países tras la intensa jornada de trabajo. La mayoría viajará en tren, pues cada vez es menos usual que los ejecutivos usen transportes extremadamente privados o seguros, como solía pasar en épocas anteriores por la inseguridad. Ahora los medios de transporte masivo son usados por todo el mundo sin distinción, pues son seguros, cómodos y eficaces. Además, el ambiente en el mundo es cordial y amable, lo que facilita cambiar los sistemas de transporte privado o individuales, los vehículos blindados y los equipos de seguridad para ser un ciudadano más.

La llegada a Tokio sucede puntual, tal como el viaje de ida. Los seis compañeros que se hospedan en el hotel donde está Daniel vuelven a compartir la cena y se despiden, pues al día siguiente partirán hacia sus diferentes destinos. Aquellos que viajan a Latinoamérica saldrán del hotel por la mañana, mientras que los que viajan a África lo harán por la tarde.

La cena es parecida a la del día anterior, excepto porque en esta ocasión se permiten compartir un par de copas de vino. Después de todo, su trabajo ha terminado y al día siguiente no deben levantarse tan temprano. Se despiden entre risas y buenos deseos, la navidad y el fin de año están próximos y todos están contentos de que el fin de año los haya alcanzado con logros laborales y expectativas profesionales prometedoras.

Daniel deja el hotel poco después de las nueve de la mañana después de desayunar solo, pues sus compañeros latinoamericanos tuvieron que salir más temprano. Los que viajan hacia Egipto y Sudáfrica fueron a dar un último paseo de compras y él se quedó solo. En la sala de espera del aeropuerto, Daniel recibe una llamada de su jefe inmediato, el director general de México, quien se encuentra en las Oficinas Corporativas de Tokio por una serie de reuniones con el presidente general y otros directores, quienes aprovecharán este evento para una jornada de trabajo de nivel directivo.

Una vez terminada la llamada con su jefe, recibe la confirmación de que su equipaje ha ingresado exitosamente en su vuelo. Todo es exacto y puntual, en breve abordará al avión y partirá. Está esperando las indicaciones para ingresar al área de abordaje cuando un grupo de mujeres jóvenes y altas ingresa a la sala donde se encuentra. Van vestidas con ropa deportiva y Daniel no puede creerlo, parece que compartirá el vuelo con la selección mexicana de voleibol femenil. Las felicita diciendo *¡Buen trabajo equipo!*, la felicitación es respondida con orgullo por el equipo y sus entrenadores y asesores.

Algo que ha variado radicalmente con respecto a décadas anteriores es la concepción de la fama. A diferencia de otras épocas, ninguna celebridad hace alarde ni tampoco suele haber tumultos en busca de un autógrafo o una fotografía. La discreción y la humildad son muy preciados en el mundo actual.

Las personas que ostentan una imagen pública, sea nacional o internacional y pertenezcan a cualquier actividad, desde el deporte, la actuación, el arte o la política, gozan de amplio reconocimiento, admiración y respeto del público, pero son incapaces de propiciar la euforia colectiva, pues se destacan por ser mesurados. La gente del 2070 es prudente, respetuosa y educada. Además, se entiende que cualquier persona es capaz de destacar si se esfuerza lo suficiente y todos por igual merecen el reconocimiento por sus actividades y logros.

Las grandes estrellas ya no son divas ni personajes intocables cuyos actos, en muchas ocasiones, mostraban su vacuidad y desprecio por la vida. Quedó atrás la época de artistas que eran viciosos o cuyas vidas privadas eran reprobables. Jamás se volvería a alimentar la fama con el revuelo y el escándalo. Un dato interesante para este cambio radical lo implicó el cambio que tuvieron los medios de comunicación, los cuales tuvieron una terrible época de falta de ética y morbo excesivo, notas falsas y abuso para llamar la atención y ganar adeptos por publicidad pagada.

Hoy, por fortuna, la fama y la popularidad se ganan, principalmente, por la calidad humana. Los famosos y los personajes públicos son agradecidos y educados, pues ser una persona pública es una gran responsabilidad y merece un comportamiento ejemplar en todos los sentidos.

No hay ídolos creados ni por los medios ni por la publicidad. Quienes se destacan lo hacen porque son excepcionales de verdad y se han ganado el cariño y respeto del pueblo por lo que representan como personas.

Los medios también han cambiado. En la antigüedad las notas se perseguían por morbo y su afán era la primicia y la publicidad. Incluso hubo una época en la que se buscó, simplemente, la discordia, el escándalo, y el amarillismo y el sensacionalismo. Pues bien, todo eso quedó atrás. Hay derecho de réplica respetuoso y profesional. Se desprecian los insultos y acusaciones infundadas, incluso hay algunas ocasiones en que pueden ser tratados como delitos y se castigan sin chistar.

Daniel sube al avión junto con todos los demás pasajeros. Todos son iguales en el avión, no hay secciones para las celebridades que en esta ocasión viajan en él. A Daniel le toca de vecino de asiento un integrante del cuerpo técnico del equipo de voleibol, un joven que apenas pasa los 30 años, alto y fuerte, que se desempeña como preparador físico del equipo y jugador profesional de voleibol hasta hace pocos años. Charlan, le pregunta a Daniel si practica algún deporte, puesto que lo nota con buena constitución física y atlética. Daniel sonríe, pues en realidad el único deporte que practica es el de las ventas. Ríen con el chiste, pero el preparador pregunta el tipo de productos que Daniel vende y, al enterarse de que son dispositivos tecnológicos, tiene curiosidad si se trata de la misma empresa que provee los sistemas de control de arbitraje. Daniel asiente, y se siente cómodo compartiéndole las primicias del *Referee.*

Cuando el avión comienza el despegue se quedan callados, pero sabiendo que tienen horas por delante en las que podrán compartir una amena conversación.

Deportes y deportistas

Las buenas prácticas alimentarias han mejorado la salud de toda la población, lo mismo que la práctica regular de deporte. Por ello, cada vez son más notables los deportistas de alto rendimiento, cuyos estándares han revolucionado la práctica del deporte en el mundo.

Especialmente ha cambiado el sistema de competencias internacionales, el cual se ha vuelto más estricto y disputado, pero al mismo tiempo, por la mejora en los estándares internacionales cualquier atleta o practicante puede competir a nivel profesional y representar a un país o pertenecer a los mejores equipos del mundo. Hay muchos apoyos económicos y se busca la proyección de los individuos con talento desde muy pequeños. Pese a todo, siempre es importante que la persona tenga deseos y se esfuerce, pues un mundo con recursos económicos, físicos y técnicos al alcance de todos solo puede hacer distinciones a partir de la fuerza interna y el espíritu indomable de aquel que desea una meta y la busca por encima de los demás.

Además de rodearse de equipos técnicos, los deportistas cuentan con buenas instalaciones, preparación física, apoyo de médicos, nutriólogos y terapeutas, psicólogos y *couches* personales que trabajan en aspectos que van más allá de lo deportivo y cuya labor hace la diferencia en las competencias, donde además de lo físico y lo técnico se requiere voluntad y fuerza para imponerse.

Los deportistas famosos que hacen una carrera meteórica que los catapulta al éxito deportivo y económico, difícilmente pierden el piso por la fama. Ante todo, se mantienen como personas y tienen claro que deben ser un buen ejemplo para los jóvenes y dejar un legado más allá de lo deportivo a las nuevas generaciones.

El futbol soccer ha cambiado en México y en el mundo, su práctica generalizada e interés colectivo mueve grandes cantidades de dinero y la globalización trajo beneficios. En principio de cuentas, México, Estados Unidos y Canadá crearon una liga élite, donde los mejores equipos de sus ligas nacionales comparten partidos. México es el país que tiene más equipos insertados, pues tiene una mayor tradición futbolera y más alto nivel; le sigue Estados Unidos y Canadá, que solo ha aportado cuatro equipos.

En esta liga hay ascensos y descensos, igual que en sus ligas locales, por lo que los equipos están en constante competencia para pertenecer o mantenerse en el grupo selecto, donde se contratan jugadores de todo el mundo y el nivel futbolístico está a la altura de las mejores ligas del orbe.

Las ligas locales tienen varias divisiones, con el fin de dar cabida a equipos nuevos que buscan ascender. Los clubes son empresas que dan empleo a mucha gente adicional a los jugadores. Ya no existen los llamados juegos de liguillas, el campeón de cada división es quien acumula más puntos, los campeones ascienden a la categoría superior, los últimos descienden de categoría y los primeros lugares son considerados para jugar copas internacionales o regionales que pueden llevarlos a torneos mundiales.

La competencia es aguerrida y simple, el equipo que trabaja mejor durante el periodo completo de la liga cosecha lo mejor. No hay golpes de suerte, no hay desempeños buenos en los últimos encuentros de las temporadas que los puedan llevar a ser campeones, no se dan más los partidos amañados ni se ven medios de comunicación involucrados o arbitrajes parciales, reglamentos con cláusulas de competencia que favorecen a unos equipos y perjudican a otros. Esto quedó para los anales de la historia, como decían los clásicos, ahora, el sistema de competencia es básico, quien *consigue buena semilla, siembra correctamente y cuida su cultivo, cosecha resultados.*

El proceso de formación y desarrollo de jugadores es simple: los niños practican el deporte desde una edad temprana en las escuelas de futbol, donde van escalando categorías de acuerdo con su edad. Aquellos niños o niñas cuyas características sean destacables se van seleccionando para formar parte de las fuerzas básicas de clubes, donde en algún momento podrán elegir por jugar de manera profesional. Sin embargo, aquellos que no logran formar parte de los clubes ni se vuelven profesionales, pueden ser igualmente excelentes jugadores y practicantes del deporte, cuya práctica constante lo ha vuelto una disciplina que les será de gran valor dentro de su vida personal y laboral, convirtiéndolos en mejores ciudadanos.

En México, para obtener una mejora sustancial en el rendimiento deportivo y técnico de los futbolistas nacionales, fue necesario incrementar la preparación e inversión en fuerzas básicas y escuelas de futbol para crear un nivel competitivo. Igualmente fue necesario disminuir la cantidad de contrataciones de futbolistas extranjeros y el número de extranjeros que podían participar a la vez en un partido. De esta manera se fomentó el desarrollo de una fuerza nacional y se atrajo talento extranjero de élite, todo lo cual favoreció el crecimiento del futbol mexicano.

El jugador mexicano al fin pudo desarrollarse en posiciones que antes eran ocupadas por extranjeros. Actualmente los jugadores mexicanos de futbol son reconocidos y solicitados en todo el mundo por su forma de jugar y su capacidad de adaptarse a sistemas de juego de clubes internacionales. Hay jugadores en equipos de elite en Europa y en equipos más modestos de Asia, África y hasta Sudamérica, que por años fue el exportador por excelencia de jugadores a México. En el 2070, justo después del mundial, se dio una migración masiva de jugadores mexicanos a equipos Sudamericanos importantes.

A México le ha ido bien en términos futbolísticos. En primer lugar, se celebró el mundial *México 2070*, y no se desaprovechó la oportunidad, pues al ser locales pudimos levantar la copa del mundo por segunda ocasión. El primer mundial que México ganó fue la década del 2040 durante un mundial en sede conjunta con países de CONCACAF. En ese mundial algunos partidos se jugaron en México, pero justo fue en esos partidos donde obtuvo su pase a la semifinal y luego a la gran final. Jugar como local favoreció mucho, pero la final se jugó en Costa Rica, donde México finalmente pudo tomar su papel del gigante del área, como es conocido desde hace más de 100 años. Los jugadores se sintieron en casa y lograron su primera copa mundial y ya se han obtenido el tercer y cuarto lugar en las justas mundialistas.

El practicante de futbol está habituado a la alta competencia y a las condiciones adversas desde niño. Hay competencias regionales e internacionales en todos los niveles y categorías y por fortuna las condiciones económicas no son un impedimento para el desarrollo ni de los clubes ni de los jugadores.

Los clubes de futbol y las instituciones de fomento al deporte apoyan con presupuesto, infraestructura y asesoría para que se mejore la práctica de este popular deporte. Están dispuestos a invertir, pues de ahí saldrán los futbolistas del futuro, quienes generarán grandes bienes económicos.

Asimismo, México ha obtenido otros campeonatos y medallas olímpicas. México está en el selecto grupo de naciones que ha evolucionado a gran escala en este tema y se acabaron desde hace mucho los dichos como *el jugamos como nunca y perdimos como siempre*.

Para la mujer el futbol sigue siendo muy atractivo. Su popularidad surgió hace muchos años y la cantidad de mujeres que lo practican profesionalmente ha aumentado considerablemente y ha llevado al país a grandes resultados. Hay ligas profesionales que han obtenido triunfos regionales, medallas olímpicas, campeonatos del mundo. De hecho, estos logros sucedieron antes de los logros de los equipos varoniles, lo que les valió a las jugadoras equiparar sus condiciones de sueldo y prestaciones, antes limitadas por prejuicio. Así que, en el futbol, la igualdad de género se ha consolidado.

El añorado futbol llanero, que fuera el semillero de las grandes estrellas del pasado, se olvidó con el auge de las escuelas y los clubes que comenzaron a formar fuerzas básicas. Sin embargo, algunos jugadores que se retiran vuelven a esas canchas sencillas en los barrios y reúnen a *amateurs* o a jóvenes y niños cuya intención tan solo es jugar y divertirse sin fines profesionales. El ambiente es familiar, aunque incluye cierto grado de competencia, motor fundamental de los deportes y de la satisfacción de los jugadores.

A nivel mundial, México compite con las ligas combinadas de países o por regiones. La justa máxima sigue siendo el mundial, que continúa celebrándose cada cuatro años casi siempre en un solo país como sede, aunque a veces, sobre todo en las últimas décadas, se ha optado por formatos híbridos, es decir, donde se organiza en sedes compartidas.

El mundial dura un mes, pero su expectación se extiende a mucho tiempo más, pues para llegar a los partidos que se realizan en él se deben pasar por las clasificaciones, las cuales son cada vez más peleadas, no solo en la cancha, sino en la disputa política y comercial para ganar la sede mundialista, lo que implica también una derrama económica extraordinaria por el turismo.

A partir de que México fue sede para conmemorar el centenario del mundial de México 1970, Alemania se confirmó para el mundial de 2074, conmemorando también el mundial de 1974. Esto ha propiciado que muchos países que competían por la sede piensen que tal vez su futuro como sedes se eclipse por esta tendencia a repetir por el centenario…

Por otro lado, la dinámica de organización del béisbol es muy similar a la de otros deportes. México es parte de una Liga Mayor junto con Estados Unidos y Canadá. A diferencia del futbol, en este deporte la mayoría de los equipos proceden de Estados Unidos, cuyas ligas élite son mayores, lo mismo que sus ligas locales y menores.

La infraestructura para el béisbol se ha desarrollado increíblemente debido al apoyo de muchos sectores, lo que ayudó a extender su popularidad a nivel nacional y aumentó su práctica. En las escuelas, empresas, ligas *amateurs* y filiales de alto nivel, todos participan para brindar oportunidad a miles de peloteros que alimentan las ligas y cuyo sueño es llegar a una liga nacional o de élite.

Desde hace 100 años los resultados de México son buenos, pero ahora son particularmente mejores. Hay jugadores con jugosos contratos en los mejores equipos del mundo y se ha dado un gran desarrollo también en la práctica de aficionados, la cual resultaba difícil para el público no profesional. Sí había ligas *amateurs*, pero no tenían instalaciones adecuadas, lo cual cambió, porque se construyeron parques de béisbol que incluso están compitiendo en capacidad con los estadios de futbol.

Al darse más difusión a este deporte, aparecieron beisboleros por doquier. Ya fueran empresarios, *managers*, *umpires*, ex peloteros, aficionados y medios de comunicación que tuvieron interés en hacer repuntar el deporte en México y el mundo y así promover su desarrollo.

Países donde jamás se había practicado el béisbol ahora cuentan con equipos que poco a poco se van posicionando en las ligas. Incluso se puede decir que todos los países cuentan, cuando menos, con un estadio de béisbol.

La participación de la mujer y de los niños también fue fundamental para volver popular este deporte en México. Al incorporar a niños y mujeres al juego del diamante, el béisbol se fue posicionando como deporte universal. La profesionalización de las mujeres como peloteras todavía no alcanza el grado de igualdad con los equipos masculinos, pero no es por la poca difusión o el poco empuje, sino por el poco tiempo que su ingreso como jugadoras profesionales tiene. Lleva años a este deporte para que los equipos se vuelvan de alto nivel, al cual sin duda llegarán.

En cuanto al futbol americano, su práctica en México es muy alta en la actualidad. Las condiciones físicas que limitaban su práctica se fueron salvando, pues la constitución del mexicano cambió y ahora muchos jóvenes y muchachas tienen la fuerza y la talla necesarias para desempeñarse correctamente en las exigencias de este deporte.

Las escuelas y las filiales de los equipos importantes ofrecen la oportunidad de practicarlo desde la infancia. Cuando los jugadores son adolescentes pueden iniciar su desarrollo semi profesional e, incluso, buscar una posición en los equipos o instituciones.

Hay una liga mayor a nivel nacional, representada por las instituciones educativas de nivel profesional más importantes del país, tanto públicas como privadas. Otros equipos que complementan esta liga son equipos surgidos en la iniciativa privada, los cuales son empresas que ofrecen una fuente de empleo para jugadores y trabajadores.

La liga está dividida en tres conferencias dado el número de equipos de alto nivel del país. Las conferencias son Sur, Centro y Norte, cuyos campeones ganan la oportunidad de disputar un torneo con equipos y jugadores de Estados Unidos, país que sigue siendo dominante en este deporte, por lo que los grandes estadios de futbol americano y los contratos millonarios siguen estando allá.

El desarrollo en México le ha permitido ser competitivo y abrir la posibilidad de que los jugadores mexicanos sean vistos por los equipos norteamericanos. Hace cien años se contaban con los dedos a los mexicanos que incursionaban en equipos de elite, en la actualidad su presencia se ha vuelto común, sobre todo a nivel colegial, cuando los jóvenes buscan seguir su preparación y dar el salto al máximo circuito.

Incluso jugadores de los Estados Unidos buscan enrolarse a equipos de la liga mayor mexicana, pese a que los sueldos no son tan atractivos como los de allá, pero es una manera de obtener la oportunidad de seguir jugando y viviendo bien, mientras que la liga mexicana se beneficia con el toque internacional.

La infraestructura es muy buena y en las últimas décadas se destinaron recursos para construir estadios especiales para este deporte, los cuales están casi siempre dentro de las instituciones educativas que gestionan los equipos. Muchos de los jugadores profesionales de futbol americano son estudiantes universitarios que estudian una carrera a la par que se desarrollan profesionalmente en el deporte.

La presencia femenina en este deporte también se ha incrementado considerablemente, hay una liga mayor cuyo número de equipos es menor al de la liga varonil, pero tiene buen nivel y posibilidades de desarrollo económico, deportivo y personal, pues en la liga femenil estadounidense hay grandes oportunidades.

Incluso hay una liga profesional mixta en Estados Unidos, donde se privilegia la protección a la integridad física, debido a que las diferencias óseas entre hombres y mujeres sí son particularmente pertinentes. El espectáculo y la publicidad para este tipo de equipos es exitoso, en él destacan la belleza y actitud de las mujeres, quienes parecen decididas a triunfar en este deporte.

Para las jugadoras mexicanas lograr una liga mixta es un reto en el que trabajan en la actualidad.

En cuanto a las canchas de duela, el básquetbol sigue siendo un deporte de gran tradición y buena penetración en todos los estratos sociales de México. Al igual que los otros deportes, ha sufrido cambios interesantes a través de los años. Para conseguir el salto a las grandes esferas del deporte ráfaga fue necesario invertir en infraestructura. Se cambiaron las burdas canchas de cemento por canchas de duela, bien trazadas y con medidas reglamentarias, tableros y postes de materiales adecuados. Niños y jóvenes se acostumbraron a practicar en ellas y al llegar a altos niveles de competencia estaban a la altura de los mejores.

El nivel del básquetbol tanto varonil como femenil está a la altura de los mejores del mundo. México gana en torneos internacionales, donde obtiene lugares importantes en los juegos panamericanos y olímpicos. Las competencias escolares son todo un espectáculo en el que niños dan lo mejor para ganar.

Definitivamente el jugador mexicano tiene una complexión diferente a la que primaba hace cien años. Su talla es mayor y actualmente son bien vistos por los equipos profesionales de otros países, principalmente Estados Unidos, donde por su cercanía hay una constante competencia entre equipos y torneos intercolegiales. México se volvió la antesala para los países que están demasiado lejos de los *Dreams Teams* de Estados Unidos.

En cuanto al vóleibol, su elegancia y espectacularidad es fabulosa. Es un deporte que requiere el desarrollo de varias cualidades para llevarlo a alto nivel. Más allá de la técnica y el trabajo físico, el vóleibol requiere de un buen desempeño colectivo y de mucha concentración. Solo así se pueden realizar jugadas espectaculares para obtener altos puntajes.

Como México se ha transformado en una sociedad con muchos de sus problemas resueltos, la gente empieza a desempeñarse mejor en actividades especiales, tales como los deportes de concentración, entre los que está sin duda el vóleibol, que tiene jugadas donde es vital desarrollar movimientos rápidos de engaño y estrategias de coordinación absoluta entre compañeros. Un juego de ataque y defensa que se ha desarrollado paulatinamente y de manera planeada para llevar a México al lugar que actualmente tiene.

Un ejemplo claro es el tercer lugar del equipo mexicano en el encuentro internacional de Tokio.

En el tenis, el llamado deporte blanco, México puede volver a brillar, pues por más de 50 años los tenistas mexicanos brillaron por su ausencia en los torneos de *Grand Slam*, los más grandes a nivel mundial, también llamados *Abiertos.* Las categorías que siguen destacando son *singles,* dobles y mixtos, donde México ha obtenido buenos resultados.

En los últimos años varios mexicanos han ingresado dentro de los primeros diez lugares del *ranking* mundial, y aunque algunos salen eventualmente, las nuevas generaciones los van siguiendo de cerca y se colocan de inmediato en los primeros sitios. La renovación generacional se da de forma positiva, lo cual es importante, pues el tenis es un deporte cuya carrera profesional comienza a muy corta edad, prácticamente siendo niños, pues el nivel de competencia alto desgasta al competidor, cuya carrera concluye a temprana edad.

No fue fácil que México saliera de su bache de bajos resultados a nivel mundial en el tenis. Pero fue gracias a la intervención de la iniciativa privada y del gobierno que pudo superarse la crisis. Se invirtió en el fomento al deporte, así como en infraestructura. El tenis es un deporte que requiere muchos recursos, lo que hace comprensible que mientras el país tuvo carencias por crisis económicas recurrentes, vio escasas inversiones en este rubro. Sin embargo, el creciente desarrollo económico permitió volver a contar con poblaciones económicamente desahogadas con la oportunidad de practicar este deporte, que fue atrayendo a niños y jóvenes.

Las primeras generaciones o semillas dieron sus frutos hasta que fue posible escalar divisiones y llegar a los primeros planos de las competencias. Hay tenistas de ambos géneros que se distribuyen en varias divisiones. México ha ganado algunos de los mejores torneos del mundo en varias ocasiones y Daniel lee en el periódico que un mexicano está por terminar el año como el número tres del *ranking* mundial.

México siempre ha tenido un lugar importante en las competiciones de autos y bicicletas, a las que se han sumado ahora las motocicletas. Todos estos vehículos han sido mejorados increíblemente, tanto en su forma de manejo, que ahora es prácticamente computarizada gracias a la súper tecnología. Así que los pilotos de autos y de motocicletas se han especializado como estrategas, pues los equipos inteligentes hacen todo el trabajo físico. El conductor sigue viajando en el vehículo, pero si no pudieran o no quisieron hacerlo, pueden controlar el vehículo de manera remota y está permitido.

Las velocidades se han incrementado considerablemente. Los automóviles y las motos son tan veloces que difícilmente los reflejos humanos podrían reaccionar a ellos. Por ello se hizo necesario la inclusión de sistemas de pilotaje automático y de acompañamiento, pues la velocidad y la precisión que exige el desempeño en las pistas incrementó su riesgo. Sin embargo, la pericia, la experiencia y la estrategia diseñada por una mente humana siguen siendo los elementos que definen el desempeño y la ventaja en la competencia. La seguridad para tripulantes y asistentes a los grandes circuitos se ha multiplicado: los materiales y los bordes de las pistas están hechos con materiales de alta absorción de impacto, lo mismo que los trajes de los pilotos, pues se da prioridad a salvaguardar la vida.

Los trajes de los pilotos están dotados de un mecanismo de propulsión a base de gas, el que se acciona al momento de percibir un impacto fuerte y dispara al operador hacia el aire, quien literalmente vuela por varios segundos y se desplaza lejos del peligro, donde puede caer al piso de manera controlada. Aunque el dispositivo no elimina el riesgo de manera total, sí reduce la posibilidad de morir atrapado dentro de la capsula de los autos. Por otra parte, en el caso de los conductores de motocicletas, el traje amortigua mejor las caídas.

Las carreras a campo traviesa o aquellas donde participan vehículos grandes todavía permiten a los conductores humanos de manera total y directa, pues como los circuitos y los vehículos no permiten alcanzar altas velocidades, los riesgos de accidentes son menores. Sin embargo, en cuanto a las condiciones de seguridad se han hecho mejoras, sobre todo a través del monitoreo de los servicios de emergencia. Hay helicópteros sobrevolando los circuitos y cámaras, que dan cuenta de las emergencias en tiempo real.

Las categorías y tipos de vehículos de competencia son muchos, por lo que además de un deporte que genera mucho dinero se ha vuelto un negocio de los más diversificados.

El ciclismo, por su parte, continúa siendo humano, aunque la tecnología lo ha revolucionado en cuanto a los materiales y diseños de las bicicletas, las cuales cada vez alcanzan mayores velocidades y se han vuelto ligerísimas, tanto que es posible llevar una bicicleta de repuesto en una mochila. Las ruedas siguen siendo lo más voluminoso, pero ahora están elaboradas de caucho y se inflan a gran presión en segundos con botellas de aire comprimido. El asiento se forma con la tela de la mochila y los demás complementos son pequeños y retractiles, el ciclista no puede dejar de pedalear por nada del mundo…

Con respecto a los deportes acuáticos, en México se siguen cosechando tritones y sirenas, quienes surcan las aguas de albercas y fosas de clavados con resultados excelentes, clasificando en competencias internacionales y triunfando al obtener una de las máximas satisfacciones del deporte, las medallas olímpicas tanto en deportes individuales como en equipo.

En el remo y demás deportes derivados, México es dignamente representado. Actualmente hay instalaciones para su práctica no solo en Instituciones, sino también en centros privados, los que han aumentado significativamente y por lo tanto han incrementado la cantidad de interesados en su práctica.

Albercas y fosas de clavados abundan en las instalaciones deportivas de todo tipo y no hay problemas de abasto de agua. El mantenimiento y cuidado que se les tiene da confianza a quienes practican el deporte y se acabaron, por fin, las instalaciones abandonadas, las albercas sin agua y los espacios insalubres.

No debemos olvidar que la natación y sus derivados son deportes que, aunque no se practiquen de manera profesional proporciona al humano tranquilidad, relajación y una gran fuente de oxigenación al organismo. Es un deporte que alimenta no solo el cuerpo, sino también la mente, para que las ideas y las decisiones se alineen en otras actividades de la vida. La natación se fomenta desde la primera infancia, hay bebés que aprenden a nadar y lo siguen haciendo toda su vida.

Definitivamente la actualidad ha vuelto al ser humano muy sensible a la protección de la integridad personal, así que las discusiones sobre la prohibición o mantenimiento de los deportes de contacto tuvo su momento álgido. Sin embargo, la discusión se centró en las situaciones cuya gravedad podría derivar en el daño o la muerte de uno de los competidores. Así que, tras una larga deliberación, se decidió modificar algunas reglas para que estos deportes no desaparecieran, sino que dieran un gran salto evolutivo. Lo más importante fue centrarse en la protección de los semejantes, lo que debió estar por encima de cualquier otro aspecto del campeonato y del deporte en sí.

Adecuando las reglas e implementando sistemas de tecnología moderna, los enfrentamientos de contacto físico son seguros, pues los participantes tienen el cuerpo lleno de microsensores que registran los golpes y el daño que van haciendo en el cuerpo del receptor, así que la pelea puede detenerse antes de un accidente grave.

Los aditamentos de boxeadores, peleadores, luchadores, taekwon-doin y demás, que usualmente incluyen guantes, caretas, petos y cascos cuentan igualmente con mini equipos que al contacto con la otra persona registran los impactos. Todos estos datos son remitidos a un sistema de conteo automático, el que determina al ganador y hace totalmente eficientes los sistemas de sanción durante las contiendas.

El monitoreo de la salud y la condición física de los deportistas se realiza cuidadosamente a través de los sensores que detectan el impacto de los golpes. El ordenador recibe la información y la coteja con bases médicas y científicas para determinar la condición de salud y el riesgo. Siempre hay un equipo médico presente, cuya especialidad es la medicina deportiva. El equipo médico es requerido en cualquier competencia de estas disciplinas, indistintamente si son o no profesionales.

El problema de los deportes de contacto es, justamente, el contacto, que puede ocasionar daños mayores por la repetición y la fuerza en zonas específicas, todo lo cual se revisa a través del sistema de monitoreo, que tiene la última palabra para determinar si la pelea continúa o se detiene. El ganador se determina por el sistema automatizado de puntaje.

Con estos cambios se procuró cuidar la salud de los competidores y mantener vivos los deportes. México, por supuesto, conserva su lugar destacado en el mundo. Contamos con campeones de todos los pesos, pues gracias a que la constitución física de los mexicanos ha variado ahora también podemos participar en pesos completos.

Las artes marciales también son muy afines al mexicano, quien parece haber nacido para ellas. De tal suerte que México continúa siendo uno de los máximos exponentes en el mundo, junto con países orientales. Además, se han creado disciplinas derivadas del karate, tae kwon do, lima lama y más, cuyas reglas internacionales han hecho interesantes subdivisiones y dan cabida a deportistas de diferentes gustos y categorías.

En cuanto a la gimnasia y el atletismo, también cambiaron un poco, pues ahora la gimnasia se practica como antes la danza. La niñez se siente atraída a esta disciplina y se abrieron múltiples escuelas dedicadas a ella hasta que se volvió parte de la educación física de las primarias y secundarias.

Las nuevas generaciones la han desarrollado al máximo, al grado que hoy se cotiza internacionalmente una generación de entrenadores mexicanos especialistas en gimnasia cuyos resultados son palpables.

México ya era importante en el atletismo a nivel mundial, pero en la actualidad ha crecido su renombre, pues se fomenta desde la niñez y se hizo un gran esfuerzo para desarrollar la infraestructura y el apoyo económico para su práctica masiva de alto rendimiento.

Gran parte del éxito de los atletas mexicanos radica en la posibilidad que el país tiene de ofrecer sitios con alturas muy por encima del nivel del mar en donde suelen entrenarse. Así que hay muchas ciudades que se volvieron campamentos y sitios específicos para atletas no solo mexicanos, sino también extranjeros que con la asesoría de entrenadores locales se entrenan con las condiciones suficientes para crear fuerza, resistencia y desempeño. Los deportistas más socorridos para este tipo de entrenamiento son los marchistas y corredores de grandes distancias.

En las pruebas de velocidad cada vez hay mejores representantes en ambas ramas, así como en las competencias de los diferentes tipos de saltos.

México participa poco en los deportes invernales, pues el país no cuenta con las condiciones climatológicas ni físicas para que haya posibilidad de practicarlos de forma masiva y profesional. Sin embargo, hay una participación significativa en cada olimpiada.

Pese a todo, se están haciendo esfuerzos, pues se intenta aprovechar la nieve perpetua en el Pico de Orizaba. Se diseñaron instalaciones que abren casi todo el año donde se puede practicar de manera lúdica el esquí de montaña y el *snowboard*. En el Nevado de Toluca, el Popocatépetl y otros lugares altos se hicieron instalaciones más pequeñas, que abren sus puertas en las temporadas de mayor cantidad de nieve.

Se popularizaron las pistas de hielo bajo techo, las cuales son semilleros importantes, pero siguen siendo poco productivos. Hace falta más desarrollo en este aspecto, pues el grado de perfeccionamiento y preparación para atletas olímpicos de disciplinas de invierno es incipiente en México.

Con respecto a algunos deportes cuya categoría como deportes sigue debatiéndose, hay que hablar de las polémicas corridas de toros y las peleas de gallos. El avance cultural, el respeto al desarrollo de las actividades y gustos individuales, son derechos humanos importantes, pero también es cierto que la sensibilidad humana a la crueldad y al respeto por la vida de otras especies está por encima de ellos. Así que, tras algún tiempo de discusión, se llegó a una salida civilizada de la encrucijada, la cual dejó satisfecha a la mayor parte de la gente.

Con respecto de la fiesta brava, que para los aficionados es todo un arte y para sus detractores una muestra de barbarie y sufrimiento fue pasando de una prohibición paulatina en algunos lugares hasta llegar a una conservación, pero con modificaciones sustanciales. Se trató de mantener la esencia de la fiesta brava, pero sin el factor de la muerte.

Por principio de cuentas, se modificó la genética de los toros de lidia, por lo que en la actualidad su cornamenta es diferente: los cuernos no crecen hacia el frente ni tienen puntas afiladas que podían lastimar al torero y a los caballos de los picadores. Ahora los cuernos del toro crecen hacia arriba, son gruesos y se ha modificado también la manera de embestir del toro, pues antes lo hacía de frente y ahora lanza cabezazos. Además de esta modificación genética, se realiza una modificación estética indolora, la cual consiste en limar la punta de los cuernos un poco antes de la lidia.

Los instrumentos del torero dejaron de ser armas de tortura y de muerte. En primer lugar, los cuernos son cubiertos por una funda y el torero utiliza banderillas y espadas de utilería. En lugar de filos y piquetes, los sensores y las marcas de tinta son los que determinan el estado de la lidia. Siguen dándose los premios de orejas, rabos y patas, pero ahora son simbólicos. De hecho, los toros pueden ser los protagonistas de múltiples corridas, pues ser toreado ya no tiene que ver con ser asesinado.

Al principio de estos cambios, toreros y aficionados señalaban la falta de bravura de los toros genéticamente modificados. Por lo que hubo que integrar el entrenamiento de los toros para así garantizar el espectáculo. Las casas ganaderas se especializaron en el adiestramiento y crianza de toros que desde pequeños aprendían a ser toreados y a dar función, incluso muchos toros se vuelven estrellas que son solicitadas por los toreros para la lidia más de una vez.

De esta manera también se recuperó al público que previamente había abandonado las plazas de toros. Pues el espectáculo dejó de tener lo que los había alejado y ahora se considera como otro deporte.

Por su parte, las peleas de gallos, tan criticadas también porque para algunos son un deporte y una manera de hacer dinero rápido, para otros son la máxima expresión de barbarie al enfrentar a dos animales entrenados para matar o morir. La práctica parecía más reprobable cuando se agregaban navajas a las patas de los gallos y en ocasiones el gallo no sobrevivía a la pelea, aunque ganara.

Durante años se luchó para erradicarlas o legislarlas, pues en algunas épocas fueron ilegales y estuvieron prohibidas. Sobre todo, porque alrededor de ellas se desarrollaban otras circunstancias particulares: apuestas clandestinas, pleitos, venta de bebidas alcohólicas y portación ilegal de armas y corrupción, pues muchos de los permisos y lugares para realizarlos eran obtenidos de manera truculenta o *discreta*.

Para evitar todo esto, se optó por regularlas y por definir normas estrictas para salvaguardar la vida de los animales. Por principio de cuentas se les cubren patas y picos para evitar que se lesionen. Ha quedado totalmente prohibido colocar navajas y también se hicieron modificaciones genéticas: los picos ahora son más gruesos y tienen menos punta. Los protectores colocados sobre el pico les permiten respirar, el cuerpo y plumaje se impregnan de una pintura especial super ligera que lleva mini sensores. De esta manera, por medio de los mini sensores se registran la cantidad de patadas y picotazos que se dan uno a otro y se puede determinar al ganador, que es el que más puntos puede hacer en el tiempo acordado. La intervención humana se reduce al manejo para ingresarlos en el área de lucha, pues todo lo demás está a cargo de la tecnología y de la naturaleza del gallo de pelea.

Pese a todo, algunos gallos salen lastimados, pero de la misma manea que con las corridas de toros, se ha reducido la sangre al máximo.

Los juegos de mesa se siguen practicando. Incluso se han inventado novedosos juegos que mantienen al humano entretenido. El ingenio del hombre no tiene límites para crear juegos para competir, ya sea de manera presencial o dentro del *gran medio*, donde hay infinidad de aplicaciones en las que se puede jugar de manera individual o en equipo, vía remota, con participantes de cualquier parte del mundo.

Cada dos años se organiza un mundial de juegos de mesa en algún país, donde los participantes acuden de manera presencial. Solo el ajedrez está fuera del torneo, pues tiene su propio mundial. Las eliminatorias para participar se desarrollan en sistemas electrónicos para reducir los viajes, mientras que la competencia en vivo es un verdadero desfile de personalidades a nivel mundial de cada juego, ideal para la publicidad de nuevos juegos y todo lo relacionado a la cultura *gamer*.

En México se practican infinidad de deportes, la gente tiene claro que el deporte representa un método para tener un cuerpo y una mente sana, además de ser una manera de tener esparcimiento y aceptación social, ya sea como aficionado o practicante.

Educación, trabajo y diversión

Es viernes por la mañana del 12 de diciembre de 2070. La bruma se ha dispersado y es visible la gran Ciudad de México. El clima es frío cuando Daniel baja del avión que lo trae de Tokio. De hecho, desde que partió, en México los días han sido nublados, con temperaturas bajas y lapsos soleados que no alcanzan para que se quite la sensación de frío.

Una vez abajo del avión, Daniel toma su maleta de mano y se pone la chamarra, camina hasta donde su vehículo está estacionado y anhela el camino a casa. Elige la conducción automática, hay poco tránsito pues desde hace muchos años la actividad laboral se suspende parcialmente por la conmemoración religiosa de la Virgen Morena. Ni él ni su familia son practicantes de ninguna religión, pero agradece no tener que laborar pues el fin de semana largo le caerá bien para recuperarse del viaje rápido que lo llevó al otro lado del mundo.

Los ejecutivos que viajan constantemente de un lado al otro del mundo están acostumbrados a las rutinas, pero el *jet lag* no deja de ser problemático y causar estragos tanto al sueño como a otros ritmos vitales. No ha habido avance tecnológico que arregle dichos malestares o que al menos sustituyan el viaje físico por uno virtual, lo cual podría ser totalmente factible.

Poco antes de llegar a su casa, Daniel sabe que su familia está en casa, pues su dispositivo móvil se lo indica con la función de ubicación de dispositivos. Además, la alarma de su casa lo detecta a él y le hace llegar el reporte de las personas que están dentro de ella.

Su esposa y sus dos hijos desayunan. Los niños se preparan para las clases del día y su esposa tendrá un par de reuniones virtuales, pues solo trabajará medio día. Cuando menos por la mañana, no saldrán de casa.

Daniel llega a casa y el piloto automático detiene el vehículo. La casa lo identifica, lo mismo que a Daniel, así que se habilitan los accesos automáticos. Con tan solo apretar el botón en el tablero de la camioneta de *Estacionarse*, el auto realiza la acción automáticamente y sin intervención humana. El estacionamiento tiene dos autos más, otra camioneta similar a la que usa él y una más grande, que utilizan para los traslados familiares a distancias grandes. Es el transporte para viajes. Además de los autos, hay bicicletas y todos los vehículos son totalmente eléctricos.

El sensor del piloto automático elige el lugar adecuado para aparcar, el cual es justo en medio de las dos camionetas ya estacionadas. Tras las maniobras para ponerse en su sitio, la camioneta libera las puertas y el portaequipaje y se apaga. Daniel toma sus maletas y las deja descansando sobre el suelo para conectar el sistema de recarga de corriente de la camioneta a una toma eléctrica.

Una vez en la casa saluda a su familia, platican unos minutos, pero no puede charlar mucho, pues sus hijos están por iniciar sus clases. Su esposa y él pueden platicar un poco más mientras él come algo de fruta y toma café. Luego su esposa se retira para atender sus reuniones virtuales y él revisa que sus hijos estén tomando sus clases de manera regular.

Daniel desempaca su maleta, coloca en la maleta mediana ropa limpia y objetos de higiene personal. Al día siguiente la pondrá de nuevo en el maletero, por si acaso vuelve a tener una emergencia laboral.

Luego va al jardín para saludar a sus mascotas, a las que no ha visto en casi toda una semana. La relación entre seres humanos y mascotas es muy grata y en la actualidad los animales de compañía son tratados como parte de la familia. Cualquier tipo de maltrato animal es sancionado y penado. Es impensable el abandono de mascotas, pues los valores actuales enseñan que hay que proteger prioritariamente el medio ambiente, la flora y la fauna.

Después de solazarse con sus mascotas, lleva un té y galletas a su esposa, así como unos bocadillos a los niños, que continúan en sus clases virtuales. Dany, su hijo mayor, tiene 12 años y Romina, 8. Son dos niños como cualquiera de esta época: autosuficientes para estudiar, pues desde que se incorporan al sistema educativo se preparan para aprovechar las bondades del sistema. Los niños cuentan con espacios cómodos e independientes, de tal manera que cada uno puede desarrollar sus actividades según su grado de estudios y horarios.

Daniel revisa los mensajes de su trabajo, pues pese a que es un día inhábil, tiene retraso por el reciente viaje. Así que aprovecha que su familia está ocupada para ponerse al corriente.

Hubo situaciones en las que no se pudo involucrar por la distancia y algunas decisiones no urgentes que de cualquier manera el lunes requerirán su atención. No quiere llegar a trabajar con demasiados pendientes.

Los cambios y adecuaciones llevaron al mundo para tener modelos educativos eficientes y prácticos. Pese a la saturación de información en el *gran medio,* los chicos reciben la educación adecuada según sus programas. Los jóvenes y los universitarios aprenden desde mucho antes a ser autogestivos, así que pueden investigar y estudiar por su cuenta, así como a diferenciar y entender lo que quieren.

El sistema ha cambiado y hoy en día no basta con pasar muchas horas al día estudiando y muchos años en la escuela. Para conseguir grados elevados de educación es importante que el desempeño sea de calidad. Los pilares con los que se sustenta la educación desde hace muchos años son tres: el estudio autodidacta, el sistema de educación vía remota y la escuela presencial adaptada.

Estos tres pilares han dado resultados y han convencido a la sociedad en general de que el balance entre ellos propicia mejores estudiantes, excelentes trabajadores y personas plenas y profesionales en cualquier actividad que desarrollen en el futuro. La educación se volvió tan buena que además de buenos profesionistas ayuda a educar buenos ciudadanos.

El estudio autodidacta se enseña incluso desde que el niño inicia su proceso escolar. Antes de que aprendan a leer, los niños aprenden que deben estudiar por su cuenta. *Aprender a aprender* no es una redundancia, sino una necesidad de la época requiere que los niños despierten su inquietud por el conocimiento y que lo hagan sin necesidad de ser alentados o guiados. De esta manera, conforme crecen pueden adquirir experiencias significativas y mejorar su propio sistema de autoaprendizaje. Descubren métodos de investigación y formas de identificar y diferenciar fuentes de información alternas que complementan su educación.

El sistema educativo está compuesto por programas bien estructurados para cada grado de estudio. Los expertos de diferentes áreas del conocimiento humano apoyaron para proveer la teoría y el orden sugerido para los escolares. Estos programas están regidos por estándares internacionales, de manera que si un estudiante quiere continuar su educación en otro país lo puede hacer sin ningún problema.

Antiguamente los estudiantes que migraban sufrían un verdadero martirio para revalidar sus estudios, los cuales muchas veces debían reiniciar, no solo porque se enfrentaban a un país diferente, con idioma nuevo y con diferencias en los programas educativos, sino porque algunos países no reconocían los estudios de otros países. Ahora, con los estándares internacionales, el único asunto que hay que tomar en cuenta para retomar los estudios en otro país es el conocimiento del idioma en caso de que sea necesario. Y este punto también ha dejado de ser problema, pues existen sistemas de traducción automática que pueden solucionar la brecha del idioma mientras lo aprenden o lo perfeccionan. Así que en este momento la educación es realmente *universal.*

El segundo pilar es el sistema de educación vía remota. El *gran medio* permite llevar la educación desde y hacia cualquier lugar. Los alumnos interactúan con maestros y compañeros, además de tener contacto con las autoridades y personal administrativo. Dejó de ser indispensable la presencia física y el aprovechamiento escolar aumentó por la disminución de distractores y la comodidad en el espacio.

El *gran medio* provee herramientas que brindan una educación de calidad para todos los niveles. Los más pequeños reciben más apoyo al inicio, pero en cuanto aprenden a interactuar con los dispositivos y las herramientas tecnológicas, se adaptan al sistema remoto sin problemas.

Es a través de la virtualidad que los niños y jóvenes aprenden a expresarse. Exponen sus trabajos y proyectos, se capacitan para hacerlo de manera presencial, persona a persona. Todo esto les permite un desenvolvimiento en público, les da seguridad en sí mismos, y cuando finalmente se incorporan al mercado laboral les da la oportunidad de mejores relaciones interpersonales.

Durante los años de formación escolar hay múltiples situaciones en las que conviven con otros estudiantes tanto de su propio centro educativo como de otros. Esto es por los intercambios y competencias. Dado que la naturaleza del sistema promueve la pluralidad de asistentes, incluso personas de otros estados y hasta países, estos encuentros favorecen y enriquecen la convivencia y el conocimiento intercultural. *Las escuelas son multiculturales.*

Las plataformas de trabajo remoto contienen información de todas las materias, incluso de aquellas que no están incluidas en los programas de la institución. En los niveles básicos los niños asisten a clases tres días a la semana de manera presencial, pues es necesario mantener viva la chispa del juego y la convivencia.

En los niveles medio superior y superior las clases son prioritariamente remotas, mientras que asisten dos días a clases. Si bien la convivencia en las aulas se reduce, está compensado porque, al ser mayores, han desarrollado ya un interés por congregarse en las fiestas y eventos sociales con sus amigos.

La escuela es de tiempo completo. Ocho horas bien aprovechadas, que les permiten a los estudiantes estar ocupados el mismo tiempo que sus padres trabajan. De esta manera también se acostumbra a las futuras generaciones de empleados a los horarios que tendrán cuando se inserten en el mundo laboral.

Un cambio importante es que se evitan las tareas para hacer en casa. Han quedado obsoletas, excepto cuando se trata de alumnos con capacidades especiales o de proyectos de fin de ciclo escolar.

Las visitas a museos, sitios de interés, empresas, lugares que pueden favorecer la adquisición de conocimiento, todos están disponibles tanto de manera virtual como presencial. Los recorridos virtuales tienen la misma calidad informativa que los presenciales y suman la ventaja del ahorro de costos y tiempo de traslado, así como la necesidad de acompañamiento por adultos, sobre todo para los pequeños.

Las visitas presenciales casi siempre se sugieren como viajes familiares en los que toda la comunidad escolar, incluidos los padres de familia, pueden convivir y aprovechar al máximo. De esta manera, los tiempos se aprovechan y se optimizan los recursos. Quedó claro que el movimiento de la gente trajo consigo la quema exagerada de combustibles fósiles, todo lo cual provocó una crisis ecológica fuerte. El turismo, además de los beneficios económicos que supone, genera basura, gasto de energía y agua. Si se coloca en la balanza, el turismo descontrolado provoca más problemas que beneficios. Por fortuna en la actualidad los problemas de contaminación del pasado han sido resueltos, pero debemos estar conscientes para no caer en una situación parecida.

La escuela tradicional tuvo que evolucionar, por eso el sistema educativo está basado en el tercer pilar que es la escuela tradicional adaptada. La educación tradicional en el aula desapareció casi por completo. El aula dejó de ser el espacio por excelencia de la transmisión de conocimientos, pues las materias teóricas como historia, español y otras que no requieren de talleres o laboratorios, se cursan de manera autodidacta con algunas exposiciones de proyectos y trabajos vía virtual.

La educación actual es práctica. Se enseña solo aquello que será necesario e importante para el futuro profesionista. Terminó aquella educación de muchos años en la escuela que culminaba con muchachos que, al concluir sus estudios y enfrentar el mercado laboral, se daban cuenta que nada de lo que habían aprendido les servía.

La brecha entre la educación y la práctica del mundo real se cerró. Durante algunos años hubo una crisis en el mercado laboral, pues los aspirantes a empleados no eran capaces de adecuarse a los puestos de trabajo y se sentían defraudados, pues tras tanto esfuerzo y preparación parecía que sus esfuerzos no eran valorados. Y es que se les vendía la idea de estar listos para un mercado laboral cuyas necesidades reales se traducían en una pésima bienvenida. Las empresas desdeñaban los conocimientos teóricos porque el requerimiento real y práctico en aquel momento era otro.

El fracaso profesional fue la norma para muchos cuya constancia y capacidad de adaptación era insuficiente. La decepción y la urgencia de generar recursos los llevó a emplearse en trabajos ajenos a su profesión, lo cual les dio un modo de vivir, pero a costa de romper sus sueños y planes a futuro. Otros, más perseverantes y luchones, se mantuvieron expectantes y lograron colocarse dentro del mercado en posiciones más afines a su formación profesional.

Tal fue el panorama laboral durante muchos años en México. Las instituciones educativas se hallaban alejadas de la realidad e ignoraban los requerimientos reales de las empresas, por eso sus planes de formación dejaban sin respuestas al sistema de trabajo globalizado. Por otro lado, la educación básica tradicional resultaba demasiado básica y en el nivel medio superior y superior, donde se define el futuro laboral de los estudiantes, la norma eran jóvenes mal orientados y con falsas expectativas sobre sus formaciones profesionales y carreras.

El mercado se saturó de profesiones tradicionales que empezaron a volverse obsoletas, además de que hacían falta infraestructuras y se seguía creyendo en la formación por tradición, es decir, que el nieto estudiara lo mismo que el abuelo y el papá. Todo esto impedía que el joven eligiera libremente sobre su futuro, pues tenía que resignarse a veces a la tercera o cuarta opción, ya que su promedio era insuficiente para las primeras o los recursos económicos no alcanzaban para estudiar en la institución de su preferencia.

Ése era el gran primer tropiezo. Luego los descalabros iban sucesivos a lo largo del estudio. Ambientes académicos hostiles, huelgas estudiantiles, deficientes programas de estudio. La decepción final era su ingreso al mercado laboral.

Por eso se hicieron esfuerzos para adaptar los planes de estudio y que se adecuaran a las necesidades de trabajo. Se tomaron en cuenta las voces de los empresarios y se miraron las condiciones de competencia del mundo globalizado.

El cambio en la orientación vocacional fue radical. Se buscó ofrecer expectativas y oportunidades realistas, aterrizadas y veraces. De esta forma realmente ayudaron a los jóvenes a buscar su vocación profesional y se dejó atrás la práctica de ofertar educación como producto de consumo tan solo por mantener o aumentar matrículas.

Por último, se hizo una gran inversión en infraestructura y se desarrolló la existente, lo cual pasó tanto en las instituciones académicas públicas como privadas. Solo así se podía atender la creciente demanda y mejorar la oferta, la cual, por otro lado, se puso al alcance de todos. Se extendió la obligatoriedad de la educación a nivel superior, para que todos los mexicanos cuando menos tuvieran una licenciatura o ingeniería terminadas. Las instituciones públicas y privadas se acercaron tanto en lo educativo y en lo económico, que pronto dejó de haber diferencia y sus programas de estudio se homologaron. La educación privada obtuvo beneficios de inversión a largo plazo, lo que la puso al alcance de cualquiera que se arriesgara a financiar su educación. Por otra parte, el sistema educativo público también se abrió a la inversión privada, a través de los créditos paraestatales, en los que es el propio estado quien asume los gastos del crédito estudiantil a través de presupuestos fiscales específicos. De esta manera, dando concesiones y cuidando los intereses cuando los hubiera, se complementaron las aportaciones de particulares, organizaciones civiles e internacionales con fines filantrópicos, y se dio un empuje a la educación en México y en otros países. Y así, finalmente, hubo presupuestos capaces de atender las necesidades y por fortuna el día de hoy la brecha es casi inexistente entre la educación pública y la privada.

Los maestros están preocupados por la atención y progreso de sus alumnos. Muy archivado en la historia quedó el sindicalismo radical cuyo objetivo era la ociosidad. Dejaron de haber manifestaciones y bloqueos que solo lastimaban la economía e iban en detrimento del desarrollo. El trabajo fue arduo, pues era una situación arrastrada por décadas. Lo primero que se hizo fue atender aquellas demandas que eran justas, pero también exigir el compromiso de no afectar a los estudiantes.

Los sindicatos magisteriales ya no existen. Sin embargo, hay agrupaciones pequeñas cuya finalidad es la mejora académica. Y, para velar por los intereses laborales, hay un órgano civil que atiende las demandas del sector público y privado.

En el formato presencial hay clases de valores, convivencia, trabajo en equipo, actividades cultuales y artísticas. Se da prioridad a la práctica, así que difícilmente hay clases de teoría. Todo está encaminado al enriquecimiento de los niños y jóvenes, quienes son vistos como seres sociales y con altos valores.

Las actividades y prácticas en talleres y laboratorios se manejan de la misma forma. La teoría debe ratificarse con la práctica y para ello no hay nada mejor que la presencia. Sin embargo, el *gran medio* tiene herramientas potentes, mismas que hacen sentir que la experiencia virtual es real. La participación y la guía de los maestros durante ella es vital, pues les da confianza a los estudiantes para seguir intentando hasta dominar los saberes, lo que al cabo los forma como profesionistas de verdad listos para enfrentarse al mundo del trabajo.

Por último, la actividad física es de gran importancia. Todos los días los alumnos tienen a su alcance rutinas virtuales, guías de ejercicios, profesores de todas las disciplinas deportivas y tiempo específicamente destinado para ejercitarse. Pero no hay nada como practicar el deporte en vivo, con una buena asesoría y, sobre todo, rodeados de amigos y compañeros. Por ello estas clases son particularmente especiales, ya que les dotan del espíritu de compañerismo, competencia y cuidado de la salud. Además, las escuelas organizan juegos y competencias internas de diferentes disciplinas. Se forman selecciones y se hacen competencias Inter escolares, interestatales y nacionales. Todo esto para poder participar de los juegos colegiales internacionales, pues la sociedad actual está convencida de que la escuela es el lugar idóneo para sembrar la semilla del deporte en los niños. Aquellos niños que destacan en alguna disciplina son orientados para ejercitarla de manera más profesional y así poder desempeñarse profesionalmente como atletas.

Dany y Romina suspenden actividades a las dos de la tarde. Les restan dos horas más de actividad escolar, pero las dejarán pendientes para algún momento en el fin de semana. Sus plataformas deberán tener las horas cursadas antes de que den las doce de la noche del domingo.

El trabajo administrativo se lleva a cabo desde casa, por lo que ya no se requieren espacios o infraestructura física de oficinas para que el trabajador asista a desempeñar sus labores. El trabajo se puede hacer desde cualquier lugar, las empresas ponen los recursos y herramientas para que las personas realicen y reporten sus actividades; los contratos y reglamentos de trabajo están adaptados al tipo de trabajo, lo que se traduce en ahorro de recursos económicos y en mejora del ambiente.

El trabajo hibrido, es decir, el que se realiza remota y presencialmente, tiene sus propias normativas. Las empresas han adecuado sus espacios, los que usualmente tienen sitios colectivos de trabajo. Ya que los empleados no asisten el mismo día y a la misma hora, los lugares son colaborativos y todos pueden utilizarlos siempre y cuando estén disponibles. La tecnología permite que los trabajadores realicen sus actividades en cualquier sitio, por lo que si alguien requiere más privacidad para realizar su actividad puede mover su equipo de trabajo a un salón más privado o aun área de esparcimiento. Aunque los espacios son pequeños, resultan muy cómodos y funcionales.

Los trabajos de actividad física o de atención al público de manera presencial son de horarios escalonados. Se busca que los trabajadores que laboran en este tipo de empleos vivan cerca de la zona de las oficinas, de lo contrario, las empresas cuentan con transportes específicos que facilitan su llegada al trabajo y regreso a casa. Las empresas pueden ayudar al empleado a acercar su residencia al trabajo. Por supuesto que se consideran factores de conveniencia para ambas partes, tales como nivel de puesto, condiciones familiares y arraigo en la empresa.

Todo lo anterior cambió la vida de las empresas, de los trabajadores y de las ciudades. Las empresas dejaron de rentar o comprar edificios y oficinas para albergar gigantes corporativos con mucho personal. Con ello se ahorraron mucho presupuesto y redujeron los riesgos de trabajo y de traslado. Además, se redujo el estrés, ya que no hubo necesidad de trabajar en espacios saturados y esto permitió enfocar de mejor manera las capacidades y talentos del personal, lo que se tradujo en el incremento de la productividad.

Los empleados ahorraron en tiempo y costo de traslado, redujeron su riesgo de accidentes por traslado y encontraron que trabajar desde casa resultaba cómodo y agradable. Por supuesto que hubo necesidad de adaptar sitios específicos de trabajo en los hogares, para mantener la privacidad.

Las ciudades se beneficiaron mucho, pues al haber menos traslados, los niveles de emisiones de gases contaminantes redujeron. Se pudo mejorar la distribución vial durante los horarios de trabajo y se redujeron los problemas de concentraciones humanas en las horas pico. El transporte público regresó a niveles óptimos de suficiencia, seguridad y calidad gracias al paulatino cambio a fuentes de energía limpias y económicas. Todo esto, por supuesto, consiguió revertir la contaminación de las ciudades.

La relación entre empresa y trabajador está basada en la confianza y el profesionalismo. Los trabajos se evalúan por objetivos en todas sus modalidades, tanto remoto, híbrido y presencial. Ninguno de estos tipos de trabajo se presta para la explotación o abuso de trabajadores o empleadores, pues las reglas están establecidas y claras y hay alarmas que previenen posibles conflictos laborales para solucionarlos antes de que ocurran.

El trabajo presencial, quizá, es donde hay mayores cambios evidentes, pues dejó de haber supervisiones irrespetuosas, es decir, se omitió la figura del jefe-capataz cuya labor parecía ser la de acosar y humillar a los trabajadores para pasar a un modelo más flexible y permisivo con la proactividad. En el sistema presencial diario trabajan los héroes que hacen posible la vida como la conoce la sociedad actual. Por ello se busca favorecerlos y tienen prestaciones diferentes: más días de vacaciones, bonos de productividad o servicio. Desde hace años los premios por puntualidad y asistencia desaparecieron, pues llegar a trabajar y hacerlo a tiempo es una costumbre, un hábito de las personas con valores, todo lo cual es parte de la sociedad de finales del siglo XXI.

La diversión y el entretenimiento tiene muchas caras en la actualidad. La tecnología ha permitido que la diversión esté en la palma de la mano, pues el dispositivo móvil sirve incluso como guía o asistente en los lugares de fiesta y turísticos.

Sin duda, lo básico de la diversión en la actualidad es la convivencia con los seres amados. La unión y el cariño lo son todo en las familias y de ahí permea a la familia secundaria y a la sociedad.

Las buenas relaciones comienzan en casa. Los valores se recuperaron para no perderlos y nadie en esta nueva sociedad quiere volver al pasado oscuro por su ausencia. Estos valores son el motivo de una amistad y relación entrañables, cuya práctica se replica a todos los semejantes. El ser humano actual no pierde la oportunidad de divertirse y ser feliz, para lo cual sirve mucho ser un buen ciudadano.

Después de las clases y de que su esposa termina con sus actividades laborales, Daniel y su familia salen al jardín y preparan todo para comer ahí y pasar un rato agradable antes de que los sorprenda el frío invernal. Preparan los alimentos o, más bien, los piden vía mensaje a su estufa inteligente, que dentro de la casa envía los menús que puede armar con los insumos de la alacena y el refrigerador. Todos eligen lo que desean y esperan, comiendo alguna golosina o botana y bebiendo algo. Finalmente, Daniel tiene mucho que escuchar de su familia y sus hijos y esposa quieren saber cómo le fue en el viaje.

Cuando los alimentos están listos Daniel y su hijo se ofrecen a traerlos y van por ellos a la cocina. Mientras tanto su esposa y Romina colocan lo que hace falta para comer. Existen máquinas expendedoras de bebidas para las casas, las familias las colocan en el vestíbulo principal o, como es el caso de Daniel y su familia, en el jardín. La ventaja es que expende una gran variedad de bebidas y evita que se tengan que preparar individualmente cada vez, las bebidas son aromáticas y de productos naturales, algunas bebidas energéticas y todas evitan el tan fatal factor azucarado.

Durante la comida Daniel termina de platicar sobre su viaje y Romina no deja de escuchar con atención a su padre. Luego toma la palabra, diciendo:

—¡Ahora platiquemos de lo que haremos el fin de semana! ¡Empiezo yo! Voy a ir a visitar una mina ubicada cerca de Pachuca. Puedo hacerlo de forma virtual o presencial, pero yo quiero pedirte que me lleves, papi… ¡Por favor! Me ha encantado todo lo que he aprendido de la minería en la Nueva España y además casi todos mis amigos irán.

Daniel estuvo de acuerdo con su hija, sería un paseo interesante para todos y acordaron en ir al siguiente día, pues el domingo tendrían que ir a comer con los abuelos a Querétaro.

—En la mina les podré platicar con más detalle del robot minero que me tocó ver en Tokio.

Su esposa y Dany también estaban de acuerdo y Brenda cerró la conversación diciendo:

—Reservaré el *helitaxi*, pues ya vi que hay uno que sale cerca de aquí justo a ese punto turístico.

—¡Excelente, amor! ¿Qué haría si no fueras más inteligente que mi teléfono?

Daniel y Brenda se besan y sus hijos sonríen alegres. Al día siguiente irán a un paseo que parece prometedor.

Las familias planean fácilmente sus actividades, pues el interés principal es pasar tiempo juntos, compartiendo actividades que les nutran y que les sean de utilidad pero que al mismo tiempo puedan ser divertidas. El privilegio a la convivencia es vital, sobre todo en las familias con niños pequeños y jovencitos, pues cuando los hijos crecen y maduran, sus compromisos exigen independencia y autosuficiencia. Y entonces es momento de alejarse de sus padres para hacer su vida, lo que por supuesto no significa dejar de convivir y de relacionarse. Por eso Daniel y Brenda visitan a sus padres, pues los abuelos de ambas partes adoran a los nietos.

La tarde transcurre entre juego con sus mascotas y convivencia en el jardín de su casa, hasta que cae la oscuridad y entran a casa. Ven algún programa en el *gran medio*, y aunque hay millones de opciones, ellos saben qué desean ver juntos. La novedad del momento es un programa en el que se pueden cambiar los actores de las películas y modificar sus finales y algunas partes de la trama. Una invención de escritores y productores visionarios e ingeniosos que se vieron forzados a complacer a los públicos cada vez más exigentes.

Por desgracia algo que acabó por desaparecer con la tecnología fueron las salas de cine, que vieron su final en la década de los 30's. Ahora cualquiera puede recrear su cine en casa o donde desee. Por fortuna la producción de películas no se detuvo, al contrario, se diversificó, pues pese a que algunas personas pensaron que era el fin del séptimo arte, resultó que fue el recomienzo y México volvió a tener una época de oro, tan prolífica o más que la que había tenido en aquella primera época dorada.

El teatro se replanteó y se mantuvo como una expresión superior de la cultura y del arte, un ejemplo de la comunicación humana de forma directa. Sin embargo, sí agregó elementos tecnológicos, sobre todo para ayuda de los actores y modernizar las instalaciones. Los teatros se conservan como edificios antiguos parte del patrimonio cultural. Muchos de estos inmuebles históricos siguen utilizándose, pero también se han construido modernos teatros para ofrecer espectáculos de calidad que sean emotivos, culturales y entretenidos.

Los espectáculos públicos han cambiado. Ya no hay eventos masivos o multitudinarios, sobre todo por las cuestiones ambientales y el estrés. Sin embargo, ahora los espectáculos se presentan con más frecuencia y durante más tiempo, así como permiten su disfrute en formato físico y virtual.

Es sábado 13 de diciembre de 2070 el clima es nublado y se siente un ligero viento. Aunque no es intenso, el frío sí obliga a los Moreno a llevar chamarras. Llevan ropa cómoda y zapatos adecuados para caminar en lugares sin pavimento, porque ingresarán a una mina. Cada uno carga una mochila pequeña con agua, lentes, gorra y bloqueador para prevenir los daños del sol y el aire, pues las condiciones climatológicas en la zona que visitarán son más adversas que las de la ciudad.

Van a la plaza comercial de donde saldrá el *helitaxi*. Brenda acerca su equipo móvil al torniquete y éste les da el paso. Adelante les indican cuál es el helicóptero que los llevará a la mina cercana a Pachuca. Hay poca gente y abordan a las ocho y media de la mañana.

El *helitaxi* es pequeño, tiene seis plazas, amplios asientos ajustables. El piloto enciende el motor del aparato. Es un motor muy silencioso pues es eléctrico y, a diferencia de sus ancestros, no tiene hélices largas pegadas al rotor de cuerpo. Los helicópteros actuales solo tienen un pequeño rotor de cola que les ayuda a girar de manera ágil.

El copiloto activa una pantalla donde se proyectan las medidas de seguridad básicas para los pasajeros. Los *helitaxis* turísticos exigen la presencia de un piloto y un copiloto como parte de un protocolo de atención al turismo. Otros servicios de helicóptero pueden prescindir del copiloto.

Religión: ¡menos católicos
y después más católicos!

El *helitaxi* que lleva a los Moreno cruza cerca de la Basílica de Guadalupe, la cual sigue siendo uno de los lugares más visitados por peregrinos de todo el mundo. El número de católicos disminuyó debido a que la iglesia se mantuvo inflexible con respecto de temas como la preparación para los sacramentos, pero principalmente porque sufrió un deterioro como institución, ya que muchos sacerdotes y empleados del culto fueron descubiertos en conductas de abuso sexual infantil y de ocultamiento de estas prácticas.

En México, la iglesia católica perdió seguidores gracias al deterioro de su imagen y a la labor que otras religiones hicieron para reunir adeptos yendo de casa en casa. El mundo estaba revuelto y la gente necesitaba consuelo, así que las religiones que hicieron una labor para acercarse a la gente y ofrecer ayuda más tangible crecieron en número de seguidores.

Sin embargo, en los años recientes la iglesia se ha renovado, tanto a nivel global como de manera local. La recuperación se ha dado paulatina y constantemente y algunas personas que abandonaron la iglesia están volviendo a ella. Incluso, se puede ver que las generaciones jóvenes se adhieren a la iglesia como fieles.

Fueron cuatro aspectos los que favorecieron este florecimiento. La iglesia tuvo que modificar radicalmente su forma de conducirse y eso la salvó de desaparecer. El primer cambio fue la descentralización y modernización. Mientras que antes las decisiones estaban directamente relacionadas al Vaticano, ahora muchas decisiones pueden delegarse y tomarse de manera provincial e incluso parroquial. El poder para decidir se ha ampliado a los obispos y cardenales y, algunos casos a los párrocos. Esto ha permitido una tropicalización y adaptación cultural de la iglesia a las diferentes comunidades y grupos que atiende según su zona geográfica. Igualmente se han simplificado algunos lineamientos que eran de difícil aplicación en culturas divergentes.

Igualmente se introdujo la tecnología para la celebración de las misas, las cuales se podían transmitir y realizar a través del *gran medio* y contar con la misma validez de la misa presencial. Igualmente, la comunión y la confesión extendieron su posibilidad en el medio virtual, lo mismo que el catecismo y en general cualquier preparación para recibir los sacramentos.

El segundo cambio fue la aceptación de los medios de control natal, pues el mundo contemporáneo no puede resistir traer al mundo a los hijos que Dios nos quiera dar. Los recursos son insuficientes, no hay espacio suficiente para la densidad poblacional y la contaminación puede volver a ser un problema grave para la sobrevivencia humana. Por ello es indispensable controlar la natalidad, porque de ello depende incluso la conservación de la especie y la sustentabilidad del planeta.

De esta manera se diseñó la idea de un Dios más comprensivo, cercano e interesado en los problemas del hombre actual. Por último, el catolicismo y todas las demás religiones comprendieron que los creyentes se forman a partir de la comprensión de la religión, así que se volvieron accesibles y cercanas, para que quienes las comprendieran pudieran tener en ellas una herramienta de crecimiento y desarrollo personal y humano.

El tercer cambio fue aceptar que los sacerdotes optaran por el matrimonio si así lo deseaban. Si se entiende que el sacerdote es un confidente y consejero de vida para las personas y para las familias, resulta lógico que un sacerdote comprenda los pormenores de la vida conyugal y de la paternidad. Ser un ser humano completo enriquece su vocación para aconsejar y contribuir a solucionar problemas de vidas ajenas.

En otras religiones los ministros tenían permitido desde décadas antes contraer matrimonio, pero la iglesia católica se había resistido a este cambio. Al incluirlo volvieron a sus ministros seres más cercanos a las personas comunes, más terrenales y cuyos problemas y vivencias son semejantes a las de la mayoría.

Así también se resolvió el problema de la falta de sacerdotes, que era otro de los factores que ponían en riesgo la permanencia del culto. Ahora el sacerdocio se ve como cualquier otra profesión y los jóvenes se sienten más atraídos a considerarla porque no ven coartadas otras de sus aspiraciones personales.

El último cambio tuvo que ver con la participación de la mujer en la jerarquía. En el momento que se abrió la oportunidad de que hubiera sacerdotisas y que las mujeres pudieran competir por cargos jerárquicos el juego de la iglesia cambió para siempre.

La lucha de la mujer por la igualdad implicó el sufrimiento de millones de mujeres, quienes generación tras generación lucharon para acumular triunfos: tener derecho al voto, participar en actividades a la par de los hombres, derecho a la homologación de remuneraciones, derecho a la vida libre de violencia de género, derecho a decidir sobre su cuerpo, hasta que también alcanzaron el derecho a participar en la jerarquía del culto religioso católico.

Con la inclusión de la mujer en el sacerdocio, el catolicismo dio batalla a otras religiones que ya habían abierto la posibilidad desde hacía años. Por último, la participación de la mujer en el sacerdocio representó la culminación de una lucha importante en términos de igualdad dentro de la religión. Pues de ser un tema que previamente habría ameritado la excomunión automática, pasó a ser una oportunidad para llegar a Dios y para servirlo en la tierra como guía y formador de comunidades. Así también se abrió su función dentro de la visión religiosa, que dejó de ser la de virgen y madre para poder tomar su vocación como líder religioso. Los largos años de lucha que implicó lograr este reconocimiento, las grandes manifestaciones y reclamos al respecto, finalmente llegaron hasta la sede del Vaticano y dieron miles de páginas en la historia noticiosa hasta que finalmente ganaron. Claro que en la lucha hubo de todo, desde las mujeres radicales hasta aquellas objetivas y, por supuesto, las que aprovecharon el logro religioso para seguir apuntalando la agenda feminista de los años futuros. Todo esto se gestó entre el 2030 y el 2050.

La iglesia cristiana sigue siendo grande, es la más grande tras la católica en México. La globalización y la tecnología de comunicación y de la información también ha favorecido abrir las opciones de cultos, pues a través del *gran medio* uno puede volverse a la religión que desee.

Religiones como el islamismo, budismo y otras, reunieron gran cantidad de adeptos y practicantes en México gracias al intercambio de estudiantes y empleados con países de Medio Oriente y Asia, haciendo de México un lugar multifacético para el culto religioso.

La apertura y libertad de culto en todo el mundo es un derecho. Sin embargo, siguen existiendo cultos y sectas más secretos y privados o exclusivos, lo que despierta cierta preocupación, pues nadie en esta sociedad quiere volver a correr el riesgo de sectas que incurran en delitos sexuales o en suicidios masivos, tal como pasó justo a finales del siglo pasado y principios del actual. Por ello los gobiernos supervisan constante el cumplimiento legal de los establecimientos y, aunque cualquiera puede fundar una religión secreta, nada es secreto para el ojo de los gobiernos internacionales, quienes velan principalmente por la libertad y el bienestar de la gente.

La libertad de culto ha promovido una religiosidad particular en la población, pues cada cual es libre de elegir el culto del dios que más le agrade o que más se adecue a sus necesidades. El nivel cultural, por otra parte, permite identificar las propagandas bien intencionadas y aquellas que son manipulaciones o que inducen a conductas fanáticas.

El *helitaxi* desciende en el helipuerto de la zona turística. Hay muchos *helitaxis* en el área. El pueblo minero parece vivo, con la gran cantidad de gente que visita sus tiendas y sus atracciones. El atractivo principal es la mina de oro, a la cual se ingresa a través de túneles que descienden varios metros. Hay escaleras y elevadores diseñados con cristal para que los visitantes aprecien a detalle el funcionamiento de una mina colonial.

El recorrido se puede hacer a pie o en vehículos diversos. Los Moreno eligen la segunda opción, pues es más rápida y cómoda. Así aprovecharán el tiempo para realizar el recorrido. Es importante recordar que, gracias a la tecnología, todos los visitantes recibirán una grabación en primera persona de su recorrido, la cual podrán descargar del *gran medio* y consultar posteriormente. Este invento es, literalmente, una muestra de que recordar es volver a vivir.

Mientras observan la recreación de los trabajos de la mina, organizados en algunas galerías perfectamente acondicionadas y conservadas a pesar de los años que han pasado desde la época colonial, Daniel les cuenta a sus hijos y a Brenda sobre el proyecto de robots mineros que su empresa proveerá próximamente. Hace comparaciones con lo que ahora pueden hacer los robots mineros y cómo se ha mejorado y beneficiado ese sector productivo gracias a la tecnología.

Al final del recorrido, en el museo, Daniel, Brenda y los niños ven las diferentes etapas por las que ha pasado la industria minera. El recorrido ha sido muy significativo para Romina, quien mientras ve los dioramas no puede sino pensar, "Todo esto me lo dijo papá hace rato… Es genial su trabajo, en su empresa inventan cosas que construyen el futuro".

—¡Es súper emocionante vivir esto! ¡Los recorridos virtuales nos llenan de términos técnicos y conocimientos, pero nos privan de la emoción de sentir, tocar e imaginar lo que se vivía aquí hace siglos!

Luego se encuentra con una de sus compañeritas. Las dos niñas gritan y se abrazan, Romina le dice que se divertirá mucho, pues ella apenas va a comenzar el recorrido.

—Gracias, familia. Su compañía hizo muy especial mi excursión académica.

Pasado el mediodía están listos para comer algo típico del lugar. Aunque todos cuidan lo que comen, siempre se permite un desliz en los paseos, así que no verifican ni las grasas ni las calorías y disfrutan de lo que la gastronomía tiene para ellos.

Regresan a casa rápidamente. El sol brilla intensamente, pero es un sol invernal cuyos rayos apenas calientan a los friolentos viajeros. El viento mueve los árboles cuando el *helitaxi* se incorpora en el espacio aéreo de la Ciudad de México dispuesto para él. Luego descienden en la plaza comercial y van a su auto. Brenda da las propinas pertinentes al piloto y al copiloto, las cuales han dejado de ser en efectivo, pues ya no hay ni billetes ni monedas. Basta con que les asigne puntos en su calificación de servidores y listo, les darán un bono, alguna mejora salarial o promoción a una posición mejor.

Este sistema de puntos beneficia a las empresas, pues mientras sus empleados tengan mejores puntuaciones, la empresa también aumenta su valor y posición en el mercado de acciones. Los buenos prestadores de servicios pueden mantenerse en el negocio por mucho tiempo y es importante, pues es muy valorado el servicio al cliente.

En ningún caso el usuario final de un servicio tiene que desembolsar un costo extra. Basta con que califique su grado de satisfacción y la atención del prestador del servicio individual y colectivo. El costo de la propina lo absorbe la empresa como parte de la competitividad.

La familia deja la plaza comercial y regresan a casa. La jornada ha finalizado. Todos están felices de haberse divertido y de haber compartido en familia un sábado especial.

Hogares inteligentes

La llegada a la casa es divertida. Los niños salen corriendo de la camioneta para localizar primero el objeto que acordaron previamente. Es un juego, al que se unen sus mascotas provocan una especie de dulce locura en la casa. Los niños son perseguidos por las mascotas y luego las mascotas corren cuando los niños las persiguen. La vida se vive en armonía hasta con los animales de compañía, se trata de dos perros y dos gatos que no pelean como tales.

Las tareas del fin de semana suelen ser rutinarias, pues las familias cuyos miembros trabajan o estudian tienen que destinar el tiempo de descanso para revisar los servicios y el abastecimiento de la despensa.

Sin duda son de ayuda los electrodomésticos y muebles inteligentes de cocina, los cuales están dotados de tecnologías de comunicación asociadas a aplicaciones y servicios que ayudan a llevar un mejor control y facilitar los suministros.

La estufa dejó de ser un simple implemento para calentar y se volvió un verdadero robot de cocina que puede preparar por sí misma los alimentos. Posee recipientes y despachadores donde se pueden colocar manualmente los ingredientes y alimentos, que son obtenidos directamente del refrigerador o la alacena. La estufa tiene cargada la información necesaria de tiempos, cantidades y porciones, así como menús cuya preparación es autosuficiente. Como la estufa puede realizar todos los procesos de cocción, es fácil que un niño simplemente ponga los ingredientes y espere que la estufa le cocine lo que desee. Al terminar la estufa emite una alarma de *alimento listo para servir*.

Difícilmente fallan, casi nunca hay riesgo de derrame o exposición directa al fuego, pues el calor es controlado, aislado y emitido por electricidad. No hay llama.

La programación de un platillo con insumos precargados se puede hacer desde un ordenador o un equipo móvil, incluso vía remota, solo debe de darse de alta la configuración de la estufa en el equipo determinado. Es posible sorprender a alguien con una pizza lista, cuando vaya por ella a la estufa puede ver el seguimiento del proceso, suspenderlo o modificarlo. El proceso se puede ver en tiempo real o grabado, ya sea en la pantalla de la estufa o en cualquier otro dispositivo.

La estufa también lleva el récord de insumos que tiene precargados para cocinar, así como los platillos preparados y lo que le queda disponible. De esta forma ella misma puede dar un balance de lo que se requiere comprar para reabastecerla. Además, la estufa da otros datos, como el tiempo de uso, la energía consumida y otros más que complementan la gran cantidad de información que los electrodomésticos pueden generar.

El refrigerador es otro excelente auxiliar de la cocina, pues, como la estufa, cuenta con funciones inteligentes. Está dotado de un sistema de despacho con prioridades, el cual despacha los productos a través de bandas móviles distribuidas por sección. El congelador y el refrigerador cuentan con sensores que verifican y leen la caducidad de frutas, verduras, carnes y productos empacados individualmente. Asimismo, el propio refrigerador regula la temperatura según el tipo de productos que estén en las diferentes áreas y tiene un inventario, que ofrece la posibilidad de reordenar su compra de manera programada a una serie de tiendas o aplicaciones configuradas con antelación. El pago y el envío se lleva de manera automática y está asociado a la cuenta principal de la casa, por lo que las compras también dejaron de ser una actividad que requiera de la mano del hombre.

Igualmente existen muebles electrónicos de almacenaje, ideales para las despensas y que cuentan con características similares a las del refrigerador. Literalmente son mini bodegas con funcionalidades de un almacén profesional. Manejan un inventario de insumos, reordenan automáticamente las compras y acomodan los productos según las preferencias familiares, mismas que va aprendiendo con el tiempo y según los comportamientos de los usuarios. Esto es posible gracias a los lectores de códigos de barras, los cuales son escaneados por los muebles para poder hacer los cálculos de las cantidades de productos a almacenar y a resurtir según el número de integrantes de la familia, sus edades, productos preferenciales y existencias. Según la información que se les proporcione, los muebles inteligentes pueden agregar a sus controles el costo de los productos, el costo requerido para el reabastecimiento y el histórico de lo gastado en rangos de fechas.

De esta manera las familias pueden realizar sus compras asistidas por sus equipos de cocina, aunque hay quienes lo hacen de manera directa y ordenan sus productos a los autoservicios. Basta con enviar el pedido de manera electrónica haciendo recorridos virtuales por las tiendas, donde también hay la opción de revisar detalladamente las características del producto que se pretende comprar. Lo que ha quedado totalmente en desuso es la visita física a las tiendas comerciales, de hecho, han desaparecido, pues son grandes bodegas desde donde se surten a domicilio las compras. Las tiendas que quedan son *show rooms* donde se exhiben productos de nueva generación o nuevos lanzamientos o relanzamientos de marcas. Los espacios se han modificado y dejaron de tener pasillos para que el consumidor tome los artículos directamente, pues ahora solo son puntos de exhibición y presentación. Las cadenas de autoservicio ubican sus bodegas y centros de distribución secundarios de acuerdo con las necesidades de los clientes y a estudios de mercado eficientes.

Las cadenas de autoservicio han ahorrado mucho al suprimir los espacios de venta directa. Ya no necesitan contratar empleados de piso, cajeros, sitios para estacionamiento, por lo tanto, ahorran en servicios de agua, luz y otros, como comedor para su personal y servicios de limpieza de instalaciones. Ahora los puestos de trabajo se dedican a mantener la calidad de los productos y a mejorar las opciones de distribución, así como al servicio personalizado de los clientes. Los autoservicios o las grandes cadenas comerciales mantienen su sitio como grandes proveedores que satisfacen las necesidades de la mayor parte de la población, pero hay muchas opciones de compra en el *gran medio.*

Al igual que los electrodomésticos, los enseres y productos de limpieza han sufrido modificaciones tecnológicas que le permiten al ser humano utilizarlos con mayor eficiencia para satisfacer sus necesidades. Los enseres domésticos pueden realizar cada vez más funciones con menos energía y además cada vez son más pequeños y potentes.

Los productos de limpieza y mantenimiento también se han transformado y brindan mejores resultados, son más seguros y tienen menor riesgo para la salud humana, además de que son más baratos y amigables con el medio ambiente.

Con lo anterior y con el cada vez más extendido uso de robots domésticos, las labores de la casa pasaron a una época diferente. Ya no hay personal de servicio que labore en casas, las trabajadoras domésticas son un gremio que desapareció por completo. Ahora hay

Técnicos del hogar, cuyas funciones son las de supervisar y dar mantenimiento a los equipos del hogar. Las actividades físicas son dominio de las máquinas. Ellas son las que limpian, barren y trapean.

Sin embargo, sí hay dos lugares donde las funciones presenciales se han vuelto muy valiosas: el cuidado de infantes y el cuidado de enfermos, así como ciertos sectores siguen valorando una cocinera real. Estas labores, por ser tan personalizadas, se han vuelto muy prestigiosas, cuyos sueldos y prestaciones son equiparables a una carrera profesional, pues se consideran carreras de vocación y de alta especialidad y cuidado.

Las tiendas de conveniencia y las llamadas tienditas de la esquina han desaparecido. Algunas se ampliaron para tomar un formato similar al de las tiendas de autoservicio con entrega a domicilio. Y otras se adaptaron utilizando bicicletas, drones y personas que llevan y traen las mercaderías en radios pequeños. Las tiendas que sobreviven lo pueden hacer porque ofrecen productos orgánicos o de manufactura manual y artesanal, lo cual es muy valorado por ciertos sectores de la población, quienes son capaces de pagar casi cualquier precio por una mantequilla hecha a mano o por una prenda diseñada a medida.

Los pedidos se pueden programar de acuerdo con los días y horarios deseados para recibirlos. Los autoservicios pequeños ubicados en cada colonia o barrio manejan buenos precios y un servicio personalizado, lo que les permite competir con las grandes cadenas de autoservicio y aprovechar la ventaja del menor costo de entrega por la cercanía.

Los talleres asociados a la reparación de vehículos, llantas, hojalatería y pintura, refaccionarias pequeñas y en general todo lo relacionado a los automóviles, motocicletas y bicicletas desaparecieron y se transformaron en agencias y talleres mayores que ofrecen múltiples servicios relacionados con la recolección y entrega de vehículos a domicilio. El cambio no fue fácil y el esfuerzo de los dueños para abandonar los pequeños negocios y convertirlos en empresas de nivel medio fue extraordinario. Los dueños crearon asociaciones, solicitaron créditos para financiar los gastos necesarios para capacitar y comprar tanto tecnología como infraestructura. También el gobierno jugó un papel importante, brindando beneficios fiscales y acompañamiento para cumplir con la reglamentación necesaria hasta que se convirtieran en negocios prósperos y grandes fuentes de empleo.

Los vehículos se cambian constantemente, pues no se permite que circulen unidades viejas o cuyos sistemas emiten algún tipo de contaminación. La tecnología se renueva aceleradamente, ya no hay vehículos de combustión interna a diesel o gasolina y más o menos cada 10 la tecnología cambia, lo que obliga a desechar los vehículos para reciclarlos y convertirlos en materia prima para armar nuevas unidades actualizadas.

En los países más pobres aún se ven vehículos de modelos con hasta 20 años de antigüedad, pero cuyos motores están en buenas condiciones y que evitan emisiones nocivas.

Las agencias y fabricantes ofrecen garantías extendidas de 10 años, y el mantenimiento y reparación puede hacerse en agencias o en talleres especializados. Quedó atrás el monopolio de la tecnología y del conocimiento, pues ahora es compartido para beneficio de los usuarios. Las agencias están más enfocadas en la venta y sustitución de vehículos, así que ofrecer garantías es una manera de quitarse de encima los problemas de las reparaciones, lo que beneficia a los talleres particulares, que se especializan en la reparación, remodelación y restauración de los vehículos, participando de esta manera en el gran negocio que sigue siendo el mercado de vehículos.

Esta política de transformar los negocios pequeños en empresas pequeñas o medianas ayudó a todos. Mientras en el pasado los negocios familiares se veían limitados en sus posibilidades de desarrollo, el apoyo para hacerlos crecer devino en una posibilidad de crecimiento también a nivel macro. Las empresas familiares pudieron tener sucursales y así competir con otras empresas. Hubo mayor oferta de trabajo y mejores sueldos o condiciones de empleo. Con esto también se logró que toda la población se fuera integrando al régimen fiscal, lo que mejoró también las economías públicas.

Los tianguis tan representativos de nuestras colonias mexicanas también desaparecieron y se volvieron sitios fijos cuya infraestructura permitió conservar el toque pintoresco y los productos típicos, pero también se mejoraron las condiciones de almacenaje y atención al cliente. De igual manera, estos espacios fueron regulados y ya no dependían de líderes de mercaderes que muchas veces eran poco claros y abusivos, sujetos a manipulaciones políticas y sin duda abiertos a los actos ilícitos y corruptos. Con esto también se pudo regular mejor la cantidad y tipo de productos, hasta que se erradicó por completo la piratería y la venta de mercancías de dudosa procedencia que tanto mal les hacían a los comercios establecidos.

Estos sitios fueron reacomodados según un estudio de mercado, que determinó los tianguis cuya permanencia podía sostenerse en los mercados públicos establecidos y aquellos que debían ser reubicados, considerando, en todo momento, no causar perjuicio a los marchantes, para que pudieran mantener su modo de subsistencia, tanto por la cantidad de ventas como por las facilidades para abastecerse.

Al final se diseñaron establecimientos comerciales cuyo manejo y control fue más sencillo y donde usualmente hay áreas de abasto o bodegas al por mayor y una zona para compras minoristas. Esto mejoró grandemente las condiciones sanitarias que por desgracia no eran buenas en la mayoría de los mercados, donde el manejo de miles de toneladas de basura a veces era ineficiente y provocaba la aparición de fauna nociva y el taponamiento de la red de drenaje por la basura.

Hoy, el éxito de los negocios se da por el servicio, principalmente por acercar los productos al consumidor. La tecnología y la comunicación se enfocan en brindar al usuario las herramientas para conocer de forma autónoma los productos y así ayudar al usuario final a tomar su decisión de compra.

La infraestructura urbana, entre ciudades y carreteras

El domingo 14 de diciembre la familia Moreno se levanta temprano para llegar a desayunar con la familia que los espera en la cercana ciudad de Querétaro. A las 7 en punto de la mañana todos están a bordo de su camioneta, abrigados por el frío que se siente a esa hora. Daniel se sienta al volante en la camioneta con tres filas de asientos y compartimiento para equipaje. Es un vehículo muy cómodo para viajar. Es una unidad color azul oscuro con motor hibrido eléctrico asistido por energía solar, como son la mayoría de los automotores pequeños y medianos.

Los vehículos pequeños y medianos pueden moverse a partir de diferentes sistemas, los hay eléctricos, totalmente solares, a hidrógeno y a biocombustible. También hay mezclas entre todos estos sistemas. Los vehículos de carga, por su parte, son movidos por biodiesel, bio etanol y otros combustibles biológicos. Ya no se utiliza ningún combustible fósil y cada vez es más común el uso de la energía nuclear diluida, la cual se utiliza para vehículos que requieren mucha más potencia.

Los Moreno emprenden el viaje desde el sur de la Ciudad de México y para ello toman las vías rápidas que los llevan casi inmediatamente hasta la autopista, la cual está ubicada al poniente de la ciudad y rodea el área urbana para comunicar a la ciudad con las principales carreteras. En minutos están en la moderna vía de cuatro carriles que los dirige hacia la autopista México-Querétaro.

La mañana está nublada y llueve ligeramente. El alumbrado de la carretera está encendido, debido a la neblina que siempre hay en ese tramo en particular de la carretera. Casi todas las carreteras cuentan con alumbrado de energía solar automático, por lo que no hay consumo de electricidad.

Los señalamientos son precisos y están ubicados estratégicamente de acuerdo con estudios de ingeniería. Durante la noche se iluminan y además transmiten información a los usuarios que pueden tomar decisiones según van siendo informados por sus equipos móviles.

Asimismo, es viable programar el piloto automático del vehículo y viajar cómodamente como espectador y pasajero.

A Daniel, sin embargo, le gusta manejar y tener el control del volante. Así que elige el modo manual de manejo que de cualquier manera tendrá al piloto como asistente inteligente de manejo.

Los carriles son amplios y el acotamiento para eventualidades también lo es, lo que evita que los vehículos averiados y los que continúan su trayecto corran peligro o entren en riesgo. Asimismo, las carreteras cuentan con lugares de estacionamiento seguro, donde el vehículo puede estacionarse y recibir asistencia técnica, solucionar problemas o simplemente parar para estirar las piernas. En las carreteras se encuentran diferentes servicios para los vehículos: mecánicos, puntos de abastecimiento de combustibles y energías limpias, servicios de las aseguradoras y servicios médicos para conductores y viajeros. Hay lugares para comer, descansar y satisfacer necesidades, incluso hay estancias u hoteles que ofrecen comodidad y seguridad y están señalados en las aplicaciones de los equipos móviles y en los sistemas de los vehículos, enlazados a la información carretera para viajeros.

Si se desea, el vehículo cuenta con función de narración y un asistente virtual va narrando cómo es el camino y los servicios que se irán encontrando sobre él. Algunos viajeros que van solos usan esta función para distraerse, lo mismo los que eligen al piloto automático, así parece que están tomando un tour. Y generalmente es útil en viajes largos, muy común para los operadores de camiones de carga o pasaje. Incluso hay una función interactiva, la que semeja una especie de conversación que incluso incluye bromas y reflexiones filosóficas. Como se puede programar en cualquier idioma, algunos la utilizan para practicar el que estén estudiando.

Al salir de la zona metropolitana de la Ciudad de México, la carretera está menos transitada. Son las ocho de la mañana y el tránsito vehicular es bajo. El clima ha mejorado y se siente menos frío. La neblina también se ha disipado y el alumbrado se apaga. El termómetro indica que la temperatura en el exterior es de 10° y el viento está en calma.

En las autopistas similares a la de Querétaro, se han realizado ajustes en los límites de velocidad, pues los vehículos actuales son muy rápidos y seguros y todos cuentan con tecnología y apoyo para la conducción, lo que permite que los viajes sean menos cansados para el conductor y menos peligrosos para los viajeros, así como más rápidos.

Los conductores actuales son sumamente responsables. Jamás actúan negligentemente y si no están en condición de manejar por su cuenta, solicitan ayuda, además de que los vehículos cuentan con una aplicación que escanea los signos vitales y detecta cualquier problema físico que impida al operador manejar por su cuenta, sobre todo cuando los síntomas indican abuso de sustancias, el vehículo no encenderá y emitirá un aviso a los contactos de emergencia para iniciar un protocolo de rescate.

Todo esto ha hecho posible que los accidentes de tránsito se hayan reducido a gran escala y dejaron de ser una de las principales causas de muerte de adultos jóvenes. Ahora son tan pocos que ya ni siquiera forman parte de las estadísticas y, sin embargo, los viajes son sumamente importantes para el mundo actual y hay muchísima movilidad no solo entre ciudades vecinas, sino entre países.

Se han hecho modificaciones a las carreteras, haciéndolas más seguras y las autopistas, aunque siguen las rutas originales en su mayoría, se han modificado. Las mejoras más grandes conciernen a quitar los tramos de curvas peligrosas, lo cual se hace con ampliaciones que suponen barreras de contención o con la construcción de modernos puentes y túneles.

Las autopistas en México dejaron de ser de cuota. El cobro de peajes tan común en el pasado se acabó y fue algo bueno, pues el costo que representaban para el viajero no se veía reflejado en el estado de las carreteras, que parecían servir exclusivamente a los fines financieros de los concesionarios y constructores, que se llevaban grandes utilidades y casi nunca entregaban obras de calidad.

Sin embargo, como ahora se han cerrado las opciones para los actos de corrupción y se acabaron los comercios ilícitos como el de la tala clandestina y la venta de manera clandestina de materiales, todo se ha vuelto más transparente y seguro, cómodo y benéfico para todos y no para unos cuantos.

Los proyectos de construcción actuales están a cargo de inversionistas privados que obtienen beneficios económicos por los usuarios satisfechos que consumen de la red de servicios carreteros que ponen en sus carreteras. De esta manera, mientras mejor sea la carretera y mientras más servicios se ofrezcan, la ruta será más concurrida y el constructor se beneficiará, por lo que mantenerlas en óptimas condiciones es una obligación y una necesidad.

Los inversionistas privados y el gobierno son los creadores de las obras de infraestructura carretera. Sobre todo, cuando se trata de inversiones para megaproyectos. El gobierno invierte cuando hay sitios cuyo valor proporcional no es tan bueno como el de sitios concurridos. Aun el pueblo más pequeño y menos concurrido requiere servicio de carretera, el cual se ofrece con los impuestos que se cobran de los servicios carreteros y la explotación directa de las concesiones de abasto de combustibles.

Los servicios de seguridad y auxilio vial son financiados conjuntamente por usuarios y dueños de las carreteras a través de los seguros, los que son obligatorios para todo aquel que viaje por carretera. Los inversionistas privados los tienen como retribución por las concesiones recibidas y por el Gobierno como garante, principalmente de los servicios de seguridad y emergencias médicas, ninguna incidencia que ocurra en las carreteras está fuera de la cobertura de las pólizas de seguros con que cuentan las partes anteriores.

Existe un prestador de servicios adicionales que es el ganador, nos referimos a la gente nativa de los poblados por donde pasan las carreteras. Ellos pueden emplearse con los prestadores de servicios o poner al servicio del empleador a sus cooperativas, ofrecer sus productos típicos de manera directa a los usuarios, pues justamente son ellos quienes trabajarán en los servicios carreteros por vivir cerca de la zona donde están ubicados los mismos. El ambulantaje ya no existe, no solo porque era una actividad riesgosa para quien la realizaba, sino porque ahora no hay congestionamientos vehiculares en las carreteras.

Al salir de la zona urbana el cambio es radical. Ya no hay ni calles ni avenidas, tampoco se ven zonas habitacionales ni naves industriales. El paisaje ahora es de pastizales y cerros cubiertos de vegetación que en esta época del año tiene un color amarillento.

El límite del área urbana está señalado y está prohibido construir fuera de él. El control de permisos de construcción es estricto y se penaliza gravemente a todo aquel que inicie una construcción sin su respectivo permiso. Cualquier construcción, por pequeña que sea debe cumplir las reglas exigidas por los reglamentos de edificación de cada zona. No existe manera de burlar las reglas, pues todos los espacios son vigilados vía satélite. Así que cualquier obra nueva o construcción no registrada debidamente será fácilmente descubierta.

Para construir fuera de los límites urbanos se debe justificar la necesidad de hacerlo y son justificaciones válidas: el beneficio a un colectivo, la falta de espacio y el crecimiento poblacional de una zona habitacional. Sin embargo, se dará prioridad a la búsqueda de espacios adecuados dentro de las áreas urbanas o bien se reutilizará un predio preexistente para hacer una construcción vertical. Si aun con estas medidas fuera necesario ampliar el límite de la zona urbana, se buscará una zona que no rompa el equilibrio ecológico y que no afecte la prestación de servicios básicos de luz, agua, drenaje y telecomunicaciones. Se acabaron las autorizaciones sin análisis previos, mismas que se daban para construir grandes zonas habitacionales o industriales sin que les importara si acaparaban los recursos o saturaban las vías de comunicación, si contaminaban el agua y el aire o si afectaban gravemente a los núcleos de población.

No solo la construcción y el desarrollo urbano de las ciudades es regulado, también la prestación de servicios públicos. Por ejemplo, el agua, que fue un problema grave para los gobiernos de las décadas precedentes, ahora es una prioridad gubernamental el abasto y suministro de agua potable.

Los esfuerzos que se habían hecho resultaban infructuosos, pues el agua era escasa en las zonas urbanas y tenía que traerse de lugares lejanos, lo que obligaba a inversiones más grandes en infraestructura, la cual a veces y por desgracia estaba mal planeada. Luego se pasó a la construcción de ductos que llevaban el agua a través de muchos kilómetros de distancia, hasta que se descubrió que lo mejor era construir sistemas de captación de agua de lluvia. Esto se logró cambiando los materiales utilizados para la pavimentación de las calles, se dejaron de usar los derivados del petróleo y se optó por materiales permeables que permiten el paso del agua y así se recargan los mantos acuíferos. De esta manera se pudieron recuperar los pozos de las ciudades.

Luego de cambiar las viejas tuberías y de diseñar un programa de mantenimiento, las redes comenzaron a mantenerse funcionales, con un mínimo de fugas, que eran tan comunes en el pasado y que provocaban no solo escasez del vital líquido, sino averías en la infraestructura de calles y avenidas.

La inclusión de una cultura de cuidado del agua contribuyó también a que la población hiciera un uso más racional del recurso. Se reeducó a la población para que ya no buscara evadir el pago del servicio o pagarlo tan solo si le ofrecían descuentos, esto también implicó un esfuerzo por parte de las administraciones, que tuvieron que justificar con mejoras en los servicios los costos, hasta que el costo fue bien aceptado por el usuario, que ve reflejado en mejoras y mantenimiento a la red de abasto. El agua está garantizada, pero sigue siendo deber de la población cuidarla para que las generaciones futuras la sigan teniendo.

Se hicieron inversiones fuertes para llegar a este punto, pero ahora rinden sus frutos. La inversión pública cada vez es menor, siendo los propios ciudadanos quienes aportan para instalar sus propios sistemas de captación y reuso y así se vuelven autosuficientes en la obtención de agua, lo que ayuda para que el gobierno invierta en las comunidades más pobres o menos favorecidas y destine los impuestos a grandes obras.

La gestión y uso correcto del agua es indispensable, por eso se tienen mediciones y controles, se fomenta y premia el ahorro, se evitan y reparan las fugas, la calidad de las aguas tratadas es extrema y todas las normas son claras: las casas habitación y los comercios e instituciones deben tener planta de tratamiento o sistema de limpieza de aguas residuales, mismos que deben cumplir con los requisitos vigentes y utilizar químicos autorizados, filtros naturales y sistemas de tratamiento de alta tecnología, lo que permite la reutilización del agua para otras actividades. El agua que finalmente se descarta es poca.

El agua que circula en el mundo es la misma, pues como sabemos su ciclo natural de evaporación y condensación la hace ir a la atmósfera y descender a la tierra y a los ríos y mares. Por eso es importante que los drenajes estén rigurosamente controlados para que las descargas que llegan a los mares y ríos sean mínimas y no dañen los ecosistemas. Se han inventado filtros y medidores que supervisan y registran la cantidad y calidad de las aguas que salen de las casas, oficinas, fábricas y cualquier instalación humana, así se garantiza que lo que pasa por el drenaje no genera contaminación. Es una manera de cuidar el ciclo del agua.

Con respecto de la basura, el mundo de los plásticos y los productos derivados del petróleo es historia y fue desplazado por los productos biodegradables y reciclables. La cultura del reciclaje adquirió un ímpetu importante, pues se notó la importancia de evitar el descarte para reducir los niveles de producción de residuos sólidos urbanos, comúnmente conocidos como basura.

En la actualidad casi todos los productos de empaquetado tienen varios ciclos de vida, los cuales se logran al transformarlos a partir de modernas tecnologías en plantas de reciclaje y proceso que los convierten a su vez en materia prima o en productos.

Así, lo que ayer fue una bolsa se puede convertir en material para empacar o proteger mercancías, transformarse en envoltura o bien ser material de construcción. Se trata de que las cosas no tengan un uso único y que aquello que se descarte sea lo mínimo y no represente un foco de contaminación para el subsuelo. La desaparición de los plásticos de un solo uso representó el inicio de un planeta más limpio. El costo para sanear ríos y mares fue extraordinario en tiempo, dinero y salud de toda una generación anterior, pero la generación actual ha podido solucionar el problema y está decidida a no permitir que vuelva a suceder.

Los sistemas de recolección de basura son eficientes y están calendarizados por horarios y tipos de basura. Los camiones recolectores de basura son ejemplo de limpieza y buen manejo de las energías renovables. No generan contaminación, pasan en horarios inhábiles y así no afectan el tránsito y son totalmente automatizados, conducidos vía remota por sistemas de cómputo. La recolección directa de los contenedores de basura se hace directamente afuera de las casas, oficinas y negocios. Un robot recoge los contenedores llenos y deja otros contenedores vacíos, limpios y desinfectados. Lo mismo sucede en la descarga, selección y procesamiento primario de los diferentes tipos de basura, hay robots que trabajan realizando esta selección.

Para los procesos más avanzados del manejo de basura, cuando se trata de grasas, desechos biológicos, tóxicos o peligrosos, la recolección y tratamiento es especializado y sigue protocolos muy estrictos. La recolección de este tipo de residuos es supervisada por técnicos capacitados y se pone especial cuidado en la salud de quienes intervienen en los procesos y en el cuidado del medio ambiente.

Las energías con que cuenta la sociedad actual son suministradas y reguladas por el estado, pero la proveeduría la realizan empresas particulares y, del mismo modo que sucede con el agua, el ciudadano puede producir su propia energía. La regulación estatal aplica para los servicios de energía públicos, como la energía para iluminar la vía pública, los edificios gubernamentales, las instalaciones médicas y los sistemas de seguridad y emergencias.

En México las grandes empresas que proporcionaron energía por muchos años no sobrevivieron a los cambios tecnológicos y regulatorios. La última de ellas, manejada por el estado, vio su fin después de 2040, cuando las energías limpias lograron posicionarse en el mundo y las empresas de generación de energía privadas ofrecieron tarifas infinitamente menores a las que ofrecía el gobierno, que pasó de órgano monopolizador de la energía a órgano regulador. Con esto se logró llegar al 2050 con cero emisiones de carbono, tal como se había proyectado décadas atrás.

La mayor parte de la energía eléctrica proviene de fuentes renovables, principalmente la fotovoltaica, eólica, hidrológica y nuclear. Muy poca energía es producida a través de los biocombustibles, mares y la geotermia. Tras acostumbrarse a convivir con los volcanes activos, la humanidad decidió aprovecharlos y ahora dotan de electricidad a poblaciones cercanas. Igualmente, las zonas geotérmicas cuyas aguas solo se utilizaban con fines medicinales y turísticos ahora tienen una gran incidencia en la producción de energía.

Las ciudades portuarias sacaron provecho de las olas del mar y se diseñaron mecanismos para transformar su energía en electricidad. El oleaje alto ya no solo sirve para surfear, sino que es el motor para generar electricidad y enviarla tierra adentro y así contribuir a satisfacer la demanda de energía que requiere la humanidad.

El gas natural y LP, que fueron utilizados por décadas en el país se sustituyeron por hidrógeno. Los hogares son autosuficientes y muchos de ellos producen su propia energía, la cual satisface la demanda de la cocina, los climas automatizados y los dispositivos y automóviles. La producción promedio de una casa cubre los sistemas de energía solar y de baterías con el que cuentan las casas como respaldo y los grandes consumidores comerciales también cuentan con la opción de autoproducción de energía. Sin embargo, en este caso requieren fuentes de suministro externas, para lo cual la red de hidrogeno está al alcance de todos y se accede directamente ante cualquier necesidad emergente.

El servicio básico de internet es libre y gratuito en el mundo. Es decir, está al alcance de todos y ningún gobierno puede restringir su uso o limitar su distribución. Está instalado de forma satelital y si alguien requiere servicios más especializados y personalizados, puede acceder a planes y aplicaciones que lo proveen por un costo que dependerá de las especificaciones solicitadas. El usuario puede decidir entre múltiples opciones, las que varían según el país. Hay empresas globales y locales que ofrecen servicios de internet y telefonía y compiten entre ellas ofertando más bien servicios y atenciones personalizadas.

El *gran medio*, por lo tanto, es global y no requiere oficinas físicas en todos lados. La atención al público es en línea, los 365 días del año y las 24 horas del día. En el caso remoto de que un equipo requiriera una revisión física, hay infinidad de proveedores autorizados que están ubicados en sitios estratégicos y casi siempre ofrecerán sus servicios a domicilio.

La adquisición de equipos móviles, la reparación, mantenimiento y cambio por garantía se realiza en línea con un simple formulario. Los equipos son enviados y regresados por mensajería y aunque en los centros comerciales y plazas hay módulos de exposición y de promoción y venta, la realidad es que todo mundo compra sus equipos a través del *gran medio*.

Los equipos de telefonía dejaron de ser un artículo de ostentación. Y se acabó la competencia tecnológica de nimiedades como las cámaras, los sistemas de audio o los gráficos, igualmente dejó de ser importante el diseño, pues en la actualidad la mayoría de los equipos son similares en todos sus aspectos y la competencia real pasó al área del servicio y la atención al cliente. El usuario busca tener equipos funcionales que soporten todas las aplicaciones de la vida moderna, pero si ha de elegir un proveedor, elegirá a aquel que le ofrece mejor servicio y más personalización en la atención.

En México y en el mundo desapareció la telefonía por cable o tradicional. Todos los servicios son inalámbricos y la fibra óptica fue sustituida por la comunicación satelital. Eso cambió la vista de las ciudades, que dejaron de tener cables y ductos subterráneos que llevaban millones de cables. Ahora el espacio es el que está saturado, pues hay miles de satélites orbitando alrededor de la Tierra con el fin de intercomunicar a los humanos.

Los Moreno siguen su camino hacia Querétaro. Ya están cerca de San Juan del Río y van a un lado de la vía del tren que corre paralela a la autopista. No es un tren común, sino uno de alta velocidad que viaja hasta Guadalajara. Los niños apenas lo pueden ver y tratan, inútilmente, de contar los vagones que lleva.

Hay varios sistemas de trenes rápidos: el México–Guadalajara, que hace escalas en Querétaro y León, entre otras.

Todos los medios de transporte han evolucionado de manera importante. Se han vuelto más rápidos, cómodos y seguros. El traslado de grandes cantidades de personas fue uno de los grandes temas de las reformas y se logró el objetivo al contar con la tecnología y revolucionar los medios existentes.

En la carretera viajan principalmente vehículos particulares. A nivel mundial se ha logrado que la mayor parte de la población tenga acceso a un medio de transporte particular, por lo que su uso se ha vuelto común. Ya que el cuidado al medio ambiente es prioritario, el uso de los transportes particulares es muy racional y se respeta mucho el espacio y la naturaleza. Con las políticas de privilegiar el trabajo remoto y de acercar los trabajos y servicios a los empleados se redujo considerablemente el parque vehicular que circulaba en las ciudades y carreteras.

Además, la eficiencia y seguridad del transporte público hace que la gente prefiera viajar en cualquiera de los transportes públicos que utilizar su propio auto. El factor de la inseguridad y los asaltos a los camiones de pasajeros desapareció y conforme las carreteras se hicieron más seguras aumentó la demanda del servicio. Fue difícil pues durante años se lidió con el problema y de poco servían las cámaras de circuito cerrado, botones de pánico, sistemas de monitoreo satelital y operativos policiales para detener la ola de asaltos que sufrían los pasajeros a bordo de las unidades de servicio público. Por fortuna, eso se acabó, con trabajo y esfuerzo, pero dejó de ser un problema.

El transporte público terrestre ofrece múltiples opciones y se le da impulso al transporte público de ruta fija, pues al tener establecidos los puntos de abordaje y descenso es fácil hacer planeaciones y programaciones.

El transporte público con rutas variables, como los diferentes tipos de taxis son más personalizados, pero son menos utilizados. Mientras que el transporte de carga ha sufrido grandes cambios. Por principio de cuentas mejoró la infraestructura carretera y las condiciones de trabajo, pues ahora las carreteras no tienen nada que ver con las carreteras de alto riesgo del pasado, donde los operadores sufrían accidentes y robos. Asimismo, ya no hay bajos sueldos y arduas jornadas que los hacían consumir sustancias inhibidoras del sueño para cumplir con los tiempos de entrega. Actualmente las carreteras son seguras y casi no tienen peligros. Además, los vehículos cuentan con sistemas de conducción automática, así como sistemas de seguridad y apoyo vía remota, por lo que están protegidos y vigilados.

Unidades de carga de varios tamaños se mueven por todos los puntos del país. La red de carreteras es una inmensa telaraña que cubre la república entera. Las autopistas comunican a las ciudades principales, mientras que las carreteras secundarias comunican las ciudades más pequeñas y hay las carreteras para los poblados, las rancherías y las colonias a las que antes solo se podía acceder por terracería o brechas polvorientas.

Un medio de transporte con 200 años en México, el ferrocarril, regresó a ser un transporte de primer uso. Tras las últimas décadas del siglo XX casi había entrado en desuso, manteniéndose exclusivamente para algunas rutas de carga que comunicaban puntos industriales de México con puntos fronterizos de Estados Unidos y puertos del Golfo de México y del Pacífico. Sin embargo, el transporte de pasajeros por tren había desaparecido casi por completo. Sin embargo, ahora, en el 2070, el tren está de regreso.

Los trenes rápidos cubren las distancias entre ciudades importantes y llevan a miles de pasajeros. Ahorran tiempo y dinero, además de que compiten mano a mano con las líneas aéreas locales.

La red de vías destruidas y olvidadas durante décadas se reaprovechó, sobre todo por el derecho de vía ya ganado, para convertirlas en modernas vías por donde pueden pasar trenes eléctricos, a biocombustible y a hidrógeno y litio, provenientes de fuentes renovables de energía como el agua.

La rehabilitación de vías, estaciones y terminales, así como la construcción o ampliación de otras rutas fue una tarea titánica que empezó en el 2030 con el servicio de carga. Luego se sumaron los servicios de pasajeros, para lo cual el último reto fue hacerlo rentable. La estrategia consistió en introducir trenes cómodos, modernos y rápidos que lograran un verdadero ahorro en tiempo y dinero para quienes realizaban viajes a distancias medias, es decir, viajes en los cuales el automóvil resultara pesado y el avión costoso. El nicho de mercado inicial fueron los viajeros de negocios, fueran pasajeros solitarios o en grupos de trabajo, luego se extendió la oferta al viaje turístico, agregando lugares tradicionales de visita, lo cual abrió la oportunidad al viajero local, pues las paradas en puntos estratégicos atrajeron a pasajeros de la zona y así se fueron enlazando destinos hasta lograr una cobertura importante a nivel nacional.

En el país se mueven a diario miles de carros de ferrocarril de carga, los cuales transportan millones de toneladas de mercancías y llevan cientos de vagones con miles de pasajeros. Estos trenes son vigilados en tiempo real por cámaras de circuito cerrado de televisión y tienen comunicación vía satélite que asegura la seguridad de las operaciones.

En la actualidad una treintena de ciudades en México cuenta con sistema de transporte colectivo subterráneo, de superficie o ambos. Estos sistemas se construyeron en sus áreas metropolitanas para dar cobertura de servicio público a la población y tuvo resultados óptimos que mejoraron la calidad de las condiciones ambientales, el tránsito y los costos de mantenimiento de la infraestructura urbana. Las líneas, estaciones y vagones que tiene cada ciudad están determinados según los requerimientos específicos. Una red de tranvías eléctricos, solares y a hidrógeno complementa el sistema de transporte público, con lo que hay rutas y formas de llegar a todos los puntos del país. Estos sistemas se constituyen con inversión gubernamental y privada, de tal suerte que el control de éstos jamás podrá ser del estado ni de la iniciativa privada, sino una simbiosis que mantendrá las rutas y las subsidiarias bajo control.

No se desea volver a tener transportes concesionados que saturan las calles y generan contaminación y se convierten en monopolios que brindan pésimos servicios y fijan tarifas abusivas.

El transporte aéreo comercial cubre una gran cantidad de rutas dentro del país, abarcando las ciudades grandes y medianas. Hacia el extranjero la cobertura de viajes directos es muy amplia, sobre todo a las principales ciudades de todos los continentes. Mientras que hay vuelos con escalas prácticamente hacia todo el mundo. Estos vuelos se pueden realizar de manera simplificada, sin recurrir a múltiples cambios de aviones y tiempos exagerados de espera en los aeropuertos.

El transporte aéreo privado se ha desarrollado mucho y hay aeronaves de diferentes características. Como han mejorado las condiciones económicas y las necesidades de viajar de forma personalizada también han aumentado, se ha abierto un mercado de este tipo de transporte, sobre todo por parte de empresarios, ejecutivos, artistas, deportistas y cualquiera que desee y pueda darse el lujo de mantener una aeronave personal. Hay facilidades para adquirirlas y también se pueden rentar por viaje o por periodos específicos.

Existen miles de hangares y aeródromos para resguardar y operar este tipo de aparatos, de tal manera que no afectan las operaciones de los aeropuertos comerciales. Quienes tienen aviones particulares pueden volar cuando y hacia donde deseen, siempre y cuando cumplan con las condiciones de seguridad estipuladas por los reglamentos, así como la observación de las normas de navegación del espacio aéreo.

Las aeronaves particulares también incluyen a los drones y los pequeños aviones de transporte para mensajería, emergencia, vigilancia y comunicación, las cuales son no tripuladas y surcan el espacio aéreo a baja altura.

Se han construido también una gran cantidad de líneas de cable bus, como una alternativa de transporte para zonas de difícil acceso, tales como cerros o cañadas a los cuales otros sistemas de transporte terrestre y *helitaxis* no pueden acceder. Sin embargo, tan solo se han colocado estos medios de transporte en las colonias que ya estaban construidas en este tipo de terrenos, pues en la actualidad ya no se permite construir ni en las partes altas de los cerros o en el fondo de las cañadas, sobre todo porque dichas áreas se han considerado como reservas ecológicas de la ciudad.

Para el turismo, el teleférico continúa siendo un atractivo medio de transporte que además de llevar de un lado a otro permite solazarse con la vista panorámica del sitio visitado.

Los grandes puertos mexicanos tienen comunicación con los principales puertos del mundo. El comercio mundial es imparable, por lo que millones de contendores entran y salen del país en gigantescos buques portacontenedores, los cuales acercan las mercancías al transporte terrestre de diferentes ciudades que finalmente serán distribuidos para llegar a los consumidores finales.

Tanto los puertos del Golfo de México como del Pacífico son vitales para el intercambio mercantil mundial y nacional. Las mercancías que llegan por vía marítima de otros continentes luego son distribuidas por la red de transporte de carga a través de trenes o carreteras. Igualmente, los puertos de gran calado se comunican con los puertos menores y se han establecido importantes astilleros en ambos litorales, cuya finalidad es el armado de embarcaciones de diferentes características y dimensiones para posicionar a México como fabricante y ensamblador de embarcaciones.

Para el turismo, los puertos mexicanos representan destinos imperdibles, como solía ser hace años. Se trabajó mucho para dotarlos de infraestructura suficiente para recibir cruceros, sobre todo aquellos de dimensiones monumentales. De esta manera, cuidando que no se dañara el ecosistema, se pudo aprovechar la gran derrama económica que significa recibir a los miles de pasajeros de este tipo de cruceros.

El intercambio de carga entre puertos mexicanos también se incrementó, pues en los años pasados había sido una alternativa poco explorada, dando prioridad al uso del ferrocarril y los transportes de carga. Sin embargo, hoy día se pueden hacer rutas marítimas entre puertos mexicanos, lo cual ha representado ahorros tanto en costos como en saturación de las carreteras. Así como las autopistas se construyeron a lo largo de las costas mexicanas, las rutas marítimas se crearon a un lado del litoral ofreciendo una alternativa distinta de viaje.

En la década de 2030 se comenzó la construcción del canal transístmico, el cual tenía la finalidad de crear una vía marítima que comunicara el Golfo de México con el Océano Pacífico. Era un proyecto que deseaba volverse una alternativa al congestionado Canal de Panamá. Para su construcción se eligió la zona más angosta de la región del Istmo de Tehuantepec cuyo relieve ofreciera las mejores condiciones para su construcción.

El megaproyecto tardó 10 años en culminarse, durante los cuales se analizó primeramente el impacto ambiental y luego se comenzaron los trabajos de construcción. Fue una obra millonaria que solo pudo ser posible gracias a la inversión de la iniciativa privada, del Gobierno de México y de la Organización Mundial de Comercio, la cual involucró también a organismos de crédito global que financiaron el proyecto por considerarlo favorable para el comercio internacional.

Los buques ya no deben hacer fila para cruzar por el Canal de Panamá, lo que se traduce en ahorro de millas de recorrido al usar el Canal Transístmico.

De manera paralela al paso marítimo se desarrollaron dos proyectos adicionales que fueron construidos al mismo tiempo: una vía férrea y una amplia autopista que recorren la misma ruta del canal y funcionan como alternativa y apoyo, así como ruta de distribución a puntos estratégicos.

Estos megaproyectos fueron pensados por años, pero solo se ejecutaron cuando su necesidad se vislumbró imperante, y hoy día son un verdadero éxito económico y logístico.

Dado que los afectados en sus propiedades fueron indemnizados de manera justa y rápida y que las organizaciones ambientalistas no encontraron ningún problema y aquellas consideraciones fueron atendidas con prontitud, la obra pudo gestionarse rápidamente y sin complicaciones. El Estado fue garante del cumplimiento de los compromisos firmados y mostró su alto desempeño ante el mundo como mediador y calificador, así como facilitador y promotor. Fue el Estado quien aportó lo relacionado a la gestión administrativa y de seguridad, lo cual fue requerido para salvaguardar las inversiones de todos los involucrados.

Del mismo modo que la red carretera comunica a las poblaciones del país, hay regiones en el interior de la República Mexicana cuyas vías fluviales posibilitan una red de transporte fluvial. Esta es una alternativa económica y rápida para transportar productos en embarcaciones pequeñas y medianas. Además, este tipo de transportes también comenzó a popularizarse en zonas lacustres, donde se ha desarrollado mucho su uso.

La estabilidad en las condiciones climáticas, resultado de la forma ordenada y respetuosa de vivir en armonía con la naturaleza y el medio ambiente, permite ciclos de lluvia regulares, así los caudales de los ríos se mantienen a niveles que permiten que sean navegables y lo mismo sucede con los lagos, presas y humedales. De modo que esta red de transporte fluvial se ha vuelto el sustento para muchas comunidades comerciantes, pesqueras y turísticas.

Las embarcaciones son poco contaminantes y se busca que las actividades que el hombre desarrolla en los cuerpos de agua sean sustentables.

La construcción de puertos y atracaderos en lagos, ríos y lagunas se ha realizado con cuidado y respecto a la flora y fauna, para evitar que el ecosistema sufra agravios.

Poco antes de llegar a Querétaro, los Moreno salen de la autopista y toman una carretera secundaria que se halla en excelentes condiciones. Tras unos cuantos kilómetros cruzan una pintoresca y pequeña población que ya bulle de turistas y paseantes.

Continúan su camino y al pasar aquel pueblo la carretera vuelve a perderse en medio de los campos, en los cuales se ven pequeños conjuntos de casas y construcciones que ofrecen servicios para el viajero. Hay múltiples salidas que conducen a pueblos más pequeños. Daniel toma una de las salidas y continúan por un camino vecinal, que no por ello está descuidado. Dan vuelta para pasar por un desnivel amplio e iluminado y unos minutos después llegan a su destino.

La entrada está bordeada por árboles y una pista paralela tiene un carril para correr y otro para andar en bicicleta. A ambos lados de la carretera hay entradas hacia las casas, las cuales están separadas entre sí por varios metros. Es una zona residencial con casas en terrenos grandes.

Al final de la arbolada hay una glorieta donde Daniel puede dar la vuelta y ahí hay una pequeña plaza comercial con una zona de estacionamiento y una escuela de nivel básico. A un costado está la entrada antigua con arco de la ex hacienda de principios del 1900. Al detectar la camioneta de Daniel la puerta se abre, pues él está registrado en los sistemas de seguridad. Entran a la propiedad de los padres de Daniel, una casa construida en una hacienda que ha pertenecido a la familia por muchas generaciones.

La propiedad cuenta con una sección de construcciones donde viven otros parientes. Hay casas modernas que cuentan con todos los servicios, pero que han tratado de conservar el toque campirano y colonial. Las propiedades están separadas entre sí y cuentan con jardín privado, caballerizas y huertas propias. La finca es muy grande, pero ya no tiene la misma extensión que hubiera tenido a principios del 1900, pues tras la Revolución la propiedad sufrió varios repartos de tierras, primero con la Reforma Agraria y luego por la venta y eventual herencia a los hijos, nietos y bisnietos. Al cabo ha quedado solo lo que conservan los padres de Daniel.

Sin embargo, la cantidad de tierra que aún conserva la familia hace pensar que Dany y Romina, así como sus hijos y probablemente sus nietos, podrán disfrutar de la finca sin ningún problema y, tal vez, vivirán en ella como todos los Moreno cuando se jubilan.

El lugar está lleno de historia familiar, a diferencia de otras propiedades semejantes cuyos dueños no son oriundos de la zona. Sin embargo, algunos de los dueños también llevan años conservando los edificios históricos del lugar.

Daniel detiene el vehículo frente a la casa de sus padres, quienes no viven en la construcción principal. La casa grande, como le dicen a esa construcción, fue habitada por los abuelos de Daniel, quienes ahora viven en España y están a punto de cumplir 100 años. Los festejos se están organizando para traer a los bisabuelos a festejar en la casa grande, mientras que los abuelos, los padres de Daniel, viven en una cabaña un poco más moderna que cuenta con todas las comodidades de una casa de la gran ciudad.

Ya llegó también la hermana de Daniel con su esposo y sus dos hijos, un niño y una niña. Es una de las ventajas de poder elegir el sexo de los bebés, pues ahora las familias pueden equilibrarse. La hermana de Daniel es mayor, así que sus hijos también son más grandes que los hijos de Daniel son un par de adolescentes de 15 y 17 años respectivamente.

Su hermana y su cuñado trabajan y viven en la ciudad de Querétaro. Ellos se hicieron cargo de la empresa familiar que provee de granos a una compañía productora de biocombustibles. Ella no pierde oportunidad de visitar a sus papás, pues vive cerca de ellos y además, Por último, el cuñado es oriundo de la zona y difícil sería convencerlo de dejar a su familia, que también vive ahí.

Se saludan con mucho cariño y luego se sientan a la mesa para degustar café, té y chocolate con panecillos de la región. Entonces llega el tercer y último invitado, el hermano mayor de Daniel junto con su esposa y sus dos hijos, un par de jóvenes de 27 y 24 años. El mayor llega con su novia. Ahora es normal que los jóvenes vivan en pareja después de los 35 años, una vez que concluyeron la preparación académica y se han afianzado en su trabajo. Así llegan con un patrimonio que les permite tener una vida de pareja estable y propicia para darles un estilo de vida adecuado a los hijos.

El joven acaba de terminar una especialización en energía eólica e inició sus prácticas en los gigantescos campos eólicos de Oaxaca. Espera que pronto le den una plaza dentro de la empresa trasnacional en la que está. Su novia es un poco menor que él y está realizando estudios de posgrado en la ciudad de Guadalajara, de donde es originaria. Su relación ya tiene algunos años, pues fueron compañeros de la Universidad. Sin embargo, aún no se ve clara la fecha en la que formalizarán su compromiso, pues sus planes profesionales acaparan su atención por ahora.

La sobrina mayor de Daniel estudia para astronauta, pues Querétaro inició hace muchos años la vanguardia mexicana de la industria aeroespacial y en la actualidad cuenta con la mejor Universidad mexicana para la preparación de Astronautas y técnicos especializados en el sector. La universidad cuenta con un laboratorio experimental en la Estación Espacial Internacional, donde hay presencia estudiantil permanente. Para ir allá es necesario pertenecer a los mejores promedios y su sobrina se esfuerza mucho para ser una de las elegidas.

Las fuentes de empleo son muchas, tanto en México como en otros países. Ser astronauta ahora es tan común como ser un piloto de avión. Existen agencias espaciales privadas y públicas.

El hermano mayor de Daniel es político de profesión. Cuando terminó su carrera profesional y especialización en el ramo financiero comenzó a trabajar dentro del gobierno municipal. Hizo carrera en la política escalando de puestos hasta que contendió para ser gobernador y lo logró. Desde entonces vive en la ciudad de Querétaro, donde se casó y tuvo a sus hijos. Después de ser director de Finanzas del Estado, decidió regresar a los puestos de elección popular y decidió contender para ser presidente municipal, puesto que ostenta actualmente, mientras se prepara para la próxima elección de Diputados federales, en la cual pretende ganar dada su experiencia y trayectoria.

Después del desayuno todos salen al jardín a tomar un poco de sol. No hace frío, el clima es muy agradable, mucho más que el de la Ciudad de México. El papá de Daniel sugiere visitar los campos de cultivo. Todos van vestidos con ropa cómoda y calzado deportivo, no tendrán problema en caminar un poco si es necesario, pues esos recorridos no son solo una tradición, son una obligación.

El papá de Daniel proporciona una llave a cada uno de sus hijos para que conduzcan los vehículos descubiertos todo terreno que los llevarán por el campo. Daniel y sus hermanos se dirigen a las camionetas junto con sus familias. Solo el hermano mayor de Daniel delega la responsabilidad de manejar en su hija. El papá de Daniel sube a su auto, el más llamativo, marcado con el número uno en ambos lados con su fotografía grabada y el logotipo del rancho.

El papá de Daniel guía aquella curiosa caravana de Morenos. En su auto presiona un botón que abre un micrófono inalámbrico que se conecta a los equipos de audio de los vehículos que lo siguen vía *bluetooth* de largo alcance. De esa manera puede hablarles a todos sus hijos y ellos pueden interactuar con él de la misma manera, aunque no esté con ellos. Les va comentando detalles sobre el recorrido.

Los vehículos tienen pantallas, donde se pueden proyectar videos relacionados con lo que va diciendo don Daniel.

El papá de Daniel narra cuestiones sobre los cultivos: su desarrollo, situaciones climáticas favorables o desfavorables, los precios de los productos y de los insumos, la administración del rancho y hasta hechos curiosos que suceden en el campo con los trabajadores.

Un campo productivo

La tan ansiada autosuficiencia alimentaria se ha conseguido. Y lo muestran aquellos campos queretanos con sembradíos variados, plantas fuertes, nutridas, bien cuidadas, cuya existencia ha permitido el aumento de la producción y la satisfacción de la demanda interna, así como la posibilidad de un negocio próspero que ya no depende de la importación. El maíz sigue siendo un producto básico, sobre todo para la elaboración de la tortilla que, aunque ya no se consume tanto, sigue siendo el complemento de la comida tradicional mexicana y hoy día es un producto de exportación.

El recorrido inicia por las parcelas de hortalizas, las cuales, dado que es invierno, tienen una parte sin cultivar. La parte cultivada produce hortalizas resistentes al hielo. Asimismo, hay invernaderos donde también se están cultivando productos que próximamente estarán listos para ser cosechados y recibir los nuevos productos cuando termine la temporada invernal.

El cultivo de hortalizas no se practica tanto en la región, pues las tierras se dedican a cultivos como el maíz, trigo, avena y cebada. Los Moreno avanzan por una brecha bien construida que va a lo largo de las parcelas, las cuales tienen salidas a uno y otro lado de la brecha. La tecnología para cultivar casi siempre llega por carretera. Son 100 hectáreas de parcelas perfectamente ordenadas, muchas de ellas rodeadas de árboles que las protegen del viento y la erosión.

Las parcelas están ubicadas en terrenos limpios, libres de piedras, y maleza, así como de cualquier irregularidad que dificulte la entrada de máquinas a ellas. Por fortuna el rancho está sobre un valle, el valle que alberga a la mayoría de las propiedades de la región. Por último, el papá de Daniel los conduce hasta la última zona de la propiedad, más allá de la superficie cultivada, donde se extiende un pastizal atravesado por un pequeño río cuyo nacimiento está en un cerro cercano donde hay manantiales y ojos de agua. Pasando el río el relieve cambia. El valle se termina para iniciar una colina arbolada que es el inicio del cerro. Ése es el límite de la propiedad de los Moreno, que colinda con una reserva ecológica federal.

Aunque el cerro no es alto ni grande, como todos los cerros y montañas del territorio, ha sido declarado reserva ecológica, cuyo fin es preservarlos para evitar la deforestación y dejar vivos a los bosques que crecen sobre ellos y son los pulmones del planeta. Algunas veces se hacen concesiones para instalar atractivos turísticos operados por el Estado y cooperativas de la región. Así los habitantes se pueden beneficiar y gestionar los recursos, además de que se comprometen activamente al cuidado de la zona.

En este sitio hay un campamento que ofrece servicio de cabañas para realizar actividades de campismo, senderismo, cabalgatas y rapel.

Las tierras de cultivo ahora están sembradas de trigo, cebada y avena, que son los cultivos con los que se rota la tierra cuando no se siembra maíz. Sin embargo, otra parte de las parcelas está sin sembrar, de tal manera que la tierra descansa. El siguiente ciclo de siembra de maíz iniciará en marzo y el siguiente en julio. Se cosecha en julio y octubre.

La ingeniería genética ha hecho su parte, buscando que las modificaciones no dañen la salud humana ni perjudiquen el medio ambiente. Se han diseñado semillas que producen plantas más fuertes, resistentes a plagas y adaptables a los climas de diferentes regiones, lo que garantiza una alta producción de grano de alto valor nutricional.

La autosuficiencia alimentaria se consiguió, en gran parte, gracias al maíz, pues en cuanto se comenzó a dejar de importar este grano se ahorraron millones de dólares que pudieron destinarse a la producción de otros cultivos, de tal suerte que el campo mexicano fuera capaz de surtir con variedad de productos las mesas nacionales.

Existen múltiples variedades de maíz que han sido genéticamente modificadas. Igualmente, las especies híbridas han mejorado sustancialmente. Se siguen sembrando especies tradicionales, pero tan solo para conservar la especie. Sin embargo, dichos granos no son rentables ni serían capaces de satisfacer la demanda actual de grano.

La alta productividad de maíz por parcela se debe a la garantía de conseguir dos cosechas al año. En algunos lugares se pueden obtener tres cosechas, porque se puede aprovechar el periodo invernal. Sin embargo, lo usual ha sido destinar el invierno para la producción de otros cultivos, lo que también permite la rotación de cultivos y el descanso de la tierra.

Las plantas de maíz producen varias mazorcas, lo que multiplica su valía, pues tras cosechar los maíces se siguen elaborando forrajes y biocombustibles.

Un factor fundamental para el incremento de la producción por parcela y la extensión a dos y tres ciclos por año fue la transformación del sistema de siembra, el cual cambió de temporal a riego. Por décadas las siembras dependían exclusivamente de las condiciones climáticas, pero cuando el cambio climático alteró demasiado los ciclos el mundo se vio afectado por las lluvias excesivas, las sequias, plagas furtivas, granizadas intempestivas, fuertes vientos y heladas prematuras. Todo esto dificultó muchísimo las condiciones del campo y del cultivo de temporal, y hubo que hacer esfuerzos sobrehumanos para salvar la situación. El campo se volvió un pésimo negocio y muchos agricultores, a falta de recursos para soportar las pérdidas y los retos de la modernización, abandonaron sus tierras o las destinaron para otros fines. Algunos, sin embargo, vieron en el sistema de riego una oportunidad. Los primeros intentos resultaron rudimentarios, hechos a través de redes de canales y zanjas que llevaban el agua de las presas y represas por kilómetros. El desperdicio de agua se hizo notar y, aunque el agua se filtraba hacia el subsuelo y se evaporaba, regresando al ciclo natural del agua, era poca la cantidad de agua que llegaba a las zonas de riego.

Las presas y represas a veces se desbordaban y desperdiciaban, sobre todo porque les hacía falta mantenimiento y buena administración. El negocio en torno al agua, afectando a los campesinos, no fue la excepción en una época, así como la mala infraestructura que provocaba derrames y bajas en los niveles de captación, todo lo cual siempre iba en perjuicio del campo.

La crisis del agua se sumó a estos problemas, pues las ciudades demandaban cada vez más agua y ésta comenzó a escasear. Fue un error no darle prioridad al campo, pues eso llevó al país a un ciclo de importación que parecía sin fin.

El problema surgió por infinidad de factores y se resolvió cuando todos ellos se fueron modificando. Valió la pena que el mundo cambiara y que se hiciera patente la necesidad de sustentabilidad, de respeto a la naturaleza y de tecnificación. Todo lo cual, finalmente, llegó al campo mexicano.

Los sistemas actuales de riego no dependen más de las presas, las cuales están destinadas a la generación de energía eléctrica y a la regulación de los ríos caudalosos. El riego depende de las represas pequeñas, construidas de tal manera que favorecen grandes superficies de cultivos y pueden abastecerlos por gravedad o por sistemas de bombeo a tuberías inteligentes. El ahorro es considerable tan solo por evitar la pérdida por evaporación y filtración.

El agua para riego la suministra una red de pozos perforados cerca de ríos o en regiones con agua del subsuelo abundante. Al controlar el cambio climático se pudieron estabilizar los temporales que poco a poco volvieron a ser regulares, lo cual devino en la recarga de mantos acuíferos y en la conservación del ciclo del agua. Asimismo, los pozos se alimentan de las corrientes subterráneas, por lo que su agotamiento prematuro no es un riesgo.

Las tuberías de abastecimiento son subterráneas y llegan a las propiedades privadas donde cada usuario decide si su sistema será subterráneo o de superficie, según el tipo de cultivos que produzca y sus necesidades. Las propiedades privadas explotan los pozos de agua en sus terrenos a discreción, siempre y cuando los caudales de agua lo permitan y su explotación no represente un daño al abastecimiento comunal. Como el clima es amigable, casi todos los ranchos en zonas de lluvia regular tienen este beneficio.

El rancho de los Moreno es rico en agua, pues el líquido abunda en la región. Pueden obtenerla del río, el cual comparten con los pobladores y además cuentan con varios pozos propios cuyo flujo de agua satisface sus necesidades.

Otros tipos de riego, como los de aspersión y goteo, ahorran agua, lo cual es importante, pues, aunque el recurso ahora no está en riesgo, jamás es mala idea cuidarla y preservarla.

Las hortalizas y los árboles frutales se riegan por aspersión baja, la que reparte el agua a poca altura para que llegue de manera uniforme y directa a las plantas de talla baja. En donde hay plantas con mayor tamaño se riegan por aspersión alta.

Los cultivos de maíz se riegan a través de una red de aspersión alta y en algunas ocasiones se opta por el goteo directo o subterráneo. Todos los sistemas de riego se controlan por computadora, de tal manera que es posible controlar a detalle el uso del agua, desde que sale del pozo hasta el momento que toca la superficie de la tierra, integrando análisis de muestras de suelo que verifican el estado de la tierra, la presencia de nutrientes, plagas, fugas y otros datos que son de importancia y que se cotejan con datos climatológicos.

La mano del hombre ya casi no es requerida. Sin embargo, su inteligencia y habilidad para supervisar sí. Los reportes computarizados incluyen gráficas de la actividad que van acompañados por textos detallados, fotos y videos, así como pronósticos de la producción y fechas probables de maduración de los cultivos y eventualidades climatológicas o técnicas, con lo cual se pueden programar decisiones operativas y de mantenimiento.

Los equipos de riego operan por energía solar, lo que evita el consumo eléctrico y facilita que las parcelas, aun aquellas que se hallan en zonas que no tienen acceso a la red eléctrica, puedan contar con sistemas automáticos.

Las bombas y dispositivos de los pozos también son solares o bien de baterías potenciadas por energías limpias. Y presas, represas y fuentes de producción de energía, son automatizados y envían información de forma constante a las centrales tanto de los ranchos a los que pertenecen como a los institutos hidráulicos y climatológicos. Por ello la calidad del agua está verificada, pues es monitoreada constantemente para detectar focos de probable contaminación o riesgo para la salud.

En el caso de las grandes presas, que cuentan con plantas hidroeléctricas, las condiciones se vuelven más complejas. Para ellas se han diseñado e implementado redes de infraestructura que facilitan la llevada de insumos y personal técnico cuyo trabajo es el cuidado de la producción y salida de la energía, que se envía a los centros urbanos más grandes, los cuales muchas veces están a grandes distancias. Las rancherías y localidades pequeñas casi son autosustentables en cuanto a la energía que utilizan para sus operaciones diarias.

El Estado regula y administra el agua y está encargado de aplicar normativas y de vigilar la recarga de los mantos freáticos. Las descargas de drenaje también son verificadas y vigiladas, para evitar la contaminación de ríos, lagos y mares. Las plantas de tratamiento de aguas residuales son obligatorias para las industrias y para las casas, de donde el agua que se desecha debe ir tratada, con lo que se garantiza que no contaminará ni los suelos ni el aire.

Cada hogar, fábrica, edificio o instalación que emita aguas al drenaje cuenta con un sistema de medición automatizado que califica las condiciones del agua residual. Si ésta no está tratada o arroja resultados de alarma, notifica a la autoridad correspondiente que sanciona y exige la corrección o compostura de la planta de tratamiento. No hay excepciones de aplicación ni corrupción en la solución: la salud y la vida del planeta son prioritarias.

El convoy de vehículos se interna por las parcelas de cultivo hasta que llegan al final de la superficie cultivada donde el papá de Daniel les indica que avanzarán un poco más en el bosque, para que puedan ver cómo se desarrollan los arbolitos plantados meses atrás. Los nietos se emocionan, sobre todo Romina, que coloco lacitos a sus árboles durante la plantación, que fue una actividad familiar de convivencia y de contribución al medio ambiente.

Cruzan el río por un puente cuyas dimensiones son quince metros de largo, seis de ancho, la profundidad es de cuatro metros. El agua se puede ver en la parte más baja. Es cristalina y apacible, pues no es temporada de lluvias.

Sobre el río hay varias tomas de agua para las propiedades aledañas. Entre ellas hay una toma mayor que surte un caudal considerable para el abastecimiento del pueblo cercano, la cual no pone en riesgo la cantidad de agua que sigue corriendo hasta unirse con un río más importante que atraviesa por el estado de Hidalgo a través de una región de presas que reciben agua de otros ríos que se incorporan posteriormente al río más grande cuya desembocadura es el Golfo de México. Las aguas de todos estos ríos están limpias.

Ya en el bosque, los Moreno buscan el prado donde sembraron los pequeños árboles. Romina corre para buscar los listones de los suyos. La reforestación es una obligación humana y ellos deseaban aportar su granito de arena para reforestar la reserva ecológica. Desde donde están se puede ver la carretera, cuyo trazo no rompe la libertad del bosque. Finalmente se ha comprendido que el hombre es un invitado del mundo y que debe respetar a la naturaleza. Así es en todo el mundo ahora, se busca afectar lo menos posible el hábitat, el hombre jamás volverá a ponerse por encima de la naturaleza.

Tras el recorrido en el bosque, los Moreno regresan por el mismo camino. Ven el otro lado de los campos, donde el trigo y la cebada ya están a mitad de su ciclo de crecimiento. Los campos se ven verdosos, aunque es una época de pastizales y malezas secos por las heladas. Los granos que se siembran están modificados genéticamente para que crezcan más aprisa y para tolerar el frío. En dos meses estarán listos y la productividad por hectárea será mayor a la que se conseguía décadas atrás, lo mismo que la producción del maíz.

Pasan a un lado de los galpones donde se guardan las máquinas agrícolas. Los equipos están resguardados y seguros. Daniel desacelera para observar la pequeña flota de aeronaves que se emplean en la granja para las diversas actividades. Drones mensajeros, fumigadores, contra incendio y vigías.

El recorrido que ellos han hecho, una de esas máquinas lo puede realizar en minutos, recabando datos y fotografías que envía en tiempo real a un centro de mando que alerta solo de las amenazas graves, mientras que las amenazas simples puede resolverlas por su cuenta.

Los árboles de temporada tienen frutas. Una cosecha reciente está lista en la casa, donde terminarán su reunión familiar en el salón. Niños y jóvenes, sin embargo, amenazan con volver por unos cuantos frutos, porque sigue siendo muy divertido cortarlos uno mismo.

Estacionan los vehículos y todos entran a la casa. El salón es amplio y de grandes ventanales. Desde ellos se pueden ver la huerta y el patio. Hay una puerta que da a la sala principal y otra que conduce a una sala más pequeña. Las frutas y las aguas frescas ya están en las mesas de la sala. El papá de Daniel pide a sus hijos que pasen a la sala más pequeña para hablar de algunos asuntos de trabajo sobre las actividades del rancho, su yerno, que trabaja directamente con él, también los acompaña.

Toman asiento en cómodas sillas de oficina y hay viandas dispuestas para que coman. Fruta fresca, café, té y vino. El papá de Daniel proyecta desde su equipo móvil la información que ha preparado previamente. Es informe detallado de las operaciones del rancho. El fin de año ya está encima, por lo tanto, es posible vislumbrar el panorama de manera completa.

El rancho de los Moreno es una próspera empresa familiar en la que los cinco tienen acciones de acuerdo con la inversión que han realizado. El papá de Daniel es el presidente y administrador único, pues es quien tiene más acciones y además dirige las operaciones desde hace años.

Los demás tienen sus inversiones, pero no participan de las actividades operativas. Se reúnen cuando su padre los convoca, casi siempre al concluir los ciclos de cosecha y a fin de año. También los llama si se presenta una decisión importante. Todos pueden ver la información del rancho en tiempo real, con estadísticas, información económica, imágenes y video.

El papá de Daniel comenta que el reporte que ven ahora se complementará con los datos de las últimas tres semanas del año, pero que, de acuerdo con los datos hasta ahora presentados, no habrá cambios. La aplicación que usa para realizar el informe permite ver el cierre previo:

—Este año no estaremos juntos a fin de año, pues todos tienen otras actividades. Por eso les pido que nos reunamos el segundo fin de semana de enero y celebremos las bendiciones que nos dio éste 2070. Por otra parte, el año que está por iniciar cumpliré 75, lo que significa que legalmente me está permitido retirarme, pero yo quiero seguir unos años más al frente de la sociedad, pues aún me siento bien y sigo teniendo qué ofrecer. Por supuesto habrá que hacer algunos ajustes legales para que yo acceda a mi pensión y siga trabajando, lo que pretendo hacer hasta que las fuerzas me lo permitan.

La edad de jubilación en México es a los 75 años, pues se hizo un ajuste general a los sistemas de pensiones, mismos que habían quedado desproporcionados ante la cantidad de jubilados que sobrevivían más allá de los 75, 80 y 90 años. Esto hacía imposible contar con recursos suficientes para las pensiones dignas. Así que, como aumentó la esperanza de vida y su calidad, se aumentó la edad para acceder a la jubilación.

La esperanza de vida promedio en el país es de 90 años. Los trabajadores de 75 años tienen muy buena salud, alta autoestima y fuerza mental que les permite retirarse con la posibilidad de continuar trabajando como asesores o bien de disfrutar. Algunos, como el papá de Daniel, optan por mantenerse en su puesto de trabajo con el derecho de decir en cualquier momento que su tiempo ha terminado al frente de la empresa. Ya no existe la preocupación ni la zozobra sobre el dinero y su suficiencia, pues las pensiones que se perciben ahora permiten siempre una buena calidad de vida a ellos y a sus dependientes.

Al terminar de ver los resultados del rancho conversan de otros temas. Como siempre, todo está perfectamente claro. El papá de Daniel es metódico y dedicado. Un verdadero perfeccionista a quien nada se le escapa. Sus hijos y yerno le aplauden y lo felicitan y con eso dan por terminada la reunión de trabajo.

Daniel les platica de su viaje a Japón, les comparte de los proyectos que próximamente saldrán a la venta y les habla del *Escudo Nacional*.

Biocombustibles, cultivos y bosques

La hermana de Daniel y su esposo son los siguientes socios mayoritarios del rancho. Ellos trabajan directamente en la comercialización de los productos, lo cual también es una gran labor, pues es un rancho altamente productivo.

Ellos se conocen desde niños. La familia de él es vecina de los Moreno y luego estudiaron Ingeniería Agroindustrial en la misma Universidad en Guanajuato. Él es cinco años más grande que ella, quien cuando terminó de estudiar una especialización en los Estados Unidos regresó para trabajar en la misma empresa donde trabajaba su ahora esposo. Cuando se volvieron a reencontrar, trabajando codo a codo y con objetivos comunes, se enamoraron y formaron su familia.

Dejaron el empleo que los reunió para emprender el proyecto que ahora los ocupa. Todo comenzó como un juego, pues cada vez que iban a visitar a los papás de Daniel ella se llevaba hortalizas y frutas, que vendía con sus vecinos. Entonces decidieron hacerlo en serio, hasta que expandieron sus actividades y ahora ofrecen el servicio de distribución a todos los productores de la zona.

Su empresa es una de las más grandes a nivel regional y uno de sus clientes más importantes es una empresa dedicada a la producción de biocombustible en la región del Bajío.

Asimismo, son ellos quienes apoyan al papá de Daniel en las cuestiones biotecnológicas: seleccionan las semillas y diseñan las estrategias que mejor convengan a la situación del clima, la tierra y las proyecciones de ventas. Todo lo cual favorece la productividad y hace más eficiente y saludable la tierra.

En México y a nivel mundial la producción de granos comestibles se destina para satisfacer la alimentación humana y animal. En segundo lugar, se utiliza para garantizar el abasto en caso de contingencias, es decir, se destina a reserva. Por último, los granos se usan para la producción de biocombustibles, los cuales son muy importantes en esta época.

Maíz, sorgo, soya, trigo, cebada y girasol son los granos utilizados para la producción de biocombustibles que mueven millones de motores en la actualidad. Se producen biodiesel y el bioetanol.

El comercio de estos productos se ha repartido equitativamente y está regulado. Sobre todo, se regula que los granos que se utilicen sean diversos, pues sería ilógico utilizar solo dos o tres granos para dicho fin. De hecho, la producción de nuevas energías supone la necesidad de variar las opciones y de evitar la escasez y el agotamiento de un recurso, como sucedió anteriormente con los combustibles fósiles.

Por esta razón los especialistas de las plantas productoras de biocombustible desarrollaron métodos para obtener beneficios más o menos homogéneos de diversos granos y productos vegetales. Como se ha dicho, la prioridad es facilitar la vida y mantener el bienestar, pues antes que el beneficio económico de las empresas se encuentra la vida del planeta.

Durante décadas los terrenos de cultivo sufrieron una disminución constante a causa, sobre todo, de su abandono. La actividad agrícola no era costeable y los agricultores dejaban de trabajar la tierra y se dedicaban a otras actividades, principalmente a la ganadería o a la construcción. Igualmente, muchos abandonaron el campo y se emplearon como albañiles u obreros, pues las condiciones climáticas y la falta de oportunidad de acceso a la tecnología volvieron imposible continuar con la actividad agrícola.

El apoyo del gobierno nunca fue suficiente. Los créditos eran inaccesibles, los fertilizantes caros, la tecnología poca y también cara, mientras que la capacitación era costosa y los precios de comercialización insuficientes. Todo esto formaba el coctel perfecto para el abandono del campo. Miles de hectáreas se convirtieron en terrenos ociosos que se volvían presa fácil de los incendios en temporada de estiaje.

Otro factor fue el crecimiento de las ciudades hacia las zonas de cultivo. Se pasó por alto que las tierras fueran de siembra de riego o temporal porque se pusieron por encima las necesidades del hombre por encima de la naturaleza. A los campesinos de las zonas rurales, por otra parte, les resultaba mejor vender sus tierras y marcharse que mantenerlas improductivas o gastar muchos recursos intentando levantar cosechas que año con año eran más difíciles de producir. Al cabo la demanda alimentaria se suplió con las importaciones y lo demás es historia pasada.

La revolución agrícola era inminente y necesaria. México estaba con los problemas al cuello y cada vez había más gente que alimentar y menos tierra productiva. La falta de tecnología y la falta de recursos y capacitación parecían insalvables. Sin embargo, el problema se comprendió con facilidad y se determinaron las soluciones. La voluntad para volverlo realidad llevó años, al cabo de los cuales se le pudo devolver su rentabilidad al campo.

No fue un tema fácil, pues hubo que involucrar a muchos sectores. Había hambre en el mundo y deficiencias en la distribución de productos. Mientras algunos países tenían exceso, otros padecían por la carestía.

Para reducir los costos multimillonarios en la solución del problema, la concepción básica consistió en tratar de producir de manera local lo necesario para una alimentación básica, tratando de traer de otros lugares lo menos posible. Fue así como surgió la ingeniería genética aplicada a cada región, la cual tomó en cuenta el clima y los medios que estaban al alcance y así depender lo menos posible de las importaciones.

Con las especies agrícolas modificadas, la capacitación, los créditos accesibles y la incorporación de la tecnología, el campo comenzó a volverse atractivo y llamó la atención de pequeños y grandes propietarios de tierras y de empresarios que invirtieron recursos. Asimismo, los gobiernos hicieron su parte al crear una regulación que facilitara la actividad del campo en general y las actividades asociadas para una correcta comercialización, garantizando calidad y abasto, sembrando las bases para que la actividad agrícola fuese considerada como estratégica y un polo de inversión.

En la década de 2030 inició la revolución agrícola a gran escala. Para 2040 los resultados se hicieron notables en el mundo, pues finalmente se erradicó el hambre. De ahí en adelante se ha tratado de perfeccionar las técnicas de cultivo y tecnificarlo para que jamás vuelva a ser abandonado.

Asimismo, los bosques, que se consideraban los purificadores naturales del aire, solo tenían ese título y era una romantización, pues la realidad es que la humanidad se había encargado por años de explotarlos indiscriminada y aun ilegalmente. Esto trajo como consecuencia la destrucción de grandes extensiones de bosque que luego fueron ocupadas para otras actividades.

La tala exagerada de múltiples especies de árboles, especialmente de árboles maderables, terminó con los bosques de maderas preciosas y así sucesivamente fueron desapareciendo otras especies. La industria del papel, con su amplia demanda, contribuyó también a la disminución de las áreas boscosas. Pero ahora, en el 2070, se ha reducido al máximo el uso del papel, pues casi todos los documentos son electrónicos. Asimismo, la industria manufacturera de muebles sustituyó la madera por otros materiales a los que las nuevas tecnologías pueden darles acabados que semejan las maderas preciosas.

La tala ilegal ha quedado en el olvido. Se combatió fuertemente a los taladores clandestinos que comercializaban en el mercado negro las maderas y eran los responsables de la destrucción de los bosques. Esto fue posible solo cuando las leyes se aplicaron gracias a que se terminó el influyentísimo y la corrupción. La explotación ilegal de recursos solía ser una industria con ganancias millonarias, lo cual terminó cuando la cultura del respeto a la naturaleza, el entendimiento de resolver el problema del cambio climático y la presencia de los valores humanos se impuso. El respeto, la conciencia y la legalidad fueron factores importantes para rescatar los bosques.

La transformación del paisaje por la mano humana dejó de realizarse de manera indiscriminada. La práctica de deforestar y urbanizar bosques se evita a toda costa, igual que la práctica de volver campos de cultivo las zonas boscosas. En su lugar se hacen verdaderas planeaciones para el desarrollo urbano sostenible, es decir, que el desarrollo de la ciudad no se imponga sobre el espacio natural. La costumbre de sacrificar el medio ambiente para beneficiarse económicamente pasó de moda. Aunque era atractivo y rentable, reemplazar los bosques por terrenos para pastizales de crianza de ganado o de cultivo, se limitó la acción del hombre para mantener el equilibrio del ecosistema.

Todo esto pasaba porque tan solo se veían las ganancias, sin notar que mientras más se explotaban los bosques más iban desapareciendo. Luego los estragos fueron inmediatos: el cambio climático, que azotó a la humanidad con inundaciones, sequías, aumento de temperaturas, huracanes, suelos erosionados, incendios y eventos meteorológicos y naturales que pusieron en riesgo la vida humana y la vida del planeta.

Afortunadamente, se pudo detener a tiempo esta práctica y hoy día el bosque se respeta. La gente aprendió que se pueden realizar actividades en convivencia con la naturaleza. La ganadería y la siembra de especies se pueden realizar sin afectar la naturaleza. Se aprendió que la verdadera ganancia es la conservación del planeta y el equilibrio.

Otro de los enemigos del bosque es el fuego. Sean incendios provocados de manera intencional, por negligencia o accidentales, causaban daños terribles en las temporadas de estiaje y altas temperaturas. Incluso los países desarrollados sufrían los incendios y sus consecuencias, pues el fuego es implacable y requiere grandes esfuerzos para apaciguarlo. No se escatimaban recursos, pero a veces, por más valerosos y heroicos que fueran los bomberos y los voluntarios que intentaban sofocar un incendio forestal, la lucha era desigual por las condiciones climatológicas, la orografía accidentada o los vientos fuertes, que esparcían el fuego por todos lados.

Cada temporada de incendios traía consigo calamidad: fallecidos y heridos, millones de hectáreas de bosques perdidos, miles de animales muertos y desarraigados de su hábitat.

Los incendios no eran casuales. La naturaleza estaba cobrando la deuda que el hombre había contraído con ella por su abuso. El clima se había modificado por la intervención humana, lo que había traído como consecuencia altas temperaturas, falta de lluvias, tormentas eléctricas y más. La explotación de los terrenos para transformarlos en terrenos de cultivo y algunas malas prácticas, como la quema de residuos a veces se salía de control y provocaba incendios accidentales que se extendían hacia los bosques, donde eran casi imparables y peligrosos.

Los incendios producto de negligencias, muy comunes en áreas de bosques con áreas de esparcimiento humano. Un cigarrillo, una fogata mal apagada o abandonada, un vidrio mal desechado eran suficientes para desatar el fuego.

Por supuesto que actualmente los bosques siguen siendo explotados, pero ahora se hace una explotación racional. Se aprovechan los árboles maderables cuyas cualidades son las de caer al llegar a cierta edad, aquellos que son derribados por el viento o los rayos. Luego se talan árboles adultos y solo donde su tala no pone en riesgo el equilibrio ecológico. Se hacen análisis bien aplicados y se garantiza la reforestación.

Hay una verdadera conciencia ecológica, la gente cuida del bosque, ya no se cortan arboles por el solo hecho de cortarlos, sino que se toman los recursos que se necesitan, no más. Los bosques también están bien vigilados, lo mismo que los sitios destinados para acampar, donde se proporcionan los medios para evitar los residuos de leña y cualquier foco que pueda propiciar la chispa que desata un incendio.

La cultura de prevención es muy buena, pero si llegara a suceder un accidente, se cuenta con los medios para combatir incendios. La alarma de incendios se detona lo más pronto posible. Hay torres de observación y vigilancia en los bosques, sensores de humo y cámaras sembradas en sitios estratégicos que mandan información en tiempo real, así como aeronaves, drones y satélites que están vigilando desde el aire y el espacio las grandes extensiones de bosques del mundo. Todo esto permite respuestas ágiles ante los incendios.

Los protocolos de emergencia se activan y es fácil ubicar y predecir la ruta del fuego. Pues se conocen los datos de la velocidad del viento y otras condiciones que benefician o entorpecen las labores de evacuación y sofocación. Dado que el monitoreo es constante y en tiempo real, se puede determinar hasta dónde llegará la situación y en algunos casos se puede evitar y controlar rápidamente.

Las técnicas de sofocación también han evolucionado. Existen estaciones de emergencia cercanas a las áreas de alto riesgo. Los equipos se movilizan, ya sea por tierra o por aire, y además del agua se usan sustancias químicas y retardantes del fuego que han sido mejorados exponencialmente.

Si el incendio se complica, existen maneras de aislar la zona con brechas para evitar su propagación a otras áreas. Para ellos se hace uso de maquinaria pesada que llega al sitio del siniestro por aire. A pesar de ser aeronaves, son pequeñas y maniobrables aun en condiciones adversas, y en ellas viajan los robots que extinguen el fuego, cavan las zanjas para atajarlo y marcan brechas de evacuación para animales y personas. Estos equipos son bomberos de élite a los que el fuego, por fortuna, no les hace casi nada y mantienen a salvo a los equipos humanos que los dirigen vía remota.

Incluso se puede combatir un incendio provocando la lluvia. Hoy día no solo existe la posibilidad de bombardear las nubes para hacer llover, que se comenzó a hacer desde hace 100 años, sino que también se pueden acarrear las nubes desde lugares lejanos y manipular la naturaleza para un bien común. La salud de los bosques importa mucho al ser humano, que sabe que de ellos dependerán el clima y la salud del planeta.

La hermana de Daniel y su esposo están contentos con los resultados del año que termina. A ellos también les beneficiaron los buenos números del rancho. Los pronósticos dicen que el siguiente año será mejor. Todos ríen y se aplauden a petición del papá de Daniel. Miran por la ventana los campos y el bosque. El valle más allá de la propiedad de los Moreno está rozagante de cultivos y más allá, donde la vista se pierde, se alcanzan a distinguir naves industriales de la zona industrial que rodea a la ciudad de Querétaro.

El hermano mayor de Daniel toma un poco de vino y les habla de otros temas de interés desde su visión de perfecto político.

Democracia a un clic

MéXICO, DIC-2070.- La Organización de las Naciones Unidas calificó como un gran acierto y ejemplo de la democracia mexicana que el actual secretario de gobernación saliera de la sociedad civil mexicana. Se presentó como candidato independiente a la Presidencia en las pasadas elecciones y el Presidente le propuso integrarse a su gabinete para el segundo puesto más importante, después de la Presidencia. Destacan que, de ser rivales políticos, ahora forman un gran equipo de trabajo que se refleja en los excelentes comentarios que ha despertado a nivel mundial en su presentación en la última reunión Global de la ONU, como representante de México, señalando la disposición del Gobierno mexicano para mediar con aquellos países en los que pueda surgir una señal de conflicto en aras de que la paz en el mundo se mantenga como algo fundamental para el desarrollo armónico de todas las sociedades.

México abandona su tradición de mantenerse alejado de intervenir en conflictos y discrepancias entre naciones y emerge como árbitro entre naciones justamente gracias a su vocación pacifista y de buenas relaciones. Es una actitud moderna y que no significa intervenir en las decisiones de otros pueblos, sino que le da proyección en la esfera mundial.

La democracia, el trabajo en equipo y la búsqueda de lo mejor para el país es apartidista. En un buen Gobierno la participación de todos es importante y cualquiera que reúna el perfil y la disponibilidad para trabajar al servicio del país puede integrarse al gobierno.

Ya tuvieron oportunidad de gobernar el país los cuatro partidos principales y se aprendió a dar la oportunidad de dirigir libremente a quien ganara las contiendas. Se concentraron los apoyos y se contribuyó a la mejora de los programas y planes sin caer en las interminables descalificaciones y obstáculos que imponían las cámaras de diputados y senadores al gobierno en turno.

Las opiniones y los señalamientos, así como los francos rechazos a las propuestas se hacen con respeto, escuchando a los especialistas en el tema y tomando las mejores decisiones en beneficio del pueblo.

La composición del congreso cambió. En la actualidad son 300 diputados y 72 senadores, los cuales son elegidos por votación directa y dejaron de existir los Diputados Plurinominales.

Todos los elegidos se conducen a la altura de la importancia de su investidura y con honestidad, no se requieren contrapesos para equilibrar las tendencias de partidos, pues se promueven solo aquellas iniciativas cuyo fin es claro y transparente para beneficiar a toda la población.

La composición del senado se hace seleccionado dos senadores por cada uno de los estados y los cuatro Estados donde existen grandes urbes, tales como la Ciudad de México, el Estado de México, Jalisco y Nuevo León, eligen dos senadores adicionales para tener cuatro representantes debido a la gran cantidad de población que representan. De esta manera se tienen los 72 integrantes.

A pesar del aumento de la población en los últimos períodos presidenciales y de lo complejo de la gestión gubernamental, la disminución de los integrantes del congreso ha sido benéfica, pues se legisla con más agilidad y se evitan discusiones inútiles y burdas.

Los periodos presidenciales son de cuatro años y existe la oportunidad de reelección por un periodo igual. La elección se hace a doble vuelta, con un intervalo de veinte días en los que se permite que los candidatos continúen campañas para corregir o reafirmar sus posturas y así posicionarse mejor en la contienda. El resultado final es el promedio de votos de las dos jornadas electorales.

Se emite el voto por medio de un sistema electrónico y las famosas casillas dejaron de existir, ya que representaban un gasto excesivo de recursos humanos y materiales, además de la dificultad logística. Las votaciones se han simplificado gracias a los sistemas electrónicos. El votante puede hacer su elección desde donde desee durante un tiempo determinado y los votos se van recopilando en tiempo real y todo el mundo puede ver los resultados al instante, pues el sistema es el sistema de cómputo oficial.

La seguridad impuesta en la aplicación evita que los votantes emitan dobles votos. La edad mínima para votar es 16 años. Y una vez recibido el voto, es inapelable.

Los intentos de *hackeo*, por intento de manipulación, son detectados de inmediato y sancionados. Los sistemas están probados y debidamente soportados por servidores en diferentes sitios para que no se puedan argumentar fraudes o se desconozcan resultados, como sucedía antes, lo que finalmente se traducía en ingobernabilidad.

Los procesos electorales de todos los países son vigilados y arbitrados por organizaciones mundiales que pueden emitir recomendaciones y proveer apoyo neutral en los procesos.

Los candidatos presidenciales surgen de elecciones internas entre los miembros registrados de cada partido y según los procesos que tengan estipulados en sus estatutos o procedimientos. Sin embargo, casi todos tienen sistemas semejantes y por fortuna todos los procesos se han vuelto transparentes, tanto para los militantes como para los ciudadanos. La gente puede conocer el manejo interno de cada partido y así tomar decisiones informadas. Hay poca gente que se mantiene permanentemente en el mismo partido. Ahora se privilegia mucho el renombre y carrera que haya realizado el candidato como servidor público, empresario o persona, por lo que el partido al que pertenezca dejó de ser importante. Ahora existe una competencia en los partidos, pero no por los puestos de elección popular, sino por las personas que desean integrarse a la vida pública.

Anteriormente los políticos se acomodaban en un partido y, si tenía las conexiones suficientes, podía ir de puesto en puesto y de sexenio en sexenio. Por eso era usual que, si su partido perdía el poder, el político saltara a otro partido para volver a acomodarse en la línea del servicio público. En la actualidad el político debe luchar como cualquier ejecutivo de empresa para ganarse un puesto. Puede salir de un grupo político y probar suerte en otro si desea continuar su carrera. Pero ahora las carreras se mantienen gracias a las recomendaciones que las buenas gestiones dan. Esto es, el servicio público se privilegia por encima de las relaciones personales o los intereses y manipulaciones. Pese a todo siguen existiendo ideologías políticas, todas las cuales deben basarse en conducirse correctamente en la vocación de servir a los demás.

El historial profesional de los políticos de carrera, igual que el de cualquier persona, incluyendo los estudiantes, está disponible para todos de manera electrónica y se va actualizando conforme concluyen sus períodos de trabajo o formación. Se incluyen también comentarios de personas conocidas, jefes, subordinados, profesores y personas que aportan su opinión, agradecimientos o críticas, todo de manera ética y profesional. Por ello dejó de ser necesario pedir antecedentes o referencias, pues todos somos transparentes ante el *gran medio*, que lo sabe todo de nosotros con un solo clic.

A los cuatro grandes partidos mexicanos se agregaron en los tiempos recientes dos más. Éstos pueden perder su registro si no alcanzan el porcentaje de votos requerido, que es del 3% de la votación general. También se aceptan dos candidaturas independientes, siempre y cuando logren acumular la cantidad de registros comprobables de ciudadanos que los apoyan y si reúnen requisitos semejantes a los que cumple un candidato por un partido.

Generalmente los candidatos independientes son ciudadanos que surgen de cualquier ámbito laboral y que tienen un buen historial profesional y un comportamiento cabal, honorable y digno de imitar. El resto de su probable carrera política depende de su capacidad para atraer a personas afines para competir con los partidos durante la elección.

Las candidaturas independientes han tenido tal aceptación que después de una elección se presentan a la siguiente como candidatos por un partido grande y a veces ha pasado que llegan a la presidencia. El electorado ha identificado en los candidatos independientes a muchos líderes dignos de representarlos.

Los partidos cuentan con un presupuesto designado para conducir su vida política el cual aumenta durante las elecciones. Todos reciben lo mismo y no hay distinciones por cantidad de votos obtenidos. Se permite que los partidos tengan financiamiento privado, siempre y cuando se haga de manera transparente, conociendo los nombres de los donadores y las cantidades recibidas. Se tienen que respetar los topes de donación, así como los candidatos independientes deben acreditar la cantidad de seguidores, lo cual les da derecho a obtener presupuesto para su campaña. Esto garantiza la igualdad de circunstancias.

Las campañas presidenciales duran sesenta días. No hay precampañas. Los tiempos en los medios de comunicación son los mismos para todos los candidatos, son gratuitos y solo se permiten en tiempos de campaña electoral. Los logros, tanto de los gobiernos como de los servidores públicos, se dan a conocer a través del *gran medio*, el cual está al alcance de la ciudadanía.

Desaparecieron las publicidades en bardas, los carteles, trípticos y artículos grabados con fotografías de los candidatos que tanto dañaban la imagen de los pueblos y ciudades, pues eran un foco de contaminación visual y, dado que jamás se retiraban en su totalidad incumpliendo las normativas, se volvían basura, un gasto inútil.

Hoy los anuncios de campaña son electrónicos, se difunden a través del *gran medio* y cada elector decide la manera en que desea interactuar con los diferentes formatos de publicidad. Casi nada se imprime, pues hay una cultura que privilegia los medios electrónicos para salvaguardar los bosques. La calidad de la información que va dirigida al electorado es lo que importa, no la cantidad. El electorado, por otra parte, busca las mejores propuestas y no se deja llevar por las publicidades llamativas o reiterativas, como solía suceder anteriormente, sobre todo por el bajo nivel educativo de los votantes.

Las giras y eventos masivos ya no se dan. Así que ya no se observan esos impresionantes movimientos masivos, pues los equipos de campaña hacen estudios de las necesidades de cada población con muestras estadísticamente probadas, lo que vuelve innecesario la visita en sitio. Si es necesario, basta con algunas visitas a las que acude un equipo pequeño y casi siempre discreto. A veces los descubre algún simpatizante, pero como la fama ha dejado de ser un valor, usualmente pasa desapercibido el momento en que un simpatizante y el candidato se cruzan. Todo, sin embargo, queda grabado como evidencia para su análisis posterior y puede verse en tiempo real a través del *gran medio*. Los candidatos promueven grandes obras durante su campaña, las que les ayudan a darse a conocer, pero también a reconocer las necesidades de sus electores.

Más allá de las promesas de campaña y de la cercanía con la gente, las giras focalizadas les permiten tomar decisiones una vez que toman el puesto. Son un gran método para gestionar gobiernos para todos. Se evitan las acciones fatuas, como las giras por todo el país que algunos personajes del pasado realizaban, pero que cuando tuvieron la oportunidad de hacer algo por la gente simplemente no hicieron nada.

El tiempo en el que los gobernantes se olvidaban de quién los había puesto en el poder se ha acabado.

Lo más interesante de las campañas actuales es la participación de los candidatos en debates. Todos ellos se transmiten directamente a través del *gran medio,* donde quedan permanentemente para la posteridad. En los equipos de cada candidato hay asesores especialistas, cuya función es la de apoyar al candidato para que sus respuestas y aquellos temas que tratan en los debates no esté fuera de lugar. También para dar seguimiento a las promesas de campaña, las cuales deben ser cumplidas a cabalidad.

En dos meses y veinte días se termina la campaña y la elección. Los resultados definitivos estarán disponibles al momento en que se cierre la emisión de los votos electrónicos. La validación del voto será unánime, gracias a todos los sistemas digitales que aseguran los procesos. El periodo de transición dura 30 días, los cuales son suficientes para que el servidor público entregue la administración a su sucesor.

Por fortuna toda la información ha quedado resguardada en tiempo real conforme se fue generando y basta con ingresar a los archivos para tenerla en minutos. Los procesos de auditoría ahora son continuos y constantes, lo que posibilita más transparencia y niveles altos de productividad. Todas las instituciones que manejan recursos económicos deben validar lo entregado por la administración saliente y dar seguimiento oportuno a cualquier tema que haya quedado aplazado. La logística lleva un poco más de tiempo, pues implica el traslado de personas y recursos materiales. Más allá de hacer cambios ostentosos de la imagen, se aprovechan los cambios de administración para remozar y dar mantenimiento a los inmuebles.

Las instituciones gubernamentales no varían, a pesar de que el partido entrante sea opositor al saliente. No es necesario hacer cambios totales o tasar en cero la vida pública. Todo el sistema está diseñado para dar continuidad al trabajo previo y para aprovechar la experiencia de los empleados que han trabajado en un área de servicio público por años. Cualquier cambio se realiza solo si está justificado y si se garantiza que dará mejores resultados.

Los días en que las instituciones desaparecían sin planeación alguna quedaron atrás. Además, la gestión del gobierno es vigilada por millones de ojos ciudadanos, quienes pueden acceder a sus datos siempre que lo deseen, porque toda la información pública está en el *gran medio* y es auditada adicionalmente por expertos, así como vigilada por organismos económicos internacionales y por organismos civiles cuya función es salvaguardar los bienes comunes universales, pues, aunque son diferentes países, el mundo es uno y es global.

Los políticos y funcionarios públicos cuidan el presupuesto asignado como cualquier empresario cuida su patrimonio. Se acabaron los tiempos de derroche y robo de recursos públicos. Los servidores públicos pagan también impuestos y a nadie se le ocurriría robarse a sí mismo. *El buen Gobierno es pagado por todos y se hace entre todos.*

En los años de elección presidencial, cuatro meses son suficientes para tener un nuevo gobierno o una reelección para un segundo y último periodo. El trabajo sigue, pueblo y Gobierno transitan por esta etapa sin alarde mediático ni polémicas. Las épocas de antaño en las que era tan importante la apariencia y la llamada *narrativa* se acabaron, pues aquellos tiempos muertos de preparativos con precampañas, campañas, elección, transición y toma de posesión que se llevaban más de un año, eran en realidad un año muerto que paralizaba varias actividades o las entorpecía, sobre todo por el factor económico y el factor de la seguridad. En lugar de ser algo positivo, resultaba un retroceso, un estancamiento generalizado que solo creaba hartazgo general, ruido y polarización, todo ello inútil, pues en realidad no había cambios reales, las cosas eran igual, llegara quien llegara al poder.

La renovación de los diputados se hace cada cuatro años y la de senadores cada seis años. Estos puestos también pueden optar por la reelección si los votantes lo deciden, lo que sucede cuando no se desea que cambien al mismo tiempo el Poder Ejecutivo y el Legislativo, pues siempre es bueno contar con diversidad de opiniones y corrientes políticas. La interacción y negociación de iniciativas y proyectos de trabajo se enriquecen, lo que redunda en el beneficio de la sociedad. El electorado puede ver y evaluar a sus representantes, los legisladores representan a los votantes y fungen como contrapeso para el Poder Ejecutivo, recordándole que no gobierna solo.

El contrapeso real del Ejecutivo ahora no reside en la organización de los grupos partidistas en el Congreso, sino en la sociedad votante. Son los electores quienes a través de la designación de sus representantes tienen el poder de interpelar al Ejecutivo.

Las reglas para las destituciones, juicios políticos y sanciones están claras, no necesitan discutirse ni buscar modos de ampararse en reglamentos hechos a modo que solo daban pie a violar la constitución y evadir las leyes bajo argumentos poco claros. Ahora todo es sencillo, tal como se haría en una empresa privada de altos estándares. Si no se cumplen los objetivos o hay irregularidades, el funcionario público es destituido. Por eso hay instituciones que observan las actividades del servicio público y organismos que pueden emitir recomendaciones y promover cambios en las gestiones gubernamentales.

La participación de la mujer en política es igual a la de los hombres, no es necesario cubrir cuotas de género pues los puestos y las oportunidades se otorgan y se ganan según las capacidades. Así que un hombre o una mujer participan y contienden para un puesto político con las mismas oportunidades y son evaluados de la misma manera, por su historial laboral y por la viabilidad de sus propuestas. La demagogia ya no basta, lo que cuenta es la factibilidad de su aplicación y que el proceso para conseguirlas no afecte derechos humanos.

La presidencia ha sido ocupada por mujeres varias veces, al fin México consiguió romper el techo de cristal de sus mujeres. El sistema político de los partidos dominantes que no deseaban abrirse a la participación de las mujeres se acabó. Con la globalización y la participación femenina que se hizo ver logró por fin el éxito de las mujeres mexicanas, quienes ya ocupan puestos de primer orden en el país y también en el mundo.

Alimentación

MÉXICO, DIC-2070.- México exportará miles de toneladas de maíz y trigo a Ruanda y Burundi a partir de enero de 2071. Se enviarán embarques cada dos meses a estos países africanos durante todo el año. Con la compra de estos granos estas naciones garantizan la alimentación de su población. La noticia fue confirmada por los embajadores africanos en México quienes se reunieron en León, Guanajuato con representantes de la Secretaría de Agricultura de México.

En la actualidad hay relación comercial con países que años atrás parecían lejanos y diferentes. El mundo globalizado abrió la posibilidad de tener relaciones y negocios en cualquier parte.

México superó sus problemas de alimentación, aun cuando rebasa los 160 millones de habitantes. Su campo es productivo y la buena educación nutricional y el cuidado de la salud hicieron posible que los habitantes consuman una gran variedad de alimentos obtenidos de manera natural o a través de procesos cuidadosamente vigilados y regulados. Nadie quiere volver a los años en que México destacaba por su alto consumo de alimentos chatarra.

El mundo ha vuelto la mirada al mar, no solo para admirarlo y disfrutarlo, sino que ahora se considera una fuente de energía, de agua y alimentación. Las especies marinas tienen alto valor nutricional y además son abundantes.

Desde tiempos inmemoriales el mar constituyó una fuente de alimento para el ser humano, que inició con la pesca rudimentaria con lanzas, carnadas y otros métodos ancestrales, hasta la pesca industrial de millones de toneladas de camarón, atún y otra gran variedad de especies destinadas a complementar la alimentación humana. En el presente la cantidad de peces que consume el hombre ha bajado, pues se ha dado prioridad al consumo de algas y especies vegetales marinas.

En el mundo la práctica de los valores ha propiciado cambios en todos los ámbitos, la alimentación no es la excepción. Cambiaron dos aspectos fundamentales: se dejó de criar animales para el consumo, con lo que se erradicaron las malas prácticas de maltrato animal y de abuso de sustancias para engorda; en segundo lugar, la denuncia de estas prácticas provocó que muchos jóvenes de entonces se inclinaran hacia el vegetarianismo y el veganismo, lo que devino en una baja del consumo de carnes y por tanto del sacrificio de animales. El beneficio fue generalizado, pues también se controlaron los índices de emisión de gases de efecto invernadero producidos por la producción de la carne.

Asimismo, los biólogos trabajaron aceleradamente para conseguir sustitutos de las carnes de aves y ganado, lo cual se logró con la creación y mejora de plantas comestibles tanto marinas como terrestres. Se experimentó con combinaciones y mejoras sustanciales a las especies existentes para que tuvieran mejores cualidades que le permitieran al humano obtener beneficios superiores.

Por tanto, la pesca también disminuyó, sin embargo, cuando se consume carne se opta por la carne de pescado. Además, se incluye en la dieta la variedad de plantas marinas que resultan más fáciles de obtener que la pesca. La cosecha de especies marinas está muy regulada, porque se debe mantener su equilibrio natural, pues las algas y el plancton, no se debe olvidar, también son grandes generadores de oxígeno en el planeta. Por ello ha sido importante que se estudie el comportamiento de las especies y su reproducción, para que las intervenciones humanas sean respetuosas y benéficas, pues ante todo es vital mantener el equilibrio.

Por temas de salud, la humanidad aprendió que la carne puede sustituirse por alimentos igual de nutritivos y menos dañinos. Al reducir el consumo de carnes rojas se redujeron enfermedades y comorbilidades asociadas a su consumo excesivo. Y aunque cada uno es responsable de su propia salud y puede elegir lo que come, se ha hecho una gran difusión de información sobre el cuidado y la mejor forma de alimentarse.

Al desaparecer la ganadería también desaparecieron sus gastos asociados: gasto excesivo de agua y servicios de cuidado veterinario, tiempo y recursos económicos, campos para pastoreo, etc. En contraparte se destinaron esos ahorros a la inversión para desarrollar mejoras en los sistemas de producción agrícola y la naciente siembra marítima.

El cultivo de plantas en la tierra se sustenta en las especies comestibles conocidas desde siempre. Su mejora ha consistido en acelerar sus ciclos productivos y hacer que las cosechas rindan más. Con respecto a la producción de nuevas especies, los ejercicios han consistido en reducir la talla de las plantas, de tal manera que utilicen poco espacio para su cuidado y crecimiento, pero que sean de alto valor nutricional.

De esta manera ya no es necesario contar con una gran extensión de tierra para cultivar alimentos. Incluso las huertas familiares pueden ser autosuficientes, a pesar de que estén en pequeños jardines, azoteas y terrazas en la ciudad, donde el espacio, sol y agua son reducidos. Las familias de todos los lugares están habituadas a consumir algunos alimentos producidos por ellas mismas, sobre todo hortalizas y legumbres. También existen empresas dedicadas al cuidado y supervisión de las huertas urbanas, que ocupan los espacios vacíos o los edificios que quedaron abandonados y los transforman en un huerto comunitario. Así que lo que antes se volvía baldíos o basurero, foco de contaminación, incendios o inseguridad, hoy son lugares verdes que ofrecen sus productos muy económicos.

La autoproducción de alimentos y la producción en las ciudades, facilita el abastecimiento y mejora los tiempos de entrega, así como abarata los productos. Mientras que, en el mar, las flotas de embarcaciones dedicadas a la explotación de las especies de algas comestibles y plantas marinas compiten con las flotas pesqueras, quienes surcan las aguas de todos los mares, tanto con barcos gigantescos mar adentro como con pequeñas embarcaciones de microempresas y cooperativas que cultivan y capturan especies de algas en las zonas cercanas a las playas y en aguas poco profundas.

El cuidado medioambiental en el mar es extremo, pues debe hacerse con cuidado para no contaminar ni dañar los arrecifes de coral. El mar y la naturaleza se respetan, pues se ha entendido que, al ser la mayor superficie del planeta, son una gran alternativa alimenticia y fuente inagotable de energía y agua. El mar es, en realidad, la vida.

Salud

MéXICO, DIC-2070.- La Ciudad de México concluye la construcción de la nueva sección del Instituto de Nuevas Enfermedades. No se trata de un área dedicada a hospitalización, sino a la investigación. Es una sección de laboratorios para experimentación y estudio de nuevos padecimientos.

El cuidado de la salud también ha dado un giro trascendental. Pasó de la medicina para tratar enfermedades y paliativa, a la medicina preventiva enfocada a evitar que las enfermedades se desarrollen. La tecnología aplicada al conocimiento del genoma humano permitió el cambio, pues fue posible conocer la predisposición física de los individuos a ciertas enfermedades y evitarla con detecciones tempranas y tratamientos adecuados y personalizados.

Se actuó responsablemente para en las intervenciones directas en el ADN humano, sobre todo cuidando los aspectos bioéticos, pues no se trata de una ciencia para crear humanos a gusto, sino de una herramienta tecnológica que puede beneficiar la salud y la erradicación de enfermedades. Los alcances y procedimientos de la experimentación en humanos se legislaron, privilegiando la ética y el respeto a la naturaleza humana.

El expediente médico universal se genera para todos los humanos desde la concepción, cuando se otorga también un número único de identificación, el cual es electrónico y está encriptado para evitar el robo de identidad. Esta información se almacena directamente en el *gran medio* y puede tanto el paciente como los padres, en el caso de menores de edad, y los médicos, pueden acceder al registro médico. El expediente registra toda la información de salud durante la vida y se actualiza automáticamente en cuanto el paciente recibe atención médica. Ya no hay engorrosos expedientes en papel ni el riesgo de que un médico omitiera entregarnos nuestro historial. El historial está a la disposición del interesado y de sus médicos en cualquier momento. La red hospitalaria comparte el archivo global, el que está en el *gran medio* dentro de servidores específicos en la nube.

Como han mejorado las condiciones de vida, los individuos son más sanos y tienen mayor acceso a la medicina preventiva, la sana alimentación y la práctica del deporte. Esto ha conseguido mejorar las características físicas sin necesidad de hacer modificaciones artificiales en el ADN. Las generaciones evolucionan de manera natural y el mundo del 2070, independientemente del color de piel y la raza, tiene personas más altas, más delgadas y fuertes y con una esperanza de vida superior.

La buena nutrición viene de herencia, lo mismo que la mejora genética. Los cuidados prenatales y durante el parto son extensos, lo que favorece la llegada y el crecimiento de niños sanos cuya alimentación es balanceada y cuyos hábitos son inculcados desde pequeños. Se privilegia el juego y el ejercicio físico, así como se invita a los padres de niños a estar al pendiente de los esquemas de vacunación, los cuales han sido bien estudiados y diseñados con el fin de brindar las herramientas físicas para una niñez sana y feliz.

Los tratamientos preventivos y la atención oportuna han permitido que la calidad de vida de los adultos maduros y de los adultos mayores sea mejor. Como aumentó la esperanza de vida, fue necesario aumentar también la calidad en la que se llega a esos años, y esto se pudo conseguir gracias a la buena nutrición, la actividad física y la medicina preventiva. El cuerpo y la mente sanos son una realidad desde el nacimiento hasta la última etapa de la vida.

Las personas en general pueden mantener una buena salud y una vida productiva y activa hasta el final de la vida. Se erradicaron enfermedades como el Párkinson y el Alzheimer atacando su factor genético y evitando factores de riesgo. También sirvió mucho el avance tecnológico para diagnosticar con mucha anticipación las enfermedades degenerativas, lo que permite realizar acciones para revertirlas.

El sistema de vacunación a nivel global está dedicado a las vacunas individualizadas, producto de la medicina personalizada. Cada persona recibe los anticuerpos que le ayudan a prevenir sus enfermedades, pero sin descuidar las enfermedades que afectan a todos los individuos.

El cáncer y las enfermedades cardiacas han desaparecido gracias al desarrollo de medicamentos y tratamientos, así como a la medicina genética y preventiva. Aunque cada día hay menos enfermedades cardíacas graves, algunos malestares exigen cirugía, pero las técnicas para realizar intervenciones quirúrgicas son cada vez mejores y cada vez más exactas y menos invasivas. El corazón solo sufre cuando ama o cuando llora.

La industria farmacéutica está enfocada a la medicina personalizada preventiva. Se dejaron de desarrollar productos para tratar enfermedades crónicas. Los tratamientos largos que siguen existiendo son para evitar las enfermedades. En el pasado las personas se sometían a tratamientos de mucho tiempo en los últimos años de su vida, ahora se tratan los padecimientos para que no aparezcan sus consecuencias.

Sin embargo, aunque la salud física ha mejorado mucho, la nueva sociedad trajo consigo otros padecimientos para los adultos. La soledad, por ejemplo, pues cada vez hay una tendencia mayor a que las familias sean pequeñas. En muchos casos todos viven aislados y lejanos y, aunque se pueden contactar por los medios de comunicación, fundamentalmente por el *gran medio*, la realidad es que la compañía a veces es un bien que falta.

No hay como la convivencia directa con los seres queridos, que puede sanar incluso los malestares y problemas más graves. Otro malestar de los tiempos modernos es el estrés. La rapidez del desarrollo tecnológico puede tomar por sorpresa a algunos, que dejan de entender cómo funcionan los implementos más cotidianos. Así que un tema importante para tratar en este tiempo es la salud mental.

La sociedad actual se ocupa, particularmente, de los adultos mayores, pues es un tema preocupante. Hay casas de asistencia, sobre todo para los que quedan solos y no cuentan con medios para ser atendidos de manera particular en sus casas. Algunos, incluso aunque tengan los medios para cuidarse los últimos años de vida, prefieren internarse en una casa de asistencia, pues es como una especie de club donde hay gente como ellos cuyos intereses y motivaciones son semejantes.

Hay casas de asistencia privadas y públicas, promovidas por los gobiernos. Son parte de las prestaciones otorgadas a los jubilados de manera vitalicia.

Además de la salud, estas casas ofrecen otros servicios, todos ellos encaminados a apoyar que se sigan sintiendo útiles, animados de vivir y cómodos. Se promueve su participación en actividades deportivas y recreativas o artísticas, incluso hay competencias específicas para su edad, las cuales emocionan mucho a los niños y jóvenes, que acaso miran su futuro.

Laboralmente se aprovecha al máximo la experiencia acumulada de los adultos mayores, que pueden ofrecer cátedras a través del *gran medio* o asesorar en alguna empresa o institución de forma presencial. Esta práctica mantiene activa la mente de los adultos mayores, además de que les brinda satisfacción por poder aportar algo más a las nuevas generaciones. Y, aunque no sea importante del todo, los adultos mayores reciben una remuneración económica si realizan esta labor de mentoría.

Los centros de atención para adultos mayores representan una fuente de empleo que requiere de especialistas de diferentes profesiones: médicos, psicólogos, fisioterapeutas, enfermeras, personal de mantenimiento y conservación de edificios, entrenadores deportivos, instructores artísticos y culturales. La demanda de atención y servicios de los adultos mayores es muy grande.

La robótica desempeña un papel importante en el cuidado y acompañamiento del adulto mayor. Los hospitales y centros de atención cuentan con robots que apoyan los servicios de atención en el lugar. Los adultos mayores que deciden vivir solos o en pareja en sus propias casas tienen robots como asistentes personales, quienes les prestan servicios y también los acompañan, pues son conversadores y amables.

El promedio de vida en México es de 90 años y tiene la tendencia a aumentar. Hay una gran cantidad de adultos mayores que pasan de los 100 años y algunos que han superado los 120 años. Lo destacable es que todos ellos gozan de salud, aun cuando pertenecen a la generación de transición del control de las enfermedades, por lo que los médicos son optimistas y piensan que las generaciones futuras vivirán más y mejor.

El control de la natalidad está bien manejado. Las parejas usualmente solo tienen dos hijos y como la ciencia ha logrado que el sexo pueda ser determinado por los padres previa la concepción, casi todos los padres tienen un niño y una niña, lo que ha emparejado las estadísticas de la población.

Por lo regular las familias están compuestas por cuatro integrantes como máximo y aquellas personas que deciden tener hijos sin formar parejas casi siempre solo tienen uno. La conciencia de no tener un planeta sobrepoblado ha quedado clara. Se estima que para el año 2100 la natalidad y mortalidad estarán equilibradas, pero luego se espera un aumento de la población, pues la gente vivirá más años.

La medicina laboral se ha enfocado a prevenir riesgos de trabajo y a promover las medidas preventivas adecuadas. Ha sido muy útil la sustitución de los humanos en las tareas mecánicas y físicas por robots. Esto ha reducido considerablemente el número de accidentes laborales, lo que ha tornado al ambiente sano, libre de accidentes y enfermedades derivadas del estrés y de la exposición a materiales dañinos. La labor de la medicina del trabajo es que se extienda al hogar del trabajador para que también la familia se beneficie de ella.

El sistema de salud pública se maneja en tres niveles y es muy distinto al sistema de salud que existió hasta 2040, el cual se volvió obsoleto e incapaz de asumir las pensiones y todos los requerimientos de una población que cada vez vivía más años y requería atención por más tiempo. El nuevo sistema de salud ha sido organizado por niveles y se basa en el mismo concepto de aportación tripartita, cuyo mayor porcentaje de aportación recae en el patrón, luego en el estado y finalmente en el asegurado. Los porcentajes de pago están determinados por el ingreso que percibe cada trabajador.

Hay un nivel de atención médica básico, al cual están adscritos todos los ciudadanos. Este nivel de acceso es el del que se benefician los trabajadores con menores ingresos y los servicios que ofrece son de buena calidad. La atención que brinda este primer nivel incluye medicina familiar y alta especialidad, excepto que las instalaciones en las que se atiende a los pacientes son menos lujosas, aunque el mismo médico que opera a un ciudadano en este servicio puede operar a un ciudadano que contrata la atención de tercer nivel.

El segundo nivel de atención está dirigido a los trabajadores cuyos sueldos son mayores, incluye a profesionistas que ocupan puestos de mandos medios y gerenciales. Ellos tienen acceso a una red hospitalaria de mayor gama que igualmente atiende desde la medicina familiar hasta las especialidades. Conforme mejoran las condiciones económicas y de preparación del país, más personas acceden a este nivel de atención.

El tercer y último nivel es el que atiende a los trabajadores con puestos directivos o de propietarios de empresas y negocios. Para ingresar en este nivel es necesario estar dispuesto a pagar las cuotas más altas, las que garantizan que además de una calidad médica adecuada recibirán una pensión mayor al retirarse.

A medida que un trabajador escala profesionalmente, puede cambiar de nivel de seguridad social. Igualmente, si acaso cambia de empresa, puede cambiar de nivel, pues a veces hay disparidad de sueldos para el mismo puesto, la cual no es tan grande como hace 50 años, pero continúa siendo un diferencial de competencia entre empresas. Algunas empresas incluso utilizan como parte de su oferta de compensación la opción de ubicar a sus empleados en el nivel siguiente al que están.

La infraestructura médica está regulada y organizada por el estado, pero se permite y fomenta la participación de las empresas privadas relacionadas con el sistema de salud para mejorar la oferta de servicios. La banca privada también participa de este negocio, pues financia proyectos para la mejora de la calidad médica y el progreso.

El sistema de salud privado, por su parte, está al alcance de quien lo desee, pues el país cuenta con una red hospitalaria amplia y servicios de excelente calidad manejados a través de aseguradoras. Los seguros de gastos médicos dejaron de tener letras chiquitas y cubren cualquier padecimiento sin límite de edad o tiempo.

Muchas enfermedades que aquejaban a la humanidad fueron erradicadas, pero en contraparte han aparecido nuevos padecimientos, para lo cual se trabaja arduamente, sobre todo si existe la posibilidad de que representen un riesgo de salud pública, lo que ha pasado en varias ocasiones, al presentarse epidemias y pandemias que han puesto en riesgo la salud en regiones completas o en el mundo entero. Por fortuna, humanamente hemos sido capaces de sortearlas y de enfrentar los retos que suponen, sobre todo gracias al desarrollo de la ciencia y las tecnologías médicas, las que han evolucionado y se han adaptado a los cambios y necesidades actuales.

Las enfermedades infecciosas causadas por el consumo de agua contaminada o por la mala alimentación quedaron en el olvido. El agua para consumo humano es potable y la comida es de buena calidad. La hambruna que mataba a millones de personas en los países pobres del mundo se abatió, lo que permitió el crecimiento y desarrollo de países que históricamente habían estado rezagados.

La preocupación por la aparición de enfermedades nuevas es latente, pues cada vez que aparece una enfermedad nueva implica retos importantes para su prevención, tratamiento y cura. Así como los humanos han mejorado sus condiciones, los virus y bacterias también son más difíciles de combatir. Por eso siempre está en la mesa de debate lo que la ciencia debe o no modificar tanto en el ser humano como en la naturaleza, pues una equivocación podría representar un atentado para la vida como la conocemos. Hoy día es viable tener implantes artificiales diversos para sustituir casi cualquier parte del cuerpo, pero la ciencia es cuidadosa con el tema de los humanos modificados tecnológicamente.

La salud de los animales también es un tema con alto desarrollo. El bienestar de los animales de compañía es importante para las sociedades actuales. La veterinaria se convirtió en una ocupación valorada y plagada de subespecialidades. El hombre actual ha hecho extensivo el beneficio de la ciencia a los seres vivos que lo acompañan, de quienes recibe afecto y cariño, a los cuales también sabe corresponder.

Debido a que ya no se consumen animales dentro de la dieta o cada vez se consumen menos, se ha desarrollado una medicina especializada para las especies silvestres y para aquellas que aún se desarrollan en criaderos especializados.

La medicina espacial se ha separado de la medicina tradicional. La interacción cada vez más constante con el espacio y la permanencia de humanos fuera de la Tierra ha implicado retos. Los astronautas realizan trabajos en condiciones diferentes y cuando vuelven a la Tierra usualmente enferman de padecimientos que en su planeta original no tenían. Por eso hay médicos especialistas en padecimientos y trastornos exclusivos del hombre del espacio. Una demanda que cada vez es mayor y que se ha desarrollado en dos ramas: alteraciones físicas producidas por el medio ambiente y el contacto con materiales químicos diversos y la atención a enfermedades de orden psicológico, estrés y ansiedad. Hay psicólogos espaciales, quienes dan terapia para mejorar las condiciones emocionales de aquellos que pasan largos periodos en el espacio.

Las Estaciones Espaciales cuentan con equipos médicos especialistas que atienden de forma permanente a los tripulantes. Hay estaciones en la Luna y Marte, las cuales también reciben visitantes civiles, usualmente familiares de quienes laboran en ellas. Aunque cada vez es más común conocer a un astronauta que vaya y venga del espacio.

En la medicina espacial se realiza mucha experimentación. Médicos y científicos trabajan en los laboratorios espaciales y analizan la opción de viabilidad en los ambientes que van descubriéndose, sobre todo para identificar los riesgos que puedan afectar al ser humano y para hallar la forma en que la aventura del hombre fuera de la Tierra sea segura.

Justicia y Seguridad

MéXICO, DIC-2070.– México planea para junio del 2071 el cierre de la prisión de alta seguridad del desierto de Sonora. Tras 40 años de funcionamiento como centro de reclusión para delincuentes de alta peligrosidad, la baja población de reclusos que hay en el lugar y el alto costo de su mantenimiento y logística de abastecimiento, facilita la decisión de su cierre definitivo. Quienes purgan cadena perpetua serán reubicados en otros centros de alta seguridad. Las instalaciones serán reutilizadas para establecer en ellas el museo de la justicia, el cual será de acceso público y será la base para un corredor turístico autofinanciable en el desierto.

La seguridad y la justicia han cambiado totalmente. En todas las regiones del país se vive con seguridad. No hizo falta cambiar la legislación, pues las leyes estaban perfectamente elaboradas, pero no se aplicaban. Conforme se inició el combate a la impunidad y a la corrupción, las cosas cambiaron. A partir de que se sancionaron los delitos, la población recuperó su libertad. Asimismo, las víctimas de procesos injustos fueron reivindicadas.

Hubo un momento en el que los penales estaban poblados por personas cuya falta de recursos o su origen indígena les impedía acceder a la defensa adecuada. Por ello se comenzó un programa de justo derecho, para proporcionarles la defensa justa que, muchas veces, no habían tenido por omisión de un sistema de justicia corrupto. Sin cerrar los ojos a la ley y con la aplicación de un criterio de justicia y honestidad, se reabrieron los casos y se juzgaron. Los días en que los criminales gobernaban el sistema legal mexicano quedaron atrás y a partir de entonces la ley es clara: quien resulta culpable, cumple condena. Las prisiones albergaron exclusivamente a los delincuentes y el respeto a los derechos humanos tanto en detenciones como en la aplicación de condenas se contempló, tal como hace ver el Código Penal.

El sistema penitenciario se clasificó según los delitos. Los lugares de reclusión practican tres preceptos esenciales: el respeto a los derechos humanos, la infraestructura adecuada para una estancia digna y la seguridad en la comunidad de reclusos.

El sistema de justicia comienza con los juzgados municipales, donde se juzgan y sancionan delitos leves casi siempre administrativos, es decir, que no ameritan prisión preventiva o penas de unos cuantos días. Cuando la falta es mayor o el delito lo comete un reincidente, entonces pasa al segundo nivel. La mayor parte de las poblaciones cuenta con el primer nivel de juzgados, el cual, cabe decir, casi siempre es suficiente para resolver los pocos conflictos que hay.

El segundo nivel juzga delitos de mayor gravedad que ameritan cárcel y hasta cadena perpetua. Es un nivel estatal y tiene sus sedes, usualmente, en las ciudades importantes o en la capital del estado. Es un sistema robusto en cuanto a infraestructura y seguridad y reemplazaron a los centros penitenciarios de antaño.

El tercer nivel juzga los delitos graves y bajo su control están los centros penitenciarios federales, incluyendo los de máxima seguridad. Dada la peligrosidad de los presos que ingresan en este nivel, es el más seguro de todos y el más vigilado, sobre todo para evitar que dentro de él se cuelen la corrupción y el abuso de poder. A este nivel lo vigilan muchas instancias: autoridades, organizaciones civiles, observadores ciudadanos y esta circunstancia no solo se refiere a México, sino que en todo el mundo las cárceles de máxima seguridad están supervisadas.

Durante la transición para que México fuera un país más seguro, la aplicación correcta de las leyes llevó a modificar la forma de purgar las condenas. Por esa razón el sistema carcelario se tuvo que adecuar. Las prisiones de alta seguridad se convirtieron en verdaderas instalaciones de alta seguridad física soportadas por sistemas administrativos y de procedimientos operativos a prueba de fugas. Pensando en esto, fueron reubicadas en el desierto y en las islas, donde se construyeron fortalezas imposibles de franquear gracias a las barreras naturales. La tecnología actual permitió la vigilancia precisa, así como el total aislamiento de los medios de comunicación. El uso de rastreadores, sensores y hasta vigilancia directa vía satélite, las convierte en sitios en los que la salida es únicamente por la puerta siempre y cuando se lleven las autorizaciones necesarias.

El sistema penitenciario dejó de ser una carga para el Estado. Se hizo un sistema autosostenible que produce insumos para el consumo. Así que los presos son obreros, pues no parecía justo que, tras infringir la ley, los criminales vivieran mantenidos por la población trabajadora.

El trabajo dentro de las cárceles es una manera de retribuir y reparar los daños que cometieron a la sociedad por su delito. Se adicionó a la pena carcelaria un programa de rehabilitación básica, el cual le permite al preso reinsertarse en la sociedad convenientemente tras cumplir con su condena.

Las actividades productivas de las prisiones son verdaderos sistemas productivos que ayudan a la rehabilitación de los presos y generar ganancias. Como realizan actividades productivas, cuando el preso se reinserta a la vida libre puede conservar su experiencia en el puesto de trabajo y es ayudado para insertarse en alguna empresa similar, manteniendo los beneficios de su tiempo de trabajo y jerarquía laboral. Sin embargo, si lo desea, también puede optar por otras opciones de trabajo, siempre y cuando sean legales y formales, lo que garantiza que no vuelvan a delinquir, lo que es la verdadera reinserción social.

El estado invita a que la iniciativa privada ofrezca empleos a los internos. Hay un sistema de reclutamiento, contratación, capacitación y desarrollo similar al que se ofrece en el campo laboral tradicional y así se puede aprovechar la mano de obra, la experiencia y los perfiles académicos de quienes, independientemente de las circunstancias por las que hayan delinquido, son personas que merecen oportunidades.

El estado también promueve la participación de los reclusos en actividades gubernamentales que requieren mano de obra, tal es el caso de encuestas o procesamiento de datos, control de programas de rehabilitación y otros. Sin embargo, la mayoría de las actividades deben encaminarse en conjunto con las empresas privadas para producir bienes de consumo. Lo más común es la producción de muebles, tapicería, mantenimiento de instalaciones eléctricas o hidráulicas, así como servicios profesionales de limpieza y cocina del mismo reclusorio.

De esta forma, el reclusorio contrata a una parte de su personal de la propia población de reclusos, lo que ahorra en gastos y produce una mejora a la población. Los talleres de producción de los centros penitenciarios cuentan con tecnología, capacitación y supervisión. Asimismo, está garantizado que las actividades se desarrollarán de manera segura, tanto para los internos como para el personal externo que tiene contacto con el interior. Hay muchas facilidades para que los reclusos sean contratados y se desarrollen laboralmente en el sistema de empleos para reos.

Además del desempeño laboral, el recluso debe cumplir con buen comportamiento y disciplina, sin los cuales puede perder su empleo y recibir una sanción.

No solo se favorece el trabajo, sino también la educación. Los jóvenes infractores de la ley que están en edad de estudiar pueden continuar sus estudios dentro de la cárcel. Se sabe que la educación es el pilar del desarrollo, por eso desde hace muchos años se volvió obligatoria la educación hasta el nivel universitario. Es decir, que la población con menos estudios tiene cuando menos una licenciatura o una ingeniería, por lo que cada vez es más usual encontrar personas con múltiples y variados títulos académicos.

La cadena perpetua casi ha desaparecido, no porque no siga existiendo como castigo a crímenes determinados, sino que la sociedad ha mejorado tanto que ya no hay delitos que perseguir. A medida que los valores se viven de mejor manera, la gravedad de los delitos disminuye.

Cuando el interno se integra a un programa de estudio, parte de su formación se dedicará a inducir la práctica de valores humanos, lo que le servirá para mejorar su condición de convivencia dentro del reclusorio. Igualmente, según sea el comportamiento antisocial que lo llevó a comentar delitos, el preso será incluido en tratamiento especializado con el fin de revertir los sentimientos que los motivaron a realizar los ilícitos. Para el estado y la sociedad este punto es importante, pues solo de esta manera se logra la rehabilitación del infractor de la ley.

El estudio y el trabajo son excelentes ocupaciones y ofrecen la oportunidad perfecta para que los internos trabajen en su reincorporación a la vida social libre. El estudio los ayudará a mejorar sus condiciones de desarrollo profesional y el trabajo les permitirá reiniciar en la vida laboral para mejorar con ella su situación de vida. Incluso es posible que lleguen a jubilarse y alcancen una pensión.

Hay grandes historias de éxito dentro del sistema penitenciarlo. Jóvenes que estudiaron y trabajaron durante su condena y al cumplirla mejoraron sus condiciones laborales. Los hay que envían a sus familias el dinero que generan y cuando se reintegran a la vida libre son recibidos con cariño para recomenzar.

En las prisiones hay profesionistas que imparten capacitación en diferentes actividades, deportivas, culturales o técnicas. Los presos pueden recibir esta capacitación de manera virtual o presencial, pues el estigma del presidiario se ha erradicado para beneficiar su reinserción social.

La vigilancia a los reclusos se realiza a través de todos los medios tecnológicos al alcance con respeto a los derechos humanos. Se puede monitorear la actividad de los internos en tiempo real y la información y comunicación está regulada y monitoreada para evitar motines y condiciones de ingobernabilidad o peligro para la sociedad.

Las empresas que contratan personal interno en penales hacen público su compromiso social con la reinserción de los reclusos. Así también se beneficia su propia imagen y la del preso, quien está trabajando para recuperar su lugar en una sociedad cada vez más humanitaria y con valores. La labor de los colaboradores en situación de cárcel es valorada y apreciada, pues también se sobreentiende que de manera personal deben aportar algo a cambio de la infracción que cometieron. No fue fácil establecer los lineamientos para este tipo de trabajo, se requirió invertir recursos técnicos y humanos para ponerlos al servicio de personas que a primera vista parecían no merecer la pena. Sin embargo, gracias al esfuerzo de activistas en pro de la reinserción social, el retorno de estas inversiones se pudo ver en beneficios que trascendieron las expectativas iniciales. Hoy día ya no son necesarios los apoyos extraordinarios, pues el sistema resultó un éxito y las empresas colaboran con el sistema penitenciario con quien es posible hacer negocios y generar empleos.

Sin embargo, como disminuyeron drásticamente los índices delictivos, la población carcelaria también disminuyó y la producción de bienes y servicios en los centros de detención disminuyó. El trabajo valió la pena, pues representó la posibilidad futura de que no haya prisiones de alta y media seguridad en México.

La seguridad ciudadana está garantizada por la Policía Estatal, la cual está encargada de la seguridad pública. La Policía Municipal desapareció hace muchos años. Además, hay una Policía Nacional, que atiende delitos federales y apoya operativos de la Policía Estatal.

Se creó una agencia especial para investigación, la cual es una instancia nacional llamada Corporación de Investigación Nacional. El

Ejército y la Marina son los encargados de salvaguardar la seguridad nacional y brindar algún apoyo a las policías en caso necesario.

El Ejército mexicano y la Marina, firmes a su vocación de salvaguardar la seguridad nacional cuentan con recursos humanos y técnicos para responder ante probables situaciones de guerra. Sin embargo, la guerra parece remota en esta nueva sociedad. Así que la milicia trabaja en acciones de beneficio a la población. Se utilizan sus satélites militares para alertar sobre riesgos en carreteras, bosques, playas y mares. Además, se formaron grupos regionales y zonificados que actúan como brigadas de rescate en caso de desastres y emergencias.

La seguridad pública permite que los ciudadanos se desplacen libremente y de manera segura y los cuerpos policíacos tienen a su alcance herramientas tecnológicas que les facilitan el trabajo de salvaguardar el orden y proteger la seguridad. La cobertura de imagen y video se da en tiempo real y es posible rastrear dispositivos a través del mundo. Los sistemas biométricos instalados en todos los países también han inhibido la conducta delictiva. Adicionalmente, el Sistema Judicial aplica correctamente las leyes y por fortuna cambiaron sus prácticas de corrupción por el bien mayor, que es impartir justicia.

Turismo, petróleo y remesas

MéXICO, DIC-2070.- Por décimo año consecutivo el turismo es la fuente de mayores ingresos en el país. El año cerrará con aumento, manteniendo a México como uno de los destinos turísticos más llamativos, pues cuenta con atractivos naturales, complejos turísticos y excelentes sistemas aeroportuarios, marítimos y carreteros accesibles para todo tipo de viajeros. Asimismo, la seguridad y hospitalidad que brinda al vacacionista garantiza que el último periodo vacacional será positivo, asegura el organismo encargado del turismo.

Desde hace muchos años el turismo representaba una de las actividades de mayor ingreso de divisas al país. Al disminuir las exportaciones de petróleo y las remesas procedentes de Estados Unidos, el turismo y la exportación de productos del campo se volvieron los sectores líderes en captación de recursos.

El turismo siempre fue una actividad importante para México, pues su historia y sus condiciones naturales lo privilegiaron con excepcionales paisajes naturales, gastronomía exquisita y tradición y cultura. Además, el mexicano ha mantenido su amabilidad y carisma como anfitrión, lo que hace de la visita de los extranjeros a México una delicia. Al mexicano le gusta tratar con gente de todo el mundo y si este trabajo le permite percibir ingresos, la pasión por la actividad turística se incrementa.

Hay infinidad de viajes y actividades turísticas para los visitantes locales y extranjeros. Recorridos que van desde las grandes urbes, con museos, famosas avenidas, construcciones y palacios coloniales y modernos, hasta lugares recónditos enclavados en pequeños pueblos. La oferta es variada, pues hay hospedajes de lujo pertenecientes a las grandes cadenas hoteleras y con reconocimiento mundial, pero también modestas habitaciones en cabañas o casas de huéspedes. Desde la sierra hasta los bosques, volcanes, playas y selvas, hasta los pueblos y ciudades más cosmopolitas. La explotación de las rutas acuáticas a través de recorridos en pequeñas embarcaciones y balsas se sumó a la exploración de cañones y zonas de selva y manglar. También hay recorridos en los desiertos y viajes en trenes panorámicos, teleféricos, globos aerostáticos, vehículos de vuelo recreativo y, aunque parezca increíble, viajes al espacio desde la base espacial mexicana.

El uso de energías limpias ha contribuido para mejorar las condiciones del planeta. Ya no se utiliza ningún combustible fósil y los altos índices de contaminación provocados por los motores de combustión interna descendieron al reconvertir los transportes a energías más amigables con el medio ambiente.

Sin embargo, aún se sigue explotando el petróleo y el gas, sobre todo en yacimientos en lo profundo de los mares y en zonas de difícil acceso en tierra. El uso de estos productos se ha destinado para favorecer el crecimiento de la producción de energías limpias. Ya no son los combustibles por excelencia, pues fue su explotación desmesurada la que provocó la crisis ecológica y energética.

Las energías limpias son benéficas y productivas. Mejoran la calidad de vida de las personas y mejoran también las condiciones del planeta. Asimismo, dan una cara muy distinta al mundo: los cielos de las ciudades son transparentes, se redujeron las enfermedades de la piel y respiratorias, se salvaron los ríos y se descontaminaron los mares, ya no hay riesgo de fugas e incendios por los ductos que transportaban combustibles y se redujo la contaminación auditiva. Los motores actuales son silenciosos y ya no corremos el riesgo de que el mundo se acabe cuando se acabe el petróleo. La era del petróleo terminó en el 2040, pero no porque se hubieran agotado los yacimientos, sino porque la necesaria y planeada sustitución lo puso fuera de la competencia.

Los yacimientos petroleros en tierra y en aguas poco profundas casi se agotaron. Solo las grandes potencias productoras conservan algunas reservas que siguen cotizándose bien como materia de exportación. Los yacimientos que quedan están en aguas profundas, alejadas de las costas y tierra adentro a muchos kilómetros de las poblaciones.

El fin de la era de los combustibles fósiles trajo consigo el fin de los gases de efecto invernadero. Las ciudades tuvieron un respiro y finalmente pudieron limpiar sus aires. Las medidas, muy incómodas, por cierto, de restricción de la movilidad y la reconversión paulatina a energías limpias fueron necesarios para mejorar la calidad del ambiente. En la actualidad no hay restricciones para circular, pues los vehículos no contaminan, lo que ha permitido también mejorar la productividad de las ciudades. Sin embargo, también se fomenta el uso racional de las energías, para no caer en ningún tipo de desperdicio o abuso.

La ciencia halló la manera de restituir la capa de ozono y así proteger al planeta de los rayos del Sol. El daño a la capa de ozono fue grave, se consiguió gracias a los años y años de actividades descontroladas que enviaron al ambiente sustancias químicas que la erosionaron aceleradamente. Los dos polos de la tierra merecían ser rescatados, para lo que se produjo ozono artificial, el cual ayudó para reducir más rápido los grandes agujeros que ostentaban. La prohibición de sustancias que dañaban la capa de ozono también determinó que ésta se restaurara de manera natural por completo, dejando el precedente que el ser humano puede vivir en armonía con la naturaleza si se lo propone.

Las remesas del extranjero que por años fueron enviadas por los trabajadores mexicanos de Estados Unidos, principalmente, fueron el primer lugar de los ingresos de divisas. Sin duda ese dinero representó la diferencia para muchas familias que pudieron salir de su situación de extrema pobreza gracias al sacrificio de un familiar que trabajaba allá. Luego, si acaso alguno de los inmigrantes volvía a su tierra, veía el fruto de su esfuerzo en inversiones, casas, negocios comprados con los bienes generados, propiedades y más. Sin embargo, con el paso del tiempo el sueño americano se modificó.

Conforme se gestaron los cambios sociales en el mundo, el acceso a la educación y el bienestar aumentó y México no fue la excepción. Al haber una población más educada, las posibilidades de trabajo calificado aumentaron y con ello aumentó el ingreso per cápita y el desarrollo social. Estas expectativas de desarrollo profesional, un comercio interno y externo cada vez más fácil, una competencia sana, propició que las empresas locales e internacionales modificaran sus políticas. La vida económica cambió, los pueblos de México que exportaban mano de obra barata hacia Estados Unidos se convirtieron en productores de mano de obra calificada y especializada y se redujo la brecha laboral de manera gradual.

Por esta razón las remesas dejaron de llegar al país y hubo necesidad de encontrar los recursos de manera diferente. La migración se detuvo cuando el país ofreció oportunidades de desarrollo. Ahora la migración es un tema de comodidad, de placer, de gusto o de una oferta de trabajo formal o para prepararse más.

La transición se realizó gradualmente, a medida que las condiciones internas mejoraban se redujo la exportación de mano de obra, hasta llegar a los tiempos actuales en los que hay un intercambio de mano de obra técnica. Pero lo más usual es que las empresas establezcan sucursales en diferentes lugares, con condiciones de contratación benéficas para ambas partes. La mano de obra calificada está en ciudades donde bien se puede poner una empresa. La migración se ha invertido, las empresas acercan la oferta laboral a los trabajadores.

El hermano mayor de Daniel piensa que el año ha sido bueno y que ve un futuro prometedor. El papá de Daniel también lo cree así, pues además del éxito económico del rancho su papá, el abuelo de Daniel, cumplirá 100 años y habrá que decidir si los festejos se realizan en Querétaro o en España.

Salen del salón para reunirse con el resto de la familia. Se acabó la reunión de trabajo y ahora conviven alegres el resto de la mañana y la tarde.

Comen en el jardín. El clima es perfecto. El Sol los ha acompañado toda la mañana y parte de la tarde y aunque se siente un ligero viento, no hace frío. Cuando terminan la comida van hacia otra zona del jardín, donde la mamá de Daniel ha puesto bebidas. Brindan por el año que termina.

El hermano mayor de Daniel y su familia viajarán a Australia y a Asia. La hermana de Daniel y su esposo e hijos irán a Alemania y recorrerán algunas ciudades en Europa, pero el Año Nuevo lo pasarán ahí en la finca. Mientras tanto, Daniel y su familia pasarán tres semanas en unas vacaciones especiales, mismas que han aplazado por varias temporadas, pero que ahora pueden realizar. Todos están seguros de que será un fin de año increíble, aunque sin duda extrañarán la convivencia familiar.

Tras el brindis y los buenos deseos adelantados de Navidad y Año Nuevo, se quedan un poco más para disfrutar la tarde. Los jóvenes y niños van a la huerta a dar un último paseo, como lo hacen cada que tienen oportunidad de visitar a los abuelos. Aprovechan para platicar y deleitarse de la cercanía de la naturaleza. Los chicos valoran la oportunidad de poder visitar un lugar relativamente cercano a sus casas, pero donde se vive totalmente diferente. Al igual que sus padres, ellos están dispuestos a conservar ese pequeño paraíso que ha sido propiedad de los Moreno por generaciones.

La mamá de Daniel ha preparado canastas para sus tres hijos. Son canastas con dos compartimentos, uno con temperatura controlada para mantenerse fresco y el otro con temperatura ambiente. Les ha preparado viandas, dulces elaborados con frutas de la huerta y quesos frescos de otras fincas cercanas; además frutas y hortalizas recién cortadas. Es una costumbre darles un obsequio al finalizar el día y ella las ha dispuesto cerca de la sala, pues en breve la visita terminará.

La primera en despedirse es la hermana de Daniel, quien junto con su esposo y sus hijos se despiden cariñosamente de todos los demás. Más tarde, Daniel y su hermano mayor hacen lo propio y salen juntos entre risas y abrazos.

Daniel y su familia suben a su camioneta y emprenden el camino hacia la carretera bordeada de árboles que los llevará a la siguiente vía y luego a la carretera estatal y a la autopista. El tiempo se comienza a poner frío.

El regreso a la gran Ciudad de México sucede sin contratiempos. Daniel decide activar el piloto automático en la autopista, inclina un poco su asiento y cierra los ojos. Está cansado, como todos los demás, que ya van dormidos. Tras una siesta Daniel abre los ojos y ve el alumbrado de la carretera. En la pantalla de control de la camioneta ve la ubicación en donde están. Aún falta tiempo, así que vuelve a cerrar los ojos para dormir tranquilo. Un poco antes de entrar a la ciudad, el sistema de piloto automático le informa la ubicación con voz, asimismo da detalles sobre el clima que habrá cuando lleguen a su destino y el tiempo aproximado de llegada. Esto hace que Daniel despierte y a partir de ahí se mantiene despierto para llegar a casa. Desactiva el sonido del piloto automático, pero en la pantalla se siguen viendo las indicaciones de clima y más.

El portón de su casa detecta la camioneta de Daniel y activa el acceso de forma automática. Al pasar el umbral hace un chequeo de los pasajeros y regula la temperatura de la casa para que no sientan el cambio. Daniel despierta a su esposa y a sus hijos, quienes se estiran un poco y luego lo ayudan a bajar las cosas. Dentro de la casa cada uno prepara sus pendientes para el siguiente día y para descansar.

Nadie tiene hambre, así que no cenarán, pues ese día comieron más de lo habitual y todos están excedidos en su dieta, así se los indica una alarma en sus dispositivos móviles. Luego otra aplicación les dice cuánto deben dormir para recuperar su balance y sugiere alimentos para volver lo más pronto posible al estado *saludable.*

Antes de que cada uno suba a su respectiva habitación, el papá de Daniel los enlaza a una video llamada familiar. Los niños saludan a los abuelos y a sus primos, que también se ven modorros en sus casas. Daniel proyecta la imagen a la pared más cercana para que todos vean mejor.

—Ya están todos en casa. Ya podemos dormir por acá.

Dice el papá de Daniel, que lo sabe porque recibió las notificaciones de los dispositivos de sus hijos, nueras, yerno y nietos. La costumbre de supervisar a los amados y de esperar que estén bien no se acaba. Se dan las buenas noches y bromean de lo mucho que comieron, pues a todos les ha indicado su equipo que están *excedidos.*

Sin embargo, los más glotones confiesan haber probado los dulces y los quesos, porque las frutas estaban demasiado frescas y les podían caer pesadas. El papá de Daniel sonríe satisfecho. Valió la pena. Se despiden y desean buenas noches y se van a descansar.

Fiestas y festividades

Lunes 15 de diciembre de 2070. Comienza una semana de actividad intensa para los Moreno. Es la última semana de labores del año y Daniel tendrá que ir físicamente a su oficina por lo menos tres días. Esta semana es la última semana laboral del año.

Todas las empresas que tienen la posibilidad de dar vacaciones a sus empleados sin afectar sus operaciones suspenden las actividades durante todo diciembre. Es el periodo invernal el periodo vacacional más largo. Daniel ha decidido tomar todo el periodo completo, así que debe analizar el impacto que esto podría suponer para el lanzamiento de los nuevos proyectos.

Los niños, por su parte, solo irán dos días a la escuela de forma presencial y el viernes tendrán su convivio de cierre de actividades del año y su festejo navideño. Aun las actividades sociales o lúdicas tienen una parte importante de la educación, así que la actividad de fin de año se considera una actividad formativa.

Brenda solo irá un día a la oficina de la aseguradora. El jueves es su convivencia de fin de año con sus compañeros de trabajo. Todo el trabajo restante que los Moreno tienen para esa semana lo harán vía remota. Tras esa semana, a todos les quedará un mes de vacaciones.

Diciembre sigue siendo un mes especial para los mexicanos. Es un mes lleno de festividades, tanto las inspiradas por las creencias religiosas, sobre todo católicas, como los festejos sociales organizados por los centros de trabajo.

Las festividades comienzan el 12 de diciembre, que enseguida trae consigo las posadas, la Navidad y el Año Nuevo. Estas festividades, pese a todo, se mantienen tradicionales en su mayoría, con los detalles que las representaron por años y a las que se le sumaron actividades a causa de la tecnología. Sin embargo, la tradición se mantiene y es una época mezclada de religiosidad, consumismo y convivencia familiar y social.

Las fiestas privadas en diciembre son tradicionales. Las personas eligen estas fechas sobre todo porque coincide con el cierre de año laboral, hay vacaciones y reciben aguinaldos y bonos o prestaciones especiales, así que es una época que facilita las reuniones y los gastos. La propia nostalgia del año que se va y la expectación del futuro también hacen propicia la reflexión y la proyección. Es un tiempo para mirar lo que fue y ver hacia adelante, para convivir, reflexionar y demostrar tangiblemente las emociones que pudieron haberse quedado ocultas en el año que se despide.

Las grandes fiestas familiares y con amigos dejaron de ser fastuosas. Ya no es importante contar con una gran cantidad de invitados. El estilo de vida actual busca optimizar los recursos y ha evitado los gastos innecesarios. Además, se da prioridad a la convivencia de calidad con los más cercanos. Las fiestas en los patios de las casas, los jardines o salones abarrotados y calles cerradas se cambiaron por celebraciones austeras y familiares. México no deja de sentir la fiesta, de gritarla y vivirla, pero con mesura, más íntimamente, más personal.

Las reuniones en el trabajo se aprovechan para hacer un cierre del año. Se resaltan los logros laborales y profesionales y se hace una breve proyección de lo que le espera a la empresa el siguiente año. Además, la festividad se aprovecha para aumentar la cohesión entre los empleados, mejorar las relaciones laborales y mantener el ambiente de trabajo humanizado y saludable. Por fortuna, la nueva sociedad es mucho más saludable en cuanto a sus valores, no hay envidia, se respeta mucho la diferencia en las formas de pensar y actuar, se vive honesta y francamente, en un ambiente profesional y amable, de colaboración y desempeño. De tal manera que festejar los logros en esta época parece lo óptimo. Hay desayunos, comidas o cenas, las que se llevan a cabo en salones privados o en las instalaciones de la empresa.

Desde la empresa más pequeña hasta la empresa más grande, las reuniones de fin de año se realizan por tradición.

La convivencia es la parte fundamental para los empleadores y es parte de la vida social de México y del mundo de 2070. El trabajo es muy valorado y el final de un ciclo anual de trabajo debe remarcarse. Las fiestas navideñas ofrecen esa oportunidad.

Durante el resto del año continúan celebrándose fechas emblemáticas y fiestas o ferias tradicionales. Se han mantenido por el deseo de que la cultura se mantenga viva y vibrante para las nuevas generaciones. Sin embargo, se han modificado, gracias a la tecnología y los valores que trajo consigo la modernidad.

Además de las fiestas nacionales, debemos mencionar las festividades de los grupos religiosos y las comunidades internacionales que viven en el país. Usualmente se muestran abiertas a compartir con los mexicanos sus tradiciones y conmemorar, por supuesto, fechas relevantes para su culto o nación, así como tradiciones propias. Esta cualidad del respeto a las creencias y festividades diversas es un valor muy apreciado.

El calendario mundial de festividades agregó algunas celebraciones para recordar los valores y el privilegio de la convivencia, el planeta y la tecnología con que vivimos. Así, se celebran el día mundial de la Honestidad, el día de la Convivencia Mundial, la semana de la Tierra, el día del Robot y la semana del Espacio. Estos días conmemorativos son globales y se celebran tanto con actividades a través del *gran medio* como con actividades presenciales.

Algunas fiestas han dejado de festejarse, sobre todo aquellas cuyo sentido final era la simple mercadotecnia. Lo vital en esta época es festejar lo intangible, todo aquello que abone al bienestar del ser humano sobre la tierra, por eso incluso se celebra el día del Conocimiento.

Las fechas históricas se siguen recordando y conmemorando, tal es el caso de la fundación de las naciones y ciudades, el término de guerras o revoluciones, hechos dolorosos como las bombas y los accidentes atómicos. Se conmemoran para mantener viva la memoria, pero también para recordar lo que no debe volver a pasar.

Las vacaciones

Los últimos días de labores transcurren rápidamente para los Moreno. El miércoles por la noche se reúnen para cenar y platicar sobre el viaje próximo que han planeado con mucha antelación. Los niños dedicarán el jueves para preparar y enviar regalos a sus amigos, compañeros y profesores. Así que, mientras conversan de todo un poco, van haciendo el recuento de las personas a las que les darán un detalle. Por fortuna ya no hay que hacer una larga peregrinación en medio de tiendas y pasillos abarrotados, ellos pedirán los obsequios en línea y cada uno lo enviarán directamente a sus amigos, excepto los que llevarán de manera física al convivio del viernes, que son para una rifa que se realiza con una actividad en la que conviven y dan y reciben un regalo sorpresa.

Cada uno revisa sus cuentas, pues estos regalos deben salir de sus ahorros. Daniel y Brenda supervisan las compras de los niños de manera remota. Les aclaran que los regalos familiares pueden pedirlos después y que en este año recibirán más dinero para ello. Los niños son enseñados desde muy pequeños a tomar sus decisiones y riesgos, a ahorrar y a pensar las mejores maneras de gastar su dinero. La crianza es muy respetuosa sobre la individualidad de los niños y todo lo que la sociedad actual hace es reforzar que cada persona se desarrolle de la mejor manera posible siendo quien es.

Al día siguiente Daniel revisará lo que hace falta abastecer en la casa, sobre todo lo relacionado a sus mascotas, pues saldrán tres semanas de vacaciones y tienen que estar garantizados otros servicios y suministros, aunque ellos no estén.

Brenda prepara un regalo para su festejo del trabajo, el cual la mantendrá ocupada hasta las ocho de la noche. Cuando comparte su itinerario de festejo con su familia, no puede faltar el comentario de Dany:

—¡Vaya que saben celebrar en tu empresa, mamá! El año pasado que me llevaste me divertí mucho.

Todos ríen y Brenda agrega:

—¡Sí, hijo, lástima que este año no puedo llevar a nadie!

Romina abraza a Brenda, le da un beso y agrega:

—¡No te preocupes, mami… Pero el próximo año trata de que yo pueda ir contigo, me gustan los recuerditos que te dan…

Todos vuelven a reír y se disponen a dormir. Antes de despedirse para ir a sus cuartos, Daniel les pide que revisen los pendientes para el viaje.

—Familia, sé que no deben distraerse de sus compromisos escolares y laborales, pero este viaje es diferente a todos los que hemos hecho, así que debemos tener más precauciones y llevar todo preparado en las maletas.

El viernes 19 de diciembre Brenda lleva a los niños a su convivio en la escuela. Daniel va a su trabajo y el día pasa entre felicitaciones y buenos deseos, además de las actividades mínimas para no dejar pendientes antes de salir de vacaciones. Durante la comida celebran el fin de año con un brindis informal con todos los empleados y Daniel y y otros altos Ejecutivos pasan, posteriormente, a una sala de juntas donde bridarán a petición del director general de México, quien quiere darles un breve mensaje, especial para los miembros de la alta dirección.

Algunas empresas celebran el fin de año junto con las familias de los trabajadores. Está muy valorada la convivencia y se busca reunir el ambiente laboral con el ambiente familiar para que el trabajador esté contento. Además, las empresas comprenden que un trabajador con un equilibrio adecuado entre lo laboral y lo personal da mejores resultados y es más estable.

De regreso a casa, Daniel es notificado por su móvil porque su familia está en un centro comercial cercano. Le llama a su esposa y se quedan de ver por ahí. Así aprovechan para recorrer juntos el lugar y disfrutan de los adornos navideños que lucen los *show rooms*. Compran algunas cosas, las que llegan automáticamente al lugar donde están sus autos y las pueden recoger al salir de la plaza. Luego todos suben a la camioneta de Daniel, mientras que Brenda configura su auto para que los siga a casa.

Cuando llegan a casa, Dany y Romina corren emocionados al jardín para ver a los perros y a los gatos, a quienes les llevan algunos regalos. Los perros salen a su encuentro, mientras que los gatos, adormilados en su casa, se estiran sin ánimo de moverse. Hace frío y los niños platican con sus mascotas, a las que se les considera una especie de familia. Dany revisa que los despachadores automáticos de comida y agua estén funcionando y les da a los perros un par de juguetes que les compró. Emocionados, los perros los examinan y luego los llevan a sus casas para volver con Dany y jugar con él y recibir caricias. Los perros llevan varios años con ellos y son parte de la familia. Dany se acuclilla y les habla cariñosamente:

—Ya es tarde, amigos. Yo estoy cansado, fue una semana ajetreada. Pero mañana jugaré con ustedes todo el día.

Los animales son tratados con amor y respeto, las personas les dedican tiempo y cuidados para corresponder su cariño y fidelidad incondicionales.

A la mañana siguiente los Moreno desayunan algo ligero y Daniel los alienta para ir al parque a ejercitarse. Romina y Dany hacen muecas, pero es importante, pues las siguientes tres semanas en las que estarán de viaje no podrán hacerlo. Van al parque cercano junto con sus dos perros. Dany lleva a uno de ellos y Romina al otro. El cambio social ha permitido que todas las áreas habitacionales cuenten con áreas de esparcimiento al aire libre, parques que cuentan con instalaciones para hacer ejercicio y con áreas comunes para convivencia. Daniel y Brenda van atrás de sus hijos, un poco rezagados, ambos traen viandas y bebidas para que tras el ejercicio tomen un refrigerio juntos debajo de algún árbol.

La mañana de ejercicio físico termina y les da la oportunidad de saludar a amigos y vecinos que pasean también por el parque. A Romina le gusta mucho ir ahí, porque le parece que es un bosque inmenso, con vegetación abundante, sobre todo en el parque exclusivo de mascotas, donde pueden divertirse libremente y con todas las medidas de seguridad tanto para ellos como para los demás perros y personas.

De regreso en casa, después de un baño hacen los preparativos para la comida. Aunque ya comieron algún refrigerio en el parque, Dany y Romina van por otra barra energética a la máquina expendedora del jardín. Platican y, aunque habían pensado preparar algo entre todos, convienen en pedir algo ya preparado. Brenda lo solicita a un restaurante cercano que les gusta a todos y los niños y Daniel pueden terminar de preparar las cosas para el viaje que ya está próximo.

Daniel recibe mensaje del asistente veterinario que supervisará a los gatos y los perros durante su ausencia. El asistente le ofrece algunos servicios extras durante el viaje, de los cuales Daniel solo acepta el baño y la desparasitación. Los animales de compañía son susceptibles de seguros médicos que los protegen también en caso de extravío o durante viajes. Estos seguros son de aplicación global y los animales de compañía que se accidenten en el extranjero reciben atención inmediata. Lo más común en estas épocas es que si los humanos que tienen a su cargo las mascotas salen de viaje, los dejen en una cómoda pensión o contraten, como Daniel, un servicio de supervisión de mascotas que vaya a cuidarlos en el domicilio. El cuidado que se les da a las mascotas es de la más alta calidad, para evitar que sufran estrés por abandono y soledad. Estos cuidados hacen más tolerable la ausencia de sus humanos, quienes se sienten confiados porque su mascota está en buenas manos.

Gracias a la tecnología los asistentes veterinarios pueden supervisar remotamente a las mascotas en el jardín o en el patio donde vivan. Igualmente, los sensores y controles de los dispensadores de alimentos, agua y servicios automatizados de limpieza pueden verificarse remotamente, lo que da la oportunidad de detectar la emergencia con tiempo para atenderla prioritariamente. El servicio suele incluir un itinerario de visitas físicas a los animales, así como envío de reportes diarios de atención y estado.

Igual que los humanos, las mascotas cuentan con un expediente electrónico único que sirve como control de su salud y cédula de identificación. Éste se actualiza conforme es requerido y los dueños de las mascotas no tienen más que indicar los números de seguridad animal para que los servicios contratados reconozcan a los animales específicos.

Los usuarios de estos servicios cuentan con la seguridad y tranquilidad de que al mismo tiempo que los servicios veterinarios supervisan a sus animales, los servicios de vigilancia privados y públicos vigilan a los servicios veterinarios y en general la seguridad total del vecindario sin ser invasivos a la privacidad de los hogares, se rigen bajo estrictos protocolos de actuación como respuesta a sistemas de alarma o señales de alguna condición anormal.

De esta manera la privacidad y la seguridad de la casa jamás se ven comprometidas y el dueño puede acceder en cualquier momento a restringir el acceso si nota alguna anomalía.

Cuando la comida llega, los Moreno conviven alegres. Las familias con hijos pequeños suelen pasar mucho tiempo juntas. Es parte de la seguridad y formación que se les ofrece a las generaciones nuevas. Así se garantiza que al crecer tomen decisiones acertadas con seguridad.

Después de la comida, Daniel hace una revisión de todos los servicios, con el fin de no recibir noticias de imprevistos o interrupciones en su ausencia. De cualquier manera, todos los sistemas de la casa inteligente están monitoreados en todo momento, así que si llegara a haber alguna eventualidad, no importa el lugar en donde estén, la podrán resolver activando los planes de emergencia. Brenda revisa los servicios de los muebles inteligentes, haciendo los ajustes para evitar las entregas programadas, sobre todo las de alimentos perecederos. Asimismo, diligencia los pagos próximos, pues no quiere estar estresada durante las vacaciones.

Por la noche los niños, Daniel y Brenda ya tienen listas sus maletas y las dejan preparadas para salir el lunes temprano. Cada uno llevará tres maletas medianas y una de mano. Brenda ha revisado que los niños no lleven más de lo necesario y que se hayan ajustado a las sugerencias previamente recibidas. La atención y el orden son muy importantes en la vida y por eso es indispensable enseñar a los niños a tenerlos desde pequeños, para que de adultos sean disciplinados y exitosos.

Durante la cena discuten se ponen de acuerdo sobre las actividades del día siguiente, pues irán a despedirse de los abuelos maternos, los papás de Brenda. Los suegros de Daniel viven en un extraordinario paraje rumbo a la ciudad de Toluca, así que por la mañana convivirán con la familia de Brenda y por la tarde despacharán el equipaje, jugarán con sus mascotas en el jardín para después retirarse a descansar y estar listos para el gran viaje, el cual comenzará el lunes temprano y augura ser una aventura de fin de año como ninguna.

El clima ha cambiado, hace frío y una lluvia ligera comienza a caer. La temperatura es de 11°, pero en la madrugada bajará hasta 4°. Brenda les recuerda a sus hijos que para la visita a los abuelos deben ir más abrigados, así que los invita a sacar sus ropas térmicas, pues casi siempre que van a visitarlos cae aguanieve o hielo en esta temporada.

El domingo 21 de diciembre los Moreno se levantan temprano para salir rumbo a Toluca. Desayunan algo caliente y calórico, pues el frío que enfrentarán será mayor al que están habituados. Cuando salen de la casa hay 8°, pero el día está completamente nublado. Los niños sugieren ir en el auto de Brenda, tal vez porque les gusta la música que ella elige en su auto. Daniel y Brenda intercambian miradas y al cabo conceden el capricho a los niños. Aunque casi siempre llevan a los perros a la casa de los abuelos, esta vez Daniel sugiere que no lo hagan, pues el frío será intenso y además al día siguiente saldrán de viaje, por lo que si algo pasa con su salud por el frío durante el paseo sería problemático. Por otra parte, llevarlos a pasear al campo, donde corren libremente por todo el terreno de los papás de Brenda, los dejaría inquietos.

Apenas salen de la ciudad la temperatura baja más. La neblina y la lluvia los acompañan todo el trayecto, lo que reduce la visibilidad considerablemente en una zona boscosa y con curvas. Brenda cambia a piloto automático, la realidad es que a ella no le agrada manejar en carretera y siempre le ha parecido riesgoso el camino para ir a visitar a sus padres. Menos mal que la tecnología actual le permite no hacerse cargo del volante, porque de otra forma jamás le hubiera gustado conducir bajo esas circunstancias climáticas. La información que reciben del clima y el tránsito permiten al sistema de conducción prevenir los incidentes y llevar a los Moreno hasta su destino de manera segura.

Van en silencio, mirando el paisaje y las figuras caprichosas que el viento forma al arrastrar los nubarrones y la bruma. Entonces Dany rompe el silencio diciendo:

—¡Que está cayendo agua nieve en la casa de los abuelos! Según el reporte del clima, ayer en la noche nevó. ¡Romina, vamos a poder hacer un muñeco de nieve y ángeles de nieve!

Daniel y Brenda ríen satisfechos. Sus hijos están felices.

Conforme se acercan a la casa de los papás de Brenda, los niños aumentan su gozo. El paisaje con hielo y nieve, los bosques, el frío y las cabañas de madera siempre les han gustado mucho. Abandonan la autopista y continúan por una carretera pequeña que más adelante se convierte en una brecha perfectamente pavimentada a cuyos bordes hay bonitas residencias y casas de campo. La casa de los papás de Brenda no está muy lejos de la autopista. Es una zona residencial en medio del bosque, al pie de una colina elevada donde hay seis casas prácticamente iguales. Todas las casas son de madera construidas sobre zapatas de piedra, al llegar a la entrada de la cuarta casa, ésta se abre automáticamente y les permite el acceso.

El patio deja ver al fondo un jardín y un estacionamiento contiguo a un cobertizo desde el cual se puede admirar el paisaje hacia el valle. La parte alta de la casa tiene habitaciones suficientes para albergar a 20 invitados. Hay agua caliente, internet, calefacción, servicio médico y lo que se requiera.

El papá de Brenda, el Sr. Franz, es un hombre alto, fuerte, de tez blanca. A pesar de sus 85 años camina firme y rápidamente y parece más joven. Saluda a su hija con un gran gusto y a sus nietos, cuando ve a Daniel le da un abrazo fuerte. Entran a la casa, pues la lluvia se ha vuelto aguanieve y cae constante. El viento frío les ha helado las narices a los niños, que exhalan vaho divertidos.

El abuelo Franz los lleva a la parte trasera de la casa, donde hay otro cobertizo cuya vista es hacia la montaña. En él hay una cocina y un comedor rústicos, donde está la abuela con bebidas calientes y la mesa preparada para comer y platicar mientras se deleitan con el paisaje del bosque.

Hay una chimenea encendida y el fuego, como desde la primera noche de frío en la que el hombre comprendió como controlarlo, los hipnotiza a todos.

La energía que se consume en la casa es autoproducida, incluyendo la leña de la chimenea, que es recolectada y utilizada según estrictas normas y regulaciones, siempre cuidando de hacer un uso racional del bosque.

La zona no le pide nada a ningún paisaje europeo durante el invierno, mientras que en verano permite la visita de los paseantes y es un lugar tan visitado como Tequisquiapan, Puebla y Cuernavaca. Los habitantes de la Ciudad de México gustan de los paisajes menos modernos, los que todavía conservan un aire del pasado y de la provincia o el campo.

La regularidad del comportamiento del clima ha permitido que las estaciones sean estables y predecibles, cosa que se había perdido gracias al efecto del cambio climático y el calentamiento global. Pero ahora todo parece normal, la primavera es tibia, el verano caluroso y lluvioso, el otoño se va volviendo frío y en el invierno cae nieve donde hay altura suficiente para ello. De esta manera, las montañas de México se han sumado a los destinos turísticos invernarles, pues es una época en la que, en volcanes de nieves perpetuas y montañas, como la que está cerca de casa de los papás de Brenda, tienen nieve suficiente para practicar deportes invernales con las debidas precauciones y la infraestructura adecuada para reducir accidentes. La naturaleza ha sido bien administrada para beneficio humano.

La historia de los suegros de Daniel es muy interesante. El sr. Franz nació en México. Fue uno de los llamados niños milagro que nacieron durante el terremoto de 1985. Fue adoptado por una familia alemana y cuando llegó a la edad universitaria sus padres lo enviaron con la familia de Alemania. Lo que él había pensado como un año de intercambio se volvió en realidad una temporada que lo dejó viviendo en Europa por muchos años más. Sin embargo, la añoranza de su país lo obligaba a volver por lo menos una vez cada dos años y a veces más. En Alemania se integró al equipo de deportes invernales y se entrenó, pero más tarde, por el gran amor que sentía por México, decidió representarlo en unos Juegos Olímpicos de invierno, tras los cuales se integró en una maestría, una especialización y un doctorado en Economía, los que lo llevaron a trabajar en Suiza en la Organización Mundial de Comercio. Fue ahí donde conoció a su esposa, a Betty, una española avecindada en Suiza desde pequeña. Cuando las hijas crecieron e hicieron sus vidas, él fue el que convenció a su esposa de esta locura de volver a México y vivir en la montaña. Y así, como si fueran unos pioneros, él volvió a su país natal y ella se volvió una especie de marquesa del valle.

Mientras fueron jóvenes, Betty y Franz trabajaron para la Organización Mundial de Comercio, por lo que sus hijas, Brenda y su hermana, vivieron en múltiples países. Fue cuando vivieron en Kenia donde la hermana de Brenda conoció a su actual esposo, así que ella vive allá, junto con su marido y sus hijos.

La idea de vivir en una zona montañosa y fría no fue casualidad, pues cuando Franz se retiró pensó que podría emprender una aventura de negocio y, al mismo tiempo, de diversión y de regreso a su afición juvenil. Así que, junto con otros cinco amigos y compañeros amantes de los deportes de invierno, compararon las seis cabañas del fraccionamiento de la montaña y fundaron el primer centro de deportes de invierno de México.

El proyecto comenzó con el diseño de infraestructura específica para realizar actividades invernales o de zonas altas considerando las

cuestiones climáticas de países como México. En algunos casos se
podía aprovechar el hielo y relieve, pero en otros casos hubo la
necesidad de fabricar el hielo artificialmente. El proyecto resultaba
caro, pero viable, porque se podían incluir actividades como
senderismo, ciclismo de montaña, escalada en hielo o en roca, patinaje
y hockey, entre otras.

Con esto en mente, en realidad el emprendimiento era un negocio
completo que podía escalarse y replicarse como actividad ecoturística.
A la fecha, el papá de Brenda ha construido un campamento de altura
para deportistas y turistas que tiene las condiciones necesarias para
entrenamiento físico de alto rendimiento y para el descanso con la
desanexión casi total, pues en esta época sería imposible vivir sin la
información que se recibe a través del *gran medio*.

Los centros de alta montaña, por lo regular, se piensan para jóvenes
y personas con condición física excelente. Sin embargo, el sr. Franz y
sus amigos desean ampliar la atención enfocándose, justamente, en
personas como ellos, la mayoría ex atletas cuya añoranza y estilo de
vida se empata con la vida de la montaña.

El sr. Franz y sus socios viven de los ingresos que su empresa
genera por el cobro de actividades, servicios y los subsidios que reciben
del gobierno por albergar a deportistas de alto rendimiento. De igual
manera, han buscado la manera de recibir apoyos de instancias
privadas y organizaciones o clubes deportivos, las cuales casi siempre
son becas para niños y jóvenes que desean incursionar en alguna
disciplina deportiva de invierno. El círculo virtuoso de ayuda mutua es
un buen modo de hacer negocios, pues se acabó la economía en línea
recta y ahora los negocios prósperos son los que piensan en la
producción de manera circular.

Para todo amante del clima frío y el ambiente de montaña, estos
sitios son como santuarios donde además de poder practicar deportes
y distraerse, puede ser una opción para el retiro.

Este domingo en particular, gracias a la nieve, hay muchos
visitantes en el parque ecoturístico. Los Moreno y los papás de Brenda
pueden verlos desde el cobertizo en el que se disponen a comer. En una
zona se alcanza a ver el área de estacionamiento, donde se concentran
vehículos de diversas dimensiones. Montaña arriba anfitriones y
turistas organizan las actividades de la estación invernal. De
Huixquilucan.

Después del desayuno, todos salen para ir al estacionamiento de las seis casas. Suben en un vehículo todo terreno para disfrutar un paseo por una ruta exclusiva para familiares y amigos de los socios. A la orilla de la carretera por la que se desplazan se puede ver una ligera acumulación de nieve. Los árboles también tienen nieve sobre sus ramas, que de vez en vez dejan caerla sobre sus cabezas.

Pasa del medio día, pero se prevé que a las 4 de la tarde caiga otra nevada y que se prologue durante toda la noche. El lunes el clima seguirá igual y se prevé un fin de año muy frío, lo que para un negocio de deportes y actividades invernales es bastante bueno.

El vehículo se desplaza por brechas que bordean los claros del bosque donde se desarrollan actividades. El ascenso lo hacen paulatinamente y a un lado del camino hay motocicletas, bicicletas y paseantes que ascienden y descienden de la parte más alta de la montaña.

La propiedad termina a mediana altura, pues la punta de la montaña es propiedad federal. Sin embargo, es posible subir a la zona federal, pero con restricciones. Hay una colaboración estrecha entre el gobierno y las empresas privadas que ofrecen servicios turísticos.

En la montaña se realizan actividades como escalada en roca y hielo. Un teleférico lleva a los turistas hasta la cima, donde pueden gozar del paisaje en un mirador o descender por alguno de los senderos de descenso. Hoy hay mucha gente en el teleférico, por lo que Dany y Romina se perderán su paseo riguroso en él. Sin embargo, el abuelo Franz los deja permanecer un poco cerca de él, para que los niños se diviertan con los demás niños por un momento. Luego inician el regreso hacia la casa. Van por otra ruta que los beneficia con menos neblina, por lo que pueden disfrutar mucho más del paisaje. El valle está completamente blanco por la nieve que cayó por la noche. Buscan una vereda para bajar hacia él y se ponen las botas de nieve para caminar sobre ella.

En un riachuelo cercano, el frío ha hecho de las suyas y tiene la superficie congelada. Hay cascadas que se detuvieron, también por efecto del río. El espectáculo es envidiable y nadie puede evitar fotografiar o filmar lo que les admira, lo hacen desde sus lentes para la nieve inteligentes y lo envían a su dispositivo móvil.

Regresan a la casa. Ya casi se van a despedir y queda poco tiempo de convivencia. La abuela Betty les da abrazos fuertes a sus nietos y a su hija, también se despide cariñosa de su yerno. El abuelo Franz también los abraza con cariño. Daniel se lamenta de que la visita de este año haya sido tan breve. Casi siempre pasan varios días con ellos, disfrutando de lo que la naturaleza le ofrece en ese lugar. Sin embargo, este año será muy especial, pues el viaje que los Moreno realizarán es muy particular.

El suegro de Daniel le hace saber que el próximo año se inaugurará la estación invernal en Chile y sería una excelente oportunidad de conocer los Andes Chilenos, se abrazan, el sr. Franz envía saludos a sus consuegros y le pide a su yerno que los haga recordar la visita que tienen pendiente. Luego le pide un momento para preguntarle algo sin que su esposa lo oiga:

—Oye, hijo, ¿me harías el favor de preguntar en tu crucero si todavía es seguro que yo vaya? ¡No sabes las ganas que tengo de cambiarte el lugar! Es lo único que me haría falta por cumplir y me imagino que, si mi cuerpo todavía aguanta, lo haré en la próxima fecha que se abra.

Daniel sonríe, su suegro es sin duda un hombre excepcional. Un niño milagro, al que ni el más grande de los terremotos lo abate.

Los Moreno vuelven a casa tras la breve visita a los abuelos. Habían pensado comer en la sala, pero el clima es amable y deciden hacerlo en el jardín en compañía de sus mascotas.

Sus maletas ya están listas en el espacio de recolección. Todas las casas cuentan con un cuarto-buzón, donde reciben o dejan los paquetes para las compañías de paquetería. En poco tiempo el camión que llevará sus maletas hasta la estación de la que saldrán pasará por ellas. A las seis de la tarde, como estaba programado, el camión recolector pasa por su equipaje. Daniel recibe los avisos pertinentes y siente que tiene un pendiente menos.

Luego de unas llamadas a amigos y a sus padres, Daniel se va a dormir. La mañana siguiente será intensa para todos. Mira a sus hijos plácidamente dormidos y besa a Brenda en la frente, luego apaga la luz y duerme.

El lunes 22 de diciembre Daniel es el primero en despertar y levantarse. Son las 5 de la mañana y todos van despertando para salir. Su desayuno es rápido, ligero y nutritivo. Deben consumir bastantes nutrientes para ese día. Antes de salir dan una caricia a sus mascotas y

Daniel envía la información necesaria al servicio veterinario, que a partir de ese momento estará cuidando a los animales.

Salen de la casa tan solo con su maleta de mano. Daniel envía la señal de autoadministración al control de la casa y con esto se activan los sistemas de alarma, vigilancia y gestión automática de la casa. Una voz indica *Modo vacaciones activado*.

Un taxi llega por ellos y se van a la plaza cercana para subir en el *helitaxi*. La mañana es fría y, a pesar de la hora, todos parecen muy despiertos. Su entusiasmo por las vacaciones es evidente. Sonríen emocionados.

Abordan el *helitaxi*, que en esta ocasión es una aeronave para diez pasajeros y tripulantes. Es un aparato grande. Los pilotos realizan los protocolos previos al despegue y arrancan. Como es un vuelo largo, deben elevarse más, hasta estar en la altura determinada por las normativas de vuelo comercial. Van rumbo al sureste, su primer destino es Mérida.

Cuando llegan al helipuerto, un guía de la empresa que contrataron para el viaje los espera. Los Moreno se reúnen con él y esperan a otros turistas que llevan el mismo destino. Cuando están reunidos todos queda un grupo de 16 personas, entre las cuales están incluidos los Moreno. El guía los dirige hacia un hangar privado, pues han de tomar un avión para llegar al siguiente punto.

—¡Y lo que falta, Romina! —le dice Dany a su hermana cuando abre unos ojotes como preguntando "¿Otro medio de transporte?".

Viajarán hasta el Norte de Yucatán, a unos kilómetros de la zona costera. El contraste del clima es evidente. Los aparatos móviles de los Moreno parecen no entender cómo es posible que ayer los Moreno estuvieran a 6° y hoy estuvieran a casi 40°. Sin embargo, aunque la tecnología que ha creado el hombre es increíble, la naturaleza del cuerpo y del planeta lo es más.

En el hangar privado los hacen entrar en una sala pequeña, mucho más cómoda que el exterior, donde el calor es insoportable. Hay sillas, sillones y mesas con viandas y bebidas. Los recibe el grupo de organizadores y guías de la excursión. En total son 32 pasajeros que pertenecen a 10 familias. Los organizadores los dejan refrescarse y cuando ya están todos cómodos los convocan para hacer una pequeña dinámica de integración. Después de todo pasarán tres semanas juntos, lo mejor es que se conozcan de inmediato. Las familias se presentan rápidamente y luego cada uno recibe de manera electrónica los datos de cada uno de los pasajeros. La cooperación y buena relación entre ellos hará del viaje algo más placentero y memorable.

Se han preparado mucho para realizar este viaje, pero de cualquier manera vuelven a repetirles informaciones importantes. En todo momento habrá una persona del equipo de la excursión que los podrá asistir y les reiteran que es sumamente importante considerar todos los factores de seguridad. El grupo es variopinto, el viajero más pequeño tiene cinco años y el más viejo 85, un biólogo que solo quiere volver una vez más a ese sitio donde pasó una temporada trabajando.

—Estoy emocionado de volver —le confiesa a Romina, que quedó a su lado en una de las actividades de integración. Ella abre los ojos grandes y corre hasta Dany para decirle:

—¡Ese señor ya fue, Dany, fue muchas veces!

Una vez que el grupo se ha integrado, están listos para la siguiente etapa del viaje. Estarán en tierra un tiempo más, el cual pueden destinar para convivir con los demás pasajeros, resolver cualquier pendiente que les haya quedado o simplemente esperar hasta que se notifique el abordaje. Los Moreno se instalan en cómodos sillones cerca de la puerta de cristal. No se ve nada, excepto un túnel que parece no tener fin. Arriba de la puerta, en varios idiomas y siempre en movimiento, un letrero que anuncia: *Plataformas de Lanzamiento Espacial.*

La Estación Espacial Internacional IV

Igual que la mayor parte de los países del mundo, México está presente en la conquista del espacio. Forma parte del bloque de países que se integraron a los proyectos de Estaciones Espaciales Internacionales, de las cuales le tocó participar en el de la estación número IV. Estados Unidos y Rusia encabezaron el proyecto de la estación número I. Luego siguió China, con la instalación de la estación número II. La tercera fue construida por la Comunidad Europea y, la estación número IV, por los países de Latinoamérica y países agregados, quienes hasta el 2050 pudieron establecer su propio proyecto.

Al principio los proyectos de Estaciones Espaciales se utilizaban exclusivamente con fines científicos y tecnológicos, pero después de cierto tiempo se abrió la posibilidad a realizar viajes turísticos al espacio. En el 2070 muchos investigadores han estado en el espacio y aunque sigue siendo muy caro viajar como turista, la ventaja es que ahora se puede financiar. Por eso el viaje es tan especial para Daniel y su familia, pues él ha estado pagándolo desde hace tiempo y es un viaje muy esperado para ellos.

Así como ahora viajarán a la Estación Espacial Internacional IV, la gente puede viajar a la Luna y a Marte, que también son destinos alcanzables. Conforme los años pasan los viajes espaciales se vuelven más baratos y se cree que el siglo próximo será un siglo de viajes en el espacio.

En México la Agencia Espacial Mexicana inició sus operaciones en las primeras décadas del siglo. Sus instalaciones se ubicaron en Yucatán y el Estado de México, pero recientemente se ha inaugurado una plataforma de lanzamiento en Baja California Norte. Lo importante de las locaciones para las plataformas de lanzamiento son las condiciones climatológicas. Se buscan zonas poco habitadas, semi áridas y cercanas al mar, para que la recuperación de los cohetes, módulos de lanzamiento y demás aditamentos que se desprenden de la cápsula principal sean recuperados con facilidad. En el Estado de México están las Oficinas Generales de la Agencia, talleres, simuladores de vuelo y un centro de experimentación de tecnologías. La plataforma de lanzamiento que hay ahí no es para naves tripuladas. En un principio, esta plataforma del Estado de México se unió a otros proyectos espaciales, pero con la creación del Grupo Espacial Latinoamericano pasó a formar parte de las cabezas de esta alianza. La Agencia Espacial Mexicana continúa teniendo una buena relación de cooperación con las demás Agencias internacionales.

Cuando les dicen a los pasajeros que ha llegado la hora del abordaje, la puerta se abre y los pasajeros pueden avanzar por el túnel. Una voz en altavoz les da la bienvenida de forma personalizada conforme van pasando por la puerta. Tienen que caminar más de 300 metros por el túnel y al final llegan a una sala más pequeña que la anterior, donde les indican que irán pasando por grupos formados de manera específica. Se les indica que tomen asiento. Y desde las ventanas de la sala ya se puede ver la plataforma y el transbordador. No es un transbordador grande, más bien es uno mediano, pero en comparación con los ojos asombrados de los niños, adolescentes y adultos que lo miran boquiabiertos, es monstruoso.

Entre pasajeros y tripulantes solo pueden abordar la nave 50 personas. Es un transbordador de manufactura europea, color blanco y azul con la bandera de México en uno de sus alerones secundarios. Las demás banderas de los países latinoamericanos que son parte del proyecto se ven en los costados.

El abordaje inicia según el orden que los guías van nombrando. La nave está emparejada de forma horizontal con un andén móvil a la altura de los asientos, para que los viajeros ingresen a la altura del asiento que ya tienen indicado. Los Moreno suben a la tercera fila de ocho filas de pasajeros.

La zona de pasajeros está separada de la zona de cabinas de conducción y control de la nave. Cada fila tiene cuatro asientos y al frente hay una sección para los tripulantes. En el interior de la nave hay instalaciones sanitarias acondicionadas para contrarrestar la falta de gravedad. Nadie puede levantarse de su asiento sino hasta que salgan de la atmósfera terrestre. Una vez en el espacio se podrán levantar y se activará un sistema de magnetismo que les permitirá el desplazamiento como si fueran en un avión.

En la parte de atrás se encuentra el área de carga y equipaje, mismo que al llegar a la Estación Espacial Internacional intercambiará paquetes. La Tierra y las Estaciones Espaciales aprovechan cualquier viaje para hacer intercambios y así optimizar los recursos, además de un viaje turístico, este viaje es el correo espacial.

En cuanto termina el abordaje los pasajeros reciben una serie de indicaciones sobre las condiciones climatológicas. El tiempo es adecuado y el horario de lanzamiento no ha sufrido retraso alguno. Los motores comienzan a funcionar y aceleran. El andén móvil se retira y la nave comienza a elevarse. Ya no se utiliza el lanzamiento vertical, como se realizaba en un principio con la propulsión de cohetes a los lados. Las naves espaciales actuales, sobre todo las de pasajeros, no usan grandes cohetes que las impulsen. Se han diseñado motores autónomos a hidrógeno, el cual les da mucha potencia, la suficiente para llegar a la estación. El viaje de los turistas al espacio es más largo que el viaje de los astronautas. De otra forma, nadie podría viajar a menos que se preparara como astronauta.

El piloto indica la señal de lanzamiento. Los Moreno se miran uno a otro y sienten un jalón hacia atrás, como si sus cuerpos fueran atraídos con fuerza contra sus asientos. Los cinturones de seguridad automáticos tienen esa función particular. La nave sale en ángulo inclinado, hasta que va tomando cada vez más velocidad y una posición más vertical. El viaje especial de vacaciones ha comenzado: están en camino a la Estación Espacial Internacional IV de la que México es pionero.

El viaje dura algunas horas, tras las cuales la nave se acopla a la zona de descenso dentro de la Estación. Se abre la primera compuerta y los pasajeros pueden ver el andén. Sin embargo, quedan a la espera, pues deben seguir las indicaciones y todavía no les han indicado que puedan levantarse. Deben esperar unos minutos más, hasta que el transbordador quede totalmente resguardado dentro del andén. Cuando esto sucede los asistentes de la tripulación les dan las indicaciones para bajar según el orden de abordaje. En el andén los recibe un equipo de bienvenida. Aunque están a muchísimos kilómetros de la Tierra, pueden caminar y moverse igual que lo harían en cualquier edificio, sin embargo, al salir del andén sentirán la falta de gravedad.

Salen en grupos de cuatro personas y abordan unos carros que avanzan sobre un riel transportador. Se desplazan por magnetismo y el transporte los va llevando hasta su área de hospedaje, a donde llegará el resto de su equipaje, pues cada uno solo lleva su pequeña mochila de mano.

El recorrido es rápido, con una distancia aproximada de lo que serían tres cuadras. En el camino pasan por laboratorios, talleres y un centro comercial de cuatro niveles. La estación está compuesta de módulos que se han ido añadiendo y, aunque son independientes uno de otro, están unidos y forma una especie de miniciudad que orbita la Tierra.

Además de la falta de gravedad, la estancia en el espacio supone varias novedades, entre las cuales la más fantástica es pasar de la noche al día cada 90 segundos, lo que les sucedió en el trayecto de la Tierra a la Estación y que ahora, en el trayecto del andén a su área de hospedaje les ha sorprendido también.

El lugar de hospedaje es un complejo de dos torres con habitaciones. El transporte se detiene en un *motor lobby* espacial, donde los reciben en la recepción y les asignan sus habitaciones, las cuales son un pequeño departamento en el que la pequeña sala hace las veces de comedor, oficina y recámara. Todos los muebles son multiusos y se pueden ocultar uno dentro de otro. Se requiere cierta habilidad para reacomodar los muebles, así como orden y limpieza. Sin embargo, los muebles incluyen un dispositivo de instrucciones. Pese a lo inmenso que es el espacio, en la Estación Espacial Internacional los turistas deberán vivir en unos cuantos metros cuadrados: el espacio no permite el lujo de desperdiciar espacio.

El sitio asignado a los Moreno es una habitación para seis personas, por lo que a ellos en particular les sobrará espacio. Las habitaciones y algunos sitios privados de la Estación Espacial Internacional cuentan con gravedad artificial, la cual facilita las actividades. Sin embargo, en las áreas de traslado y los lugares públicos no hay gravedad. Para desplazarse con mayor agilidad, los turistas pueden optar por utilizar los medios de transporte específicos, carritos y trenes pequeños que siguen los rieles con magnetismo. Basta con sujetarse a uno de ellos para no volar presas de la ingravidez.

En el espacio el tiempo se experimenta de forma diferente. El día y la noche pasan rápidamente, así que el conteo del reloj biológico es diferente al oficial. Tras instalarse descansan un rato y toman sus primeros alimentos en el espacio, los cuales son servidos en su habitación para mayor comodidad.

Las indicaciones e información de las diferentes zonas y actividades de la estación están en sus equipos móviles y los Moreno han recibido el aviso de que sus aparatos han quedado configurados exitosamente para funcionar en el espacio. Están enlazados al sistema de la estación, de tal manera que pueden comunicarse con sus seres queridos en la Tierra y hasta podrían trabajar a distancia en caso de que fuera necesario.

Permanecerán en la Estación Espacial Internacional lo equivalente a cuatro días terrestres, es decir, verán más de 70 transiciones entre el día y la noche. En ese tiempo tendrán actividades de convivencia en el hotel y la plaza comercial. Visitarán los laboratorios, talleres de producción de ensamblaje y una sección en la que se realizan actividades recreativas, así como los pabellones museo que tiene cada país integrante de la estación.

Esta estación es la más pequeña y se proyecta su crecimiento paulatino con el tiempo. Sin embargo, es importante considerar que la explotación del espacio debe ser mesurada, pues de otra forma podría ser posible contaminarlo de la misma forma en la que se contaminó en su momento la Tierra. Por ello, *la conquista del espacio se realiza de manera cuidadosa.*

Las leyes de administración del espacio indican que la basura espacial debe recuperarse para su reacondicionamiento o destrucción total en la Tierra. En el caso remoto de que no se pueda recuperar, la basura espacial se debe destruir al momento de entrar en contacto con la atmósfera. Por esa razón, desde hace varios años se prefieren materiales cuyas propiedades les permiten ser desintegrados fácilmente.

La primera visita obligada dentro de la Estación Espacial es para satisfacer el ego. Las mujeres disfrutan muchísimo el recorrido por el centro comercial ubicado a 400 kilómetros de la Tierra. Ahí se venden, principalmente, *souvenirs* y artículos para consumir en el sitio. La movilidad por pasillos, elevadores y módulos de venta es mixta, hay sitios con gravedad y sin ella. Al contrarrestar de manera artificial la gravedad, los señalamientos son muy claros para evitar que los visitantes puedan tener un percance entre ellos o con la misma estructura de la plaza.

El acceso es controlado y en todo momento van guiados por alguien especializado para ayudar. Los visitantes se mueven temerosos y con precaución, sobre todo los que recién viven por primera vez la experiencia. Aquellos que han ido más veces al espacio se muestran seguros y animan al viajero primerizo.

Los Moreno aprovechan para comprar algunos recuerdos del viaje, pues, a pesar de que se ha vuelto más común, todavía representa una experiencia diferente a cualquiera. Romina y Dany toman video de todo lo que ven, con la intención de preservar los momentos más relevantes.

Luego visitan los talleres, donde se fabrican piezas y materiales mecánicos utilizados en las labores de mantenimiento de la Estación Espacial Internacional IV. Es un pequeño complejo compuesto por módulos donde se producen y ensamblan piezas. También hay un área de almacenaje, la cual tiene estrictas políticas de uso, pues es importante cuidar el peso y tamaño de la estación. En los laboratorios se utilizan materias primas terrestres y la tecnología hace de manera casi autónoma su trabajo. Hay pocos seres humanos vigilando y verificando los procesos, toda la producción es hecha por robots y procesos automatizados.

Daniel aprovecha la oportunidad para comentar con el grupo de viaje la importancia que tiene para su empresa el desarrollo de la tecnología robótica, tan necesario en las labores del espacio. Uno de los turistas se interesa y conversan amenamente sobre los robots y las tecnologías que su empresa ha podido enviar al espacio. Otros turistas preguntan sobre las actividades y métodos de funcionamiento de los robots, así que al final parece que Daniel termina dando una conferencia sobre lo que se espera en el futuro en materia de robots.

Cuando termina la visita, él se aproxima al director de los Talleres Espaciales, ya que son conocidos desde hace años, pero no se han visto en algún tiempo. Se saludan con gusto y conversan, el director de los Talleres le desea una buena y divertida estancia y se despiden, no sin antes darse algunos pormenores laborales:

—No es urgente, Daniel, pero te voy a enviar una información importante para nosotros y para tu compañía.

A Daniel le intriga, así que decide quedarse a charlar con él. En el escritorio se despliega una pantalla holográfica donde se encuentran algunas de las observaciones que serán enviadas próximamente a la empresa para la que labora. Daniel queda complacido de lo que ve y agradece a su colega la cortesía de presentarle con anticipación los resultados. Se despiden y quedan de verse próximamente, pues el director del Taller está por volver a la Tierra.

Al día siguiente es 24 de diciembre. La Estación Espacial Internacional se vestirá de fiesta. El personal es multicultural, formado por personas de los diferentes países que dirigen la Estación y todos festejan esta fecha. El día comienza con un recorrido por los laboratorios de experimentación. En esta ocasión deben utilizar una ropa especial, debido a las sustancias peligrosas y a la probabilidad de contaminación biológica. Así que todos los turistas se sienten incómodos, pues los trajes hacen difícil el desplazamiento. Los más jóvenes ríen divertidos de sus figuras y de la torpeza con la que se mueven por los pasillos ingrávidos, los más grandes de pronto parecen sentir miedo. Tienen que flotar, caminar, suspenderse de cables y rieles a fin de observar los procesos en el laboratorio. Aquellos excursionistas que se sienten impedidos para tales hazañas pueden ver el recorrido de manera virtual desde una sala de descanso. Tras el recorrido hacen una degustación de los platillos cuyo proceso de desarrollo vieron en el laboratorio, pues casi todos los experimentos que se hacen en él son de comida espacial.

Se busca reducir las cantidades en las porciones y aumentar la eficiencia calórica. Por ello se trabaja para producir materiales ligeros, resistentes, con bajo costo de producción y cuyo comportamiento en el espacio sea óptimo. Estos alimentos tienen alto poder nutricional y son susceptibles de conservarse por meses o años, además de ser fáciles de obtener y multiplicar. También, sin embargo, se hacen pruebas de materiales para la elaboración de trajes y herramientas.

Todo prototipo que es aprobado en un laboratorio espacial se dispone inmediatamente para ser producido en los talleres. Sin embargo, también se envían los prototipos a la Tierra, para observar cómo se comportan en las condiciones terrestres y evaluar la viabilidad de producirlos en ella. La Tierra y el Espacio trabajan conjuntamente para mejorar las condiciones de vida en ambos lugares.

Por la tarde continúan su recorrido. Esta vez van a visitar la superficie de la Estación, la cual sirve para desplazar vehículos y personas, aunque casi siempre es ocupada por pequeños vehículos y trenes. Caminar por los monorrieles de la Estación es una experiencia emocionante, pues en todo momento van sin el apoyo de la gravedad, lo cual implica cierto grado de dificultad.

Después de ese recorrido, estarán en camino a la zona de los pabellones de los países anfitriones de la Estación, pero antes de llegar a ellos pasan por la plataforma de lanzamiento ubicada en un extremo de la Estación. Es una superficie plana de dimensiones pequeñas desde la cual se envían transbordadores medianos parecidos al que los llevó hasta la Estación. Son naves con forma aerodinámica y con la parte frontal en forma de punta. Tienen alerones retráctiles que salen de la superficie de la nave y los brazos de una grúa ajustan dos cohetes propulsores preparándose para un lanzamiento próximo.

Los países que forman parte del proyecto Estación Espacial Internacional IV cuentan con un módulo representativo dentro de ella. Es un espacio pequeño que semeja una especie de museo de objetos que los identifican: vestidos típicos, muestras virtuales de sus costumbres y productos destacados, información de interés y más. Algunos países ocupan la mitad de un módulo para optimizar el espacio, sin embargo, otros merecen un espacio completo por la vastedad de su cultura y productos, tal es el caso de México, Perú y Argentina.

El módulo de México es, sin duda, uno de los más atractivos. En el se exponen las tradiciones y riqueza culturales, así como los aportes que han realizado al proyecto de la Estación, pues México ha colaborado con personal científico, técnicos, ingenieros, empleados para los servicios turísticos y, por supuesto, visitantes.

Otros países participantes, como los africanos, tienen exposiciones itinerantes, las cuales se muestran cuando algún grupo de visitantes tiene particular interés en ellos o viene de esas latitudes para visitar la Estación. Cuando pasan por el módulo mexicano el ambiente de los turistas se torna festivo. Los vítores tradicionales de la Independencia no se hacen esperar, además de que todo es muy emotivo, pues la experiencia es espectacular y los festejos de fin de año siempre colaboran para que las personas estén más emocionales.

Otro de los grandes atractivos de la Estación Espacial Internacional IV es el *Museo del Espacio*, en el que se exhibe la historia de la conquista espacial y el futuro de la exploración del universo. Está dividido en tres secciones: la primera donde se expone la historia del descubrimiento del espacio desde la antigüedad hasta el establecimiento de la *Estación Espacial Internacional I* hace casi un siglo, hay réplicas de naves espaciales, sondas, muestras de asteroides y restos de cuerpos celestes encontrados en el espacio. La segunda sección se ha dedicado a la Estación Espacial Internacional IV y en ella se expone su historia, datos sobre su diseño y construcción y unos modelos a escala de ella con respecto de las otras tres estaciones, así como una maqueta multipista de las secciones actuales. Asimismo, hay una muestra fotográfica de tomas de la Estación hechas por naves y sondas tripuladas y no tripuladas, así como del universo en exploración.

La última sección está dedicada al futuro y en ella hay simuladores de lo que serán los viajes al espacio en el futuro, así como el resumen de los proyectos que actualmente se están desarrollando para llegar a lugares lejanos que hoy son desconocidos o apenas vislumbrados: planetas, satélites, estrellas y galaxias a millones de años luz de la Tierra y la humanidad. Esta sala podría considerarse fantasiosa, pero en realidad incluye proyectos que la ciencia actual es capaz de desarrollar: naves del futuro, poderosos telescopios y sondas y vehículos de exploración que recolectan datos y los envían o traen de vuelta para que el hombre pueda obtener cada vez mayor conocimiento del espacio exterior.

El control y representación efectivos en la Estación están determinados por una figura de máxima autoridad: el director general de Estación, quien es apoyado por los directores de la comunidad científica de la Estación y el director del área de ingeniería e infraestructura. Estos puestos son itinerantes, pero se eligen por la comunidad de la Estación, la cual no solo está formada por la tripulación, sino también por los embajadores y representantes de cada uno de los países a quienes pertenece el proyecto.

Esta es la estructura básica del gobierno de la Estación, de la cual se deriva una organización bien definida tanto en la Tierra como en el espacio. La organización se realiza por medio de comisiones, grupos y células de trabajo que trabajan armónicamente en la ejecución de un plan maestro.

México fue uno de los primeros en ocupar la dirección general y muchos mexicanos han ocupado puestos de importancia dentro de la Estación Espacial Internacional IV. En este momento, México encabeza la comisión de turismo de la Estación, la cual tiene una amplia actividad en el espacio, pues sus actividades requieren un amplio despliegue de seguridad, hospedaje y traslado de los turistas, así como la búsqueda de estrategias para vender los paquetes turísticos.

Tras una pausa para que los pasajeros se vistan de gala para la cena navideña, todos vuelven al módulo mexicano que ya está acondicionado para la ocasión. Se puede oír música navideña y hay adornos sencillos que aluden a la Navidad. ¡Están listos para una pastorela navideña en el espacio!

El ambiente es tan cálido que por un momento olvidan que están muy lejos de la Tierra. Luego todos disfrutan de la pastorela y se divierten, hay una piñata, que acaban por romper entre todos al golpearla y dejarla volar en la ingravidez, los dulces flotan y todos se divierten intentando atraparlos, lo que resulta bastante difícil. Luego, en una sala con gravedad artificial, cenan y beben un ponche espacial.

Para rematar la velada ven un video preparado con anticipación en la que sus parientes y amigos les desean a los pasajeros feliz Navidad. Asimismo, hacen un enlace con las otras tres estaciones un poco antes de las doce de la noche terrestres, y cuando éstas dan las cuatro Estaciones Espaciales Internacionales gritan en medio de la oscuridad espacial *Feliz Navidad.*

El jueves 25 de diciembre no hay itinerarios pendientes, es un día que los turistas pueden dedicar como deseen y la mayoría decide despertar tarde antes de volver a tomar aire para proseguir con su aventura. Los Moreno utilizan el día para descansar y para ir a un recorrido breve. Tienen tiempo de hacer un par de video llamadas con los abuelos y se dan tiempo para ver un rato a sus mascotas, que parecen extrañarlos pero que están bien de salud.

A la mañana siguiente, el viernes 26 de diciembre de 2070, salen del hotel en la Estación Espacial Internacional IV por la mañana. Se dirigen hacia la plataforma de despegue espacial, donde serán recibidos en una sala contigua al sitio donde se encuentra el trasbordador. Su equipaje llega detrás de ellos y abordan según un orden establecido. El transbordador está preparado para su lanzamiento. El viaje a la siguiente escala está a punto de salir.

La Luna

Debido a que el trasbordador está totalmente vertical, los asientos de los pasajeros están en una posición incómoda, por lo que muchos sienten nervios, pero al mismo tiempo están emocionados. El siguiente destino que llevan en esta excursión es la Luna.

El transbordador sale muy despacio del interior de la Estación y luego emerge por las bóvedas que cubren la Estación Espacial. Una vez en el exterior, los motores encienden y aumentan su potencia. Los cohetes laterales también encienden, lo que le permitirá tener impulso y velocidad, hasta salir a propulsión en medio del espacio. Más adelante se encienden cohetes de propulsión extras que trabajan con energía nuclear, lo que hará que la nave se desplace velozmente.

El viaje de la Estación Espacial Internacional a la Luna dura aproximadamente 30 horas, las cuales pasan sin contratiempos. Casi todos los pasajeros duermen en el trayecto, pero Romina y Dany, de tanto en tanto, se han despertado para mirarse emocionados y mirar el espacio tan solo iluminado por el fulgor de los cohetes que los impulsan en el trasbordador.

Al cabo pasan sobre la superficie de la Luna y se desplazan hasta el sitio donde podrán alunizar. El descenso es suave, el trasbordador se posa sobre una plataforma construida sobre la superficie lunar. En ese sitio hay un andén por donde podrán descender los pasajeros, que son transportados en pequeñas naves que avanzan apenas flotando sobre la superficie lunar. Los recién llegados a la Luna están maravillados con el paisaje.

El espectáculo es impactante. Por el momento no pisarán directamente sobre la superficie lunar, la actividad está reservada para que sea un momento especial y posterior. Han llegado a la cara iluminada de la Luna y Romina y Dany se preguntan si acaso en la Tierra alcanzarán a verse sus siluetas como pequeñas hormiguitas alrededor de la silueta del conejo de la Luna. Se dirigen desde la plataforma de alunizaje hasta lo que parece una burbuja gigante que flota sobre la superficie lunar. Ahí se alojarán los siguientes días, en módulos pequeños, semejantes a capullos, con espacios reducidos para la convivencia y la recreación. Mientras más se acercan a la burbuja, ésta parece cada vez más grande y brillante, bordeada por arena luminosa y gris que se confunde con las luces que vienen desde dentro, las que sirven para que otras naves del espacio no colisionen con ella.

Pisar la superficie de la Luna sigue siendo un ritual especial para el hombre. Según el primer hombre que pisó la Luna, lo que él hizo fue un pequeño paso para un hombre, pero representó un gran salto para la humanidad. Y lo sigue siendo, por eso cada vez que un ser humano da ese paso sobre la Luna se hace un momento de silencio y de respeto, para que el proceso de aquel evento especial tenga trascendencia.

La fascinación del hombre por la Luna es atávica, milenaria, ancestral. Tan embriagante que a sus enamorados se les llamó lunáticos, locos, insensatos. Sin embargo, tras la primera vez que el hombre pudo poner un pie sobre la Luna, ir a ella se volvió parte de las fantasías de toda la humanidad. Por eso ahora, un siglo después de aquel primer alunizaje, los viajes al espacio incluyeron el viaje a la Luna como parte de los lugares imperdibles. Igualmente, después de ese primer alunizaje, comenzaron los viajes constantes y el mundo pensó que colonizar la Luna estaba a la vuelta de la esquina. Sin embargo, pese a todos los sueños, esto no ocurrió. Los viajes de humanos a la Luna se detuvieron cuando el interés de conquista apareció en los planes. La tecnología avanzaba a pasos agigantados, pero se puso una pausa de 50 años a la misión. ¿Qué pasó? La explicación más convincente, que no deja de ser más que una mera especulación, dice que los altos costos de la tecnología impedían seguir viajando. Otras teorías suponen que fue una pausa obligada por haber encontrado una forma de vida inteligente allá afuera, misma que ponía en riesgo la vida de la humanidad y las misiones. Sea como sea, las tentativas de realizar cada vez más viajes a la Luna se frenaron por muchos años, aunque la investigación y el deseo de llegar a otros planetas no se apagó. Luego la Luna pasó a segundo término y en la segunda década del siglo XXI se retomó el interés por llegar a ella y al planeta más cercano, los ojos del mundo se pusieron sobre Marte.

Los nuevos avances tecnológicos permitieron que los viajes de exploración y experimentación se reanudaran. Luego, lo que había sido impensable, comenzó a volverse posible y natural: misiones con tripulación humana y experimentos de pequeñas colonias humanas viviendo más allá de la atmósfera.

La incertidumbre desapareció y el hombre volvió a mirar hacia la Luna, despejó sus dudas, aclaró el panorama y encontró la manera de vencer su miedo a lo desconocido y volvió a poner su pie sobre ella.

Para el centenario de la llegada del hombre a la Luna, los viajes espaciales de todo tipo habían llegado a su máximo. El turismo espacial era una realidad que superó todas las expectativas que sus promotores se habían planteado. Las dos colonias establecidas en la Luna eran insuficientes, por lo que hubo necesidad de aumentarlas para los visitantes, además de que se agregaron puntos de presencia y experimentación en diferentes latitudes de la Luna. Incluso se organizaban viajes cuyo fin era, en exclusiva, orbitar alrededor de la Luna para vivir la experiencia de estar cera de ella y observar desde esa perspectiva la Tierra.

Las burbujas lunares son espacios artificiales diseñados para alojar temporal o permanentemente a los visitantes o equipos de investigación. Se colocan en algún lugar de la superficie lunar y se pueden mover según las condiciones atmosféricas que haya. Cada una de estas burbujas cuenta con una bóveda de material transparente que protege a los inquilinos de la radiación y de la basura espacial que suele viajar a grandes velocidades en el espacio y que de vez en vez puede verse atraída por la fuerza gravitatoria de los satélites como la Luna o de los planetas.

Las burbujas han logrado la creación de oxígeno a partir de reacciones químicas y tienen un mecanismo que aumenta la gravedad para que los inquilinos puedan desenvolverse dentro de ellas con normalidad.

El agua que se bebe en la luna se obtiene de lugares cercanos a través de un proceso de extracción del hielo en el subsuelo lunar. Los desechos producidos por las actividades humanas son tratados para su descontaminación y degradados, tras lo cual se reintegran al suelo lunar sin que esto afecte sus propiedades naturales. La energía se obtiene directamente del espacio y se transforma en energía útil a través de generadores que proveen a las burbujas la suficiente para funcionar. La energía sobrante se almacena para plantas de emergencia y se están estudiando las posibilidades de enviar esta energía a otros lugares del espacio para continuar con su exploración.

Los humanos que están como inquilinos en una burbuja lo pueden hacer dentro de otras burbujas más pequeñas que se hallan en la burbuja principal. Son aditamentos semejantes a una casa de campaña, y hay burbujas para diferentes cantidades de personas. Cada una cuenta con los servicios indispensables para subsistir, lo que hace posible el *campamento lunar*.

El piso de la burbuja es una plataforma artificial colocada sobre la superficie lunar de manera provisional, se coloca y retira de manera fácil y rápida, igual que todos los componentes de la burbuja, por ahora los visitantes estarán ahí dentro, sin pisar aún el suelo lunar, hasta nuevo aviso.

La burbuja de los Moreno es un espacio adaptado para 4 personas. En este momento solo tienen una maleta por persona, el resto de su equipaje ha sido enviado a otra zona de la Luna. En este lugar tienen lo necesario, alimentos, que consisten en verduras enlatadas, frutos deshidratados y barras energéticas. También tienen agua natural, café, té y bebidas dulces bajas en calorías y azúcares nocivos. Los insumos alimenticios están disponibles directamente en la burbuja, donde tendrán que esperar hasta que les indiquen que pueden salir a recorrer la burbuja principal.

Están instalados en una burbuja turística, la cual solo es para vacacionistas. En ella también hay personal de apoyo y de servicios, que en total son 28 personas. La burbuja de vacacionistas tiene una capacidad de 60 personas.

Tras la conmemoración del centenario de la llegada del hombre a la Luna, en el 2069 se diseñó una representación del protocolo que los astronautas del Apolo 11 siguieron para realizar el alunizaje y dar el primer paso sobre la superficie lunar. Resultó tan significativo, que se decidió mantenerlo como parte de las actividades turísticas en la Luna.

Se construyeron réplicas del Apolo 11 en las que se traslada a los pasajeros hasta el sitio destinado a la caminata lunar. Los lugares elegidos son adecuados, con un relieve propicio y fácil para la caminata inexperta, pues no se debe olvidar que los vacacionistas no son astronautas.

Cada viajero recrea la caminata lunar hecha por el primer hombre que pisó la Luna y a los turistas les encanta, porque además de ser algo divertido, tiene el toque histórico, verídico y emocional de un verdadero tributo a los héroes que inauguraron la era espacial.

Si bien todo cuanto se realiza en la Luna es costoso, debido al manejo especial que requieren todos los traslados, para los turistas no representa un gasto mayor, pues el viaje es un viaje caro, así que si aumenta un poco más por experiencias cuya memoria perdurará para siempre, el turista no tiene problema. A nivel tecnológico y logístico, solo representa ciertas modificaciones, pues las naves son réplicas, cuya tecnología sin embargo es actual.

Cuando los Moreno abordan su Apolo 11 para la caminata lunar la emoción está a tope. Solo van ellos en la nave, junto con cuatro tripulantes que los asistirán en el proceso. El traslado hasta el lugar donde harán el descenso para la caminata es rápido, la nave sobrevuela en un espacio nuboso que permite ver la superficie grisácea de la Luna. Luego, cuando llegan al sitio dispuesto para su simulación de alunizaje la nave se queda suspendida unos minutos sobre el lugar, desciende y se posa suavemente sobre el suelo levantando una ligera polvareda.

Cuando la nave ha quedado quieta, la compuerta se abre y uno a uno bajan por la escotilla de un costado con su traje espacial. Los tripulantes los ayudan a descender y les colocan una línea de seguridad para guiarlos en caso de que pierdan el ritmo de la caminata. Van muy cerca de ellos, avanzando a pasos que parecen saltos. El primero en descender es el capitán de la nave, quien les hace señales a los Moreno para que observen la manera correcta de hacer el descenso.

Luego baja Daniel, para darles seguridad a los niños y esperarlos en la parte de abajo. Siguen Romina y Dany, a quienes los asiste el segundo de abordo y otro tripulante y por último Brenda. Abajo, los Moreno se intentan tomar de las manos, pero lo único que los mantiene unidos es la línea de seguridad. Luego el capitán se acerca a Daniel y toma con fuerza su mano, indicándole la manera de acercarse a su familia. Daniel actúa con seguridad, es su tercer viaje a la Luna. Así lo hace y da la mano a Brenda, para que comprenda la técnica. Él da la mano a Romina y ella a Dany, luego avanzan seguros hasta que al cabo los niños se sienten cómodos soltando las manos de sus padres y se desplazan hacia donde los dirige el capitán sobre el suelo lunar.

Toda la actividad está siendo grabada por las cámaras de la nave y el video les será entregado como un recuerdo maravilloso de su caminata en el espacio.

En todo momento los turistas están siendo monitoreados desde un centro remoto ubicado muy cerca del sitio de caminata. Hay protocolos específicos para emergencias y evacuaciones, pues lo principal es la seguridad de los tripulantes y el equipo de apoyo, así como de los vacacionistas.

Los integrantes de la familia Moreno gozan de excelente salud y condición física, por lo tanto, su caminata no representa ningún problema, aunque son comunes los tropiezos y alguna caída ocasional al subir sobre una roca o caer en un cráter. El capitán de la nave los conduce hasta una grieta, entre la cual se introducen, alejándose de la nave. Otro tripulante los espera fuera de la grieta, sosteniendo la línea de seguridad que está unida a la nave. Los sensores en sus cuerpos y trajes monitorean las condiciones de salud del grupo. Ya que no hay ninguna señal de alarma, pueden permanecer el tiempo autorizado para la actividad. El capitán guía a los Moreno de regreso por la grieta, de donde emergen para volver a caminar hacia su Apolo 11, que está ahí como dándoles la bienvenida.

Adentro de la nave los Moreno dejan ver rostros sonrientes y exaltados. La tripulación de la nave les aplaude y les dicen que no creen haber visto caminantes tan intrépidos como ellos. Sea verdad o mentira, el hecho es que todos los Moreno aceptan el cumplido y se sienten satisfechos.

Los programas turísticos a la Luna incluyen varios recorridos, los cuales tienen la finalidad de dar al visitante una visión lo más completa posible de las características del satélite, la infraestructura humana que ha sido colocada sobre él y lo que se espera en el futuro próximo con la creciente exploración del espacio exterior.

Las visitas se programan tanto a sitios naturales de la Luna como a lugares construidos por el hombre. Hay vuelos que van de un punto a otro en el vasto territorio lunar; excursiones sobre las gigantescas cadenas montañosas, mesetas y llanuras; exploración de grietas y cráteres; y otros. Los paisajes son variados y el turista queda satisfecho con lo que vive.

Aunque existen vehículos que avanzan sobre la superficie lunar, se ha descubierto que la manera más fácil de transportarse en la Luna es volando, pues el relieve lunar es cambiante y las distancias son enormes. Dado que los asentamientos humanos ubicados en la Luna están en diferentes lugares, hay sitios de llegada y salida para todo tipo de vehículos lunares.

Igual que en las Estaciones Espaciales, en la Luna hay un museo que alberga la historia del universo y, en especial, la historia de cómo el hombre finalmente fue capaz de alcanzar a las estrellas. A diferencia de lo que sucede en las Estaciones Espaciales, que giran en el espacio y tienen restricciones en cuanto al tamaño y cantidad de sus módulos agregados, en la Luna no hay limitaciones de espacio, pues hay mucho espacio disponible. La Luna, aunque mucho más pequeña que la Tierra, es inmensa, con la única dificultad de que tiene poca gravedad y no hay oxígeno respirable.

El museo expone la carrera que los países del mundo han seguido durante la era espacial. Y aunque haya quien no guste de los museos, quienes van a la Luna tienen que visitar el museo instalado en ella, porque es uno de los atractivos del viaje. El museo es interactivo y, al ingresar por la puerta, un sistema registra la información del visitante y la consigna en una pared frontal. *El muro de los hombres que caminaron en la Luna,* al cual Daniel presta mucha atención, pues destacan muchos nombres, incluido el suyo, que cinco años atrás visitó la instalación Lunar por su trabajo.

Los niños descubren el nombre de su papá y se emocionan mucho. Aunque no saben de qué manera se marcan las segundas visitas, es emocionante que el nombre de uno de ellos ya haya estado ahí desde antes.

Otro atractivo interesante es la visita a cráteres lunares. Se eligieron cráteres específicos cuyas características facilitaron la construcción de infraestructura para dar seguridad a los usuarios. Se evitaron los cráteres con riesgo y aquellos en extremo profundos.

El recuerdo tradicional de la visita a la Luna cuya obtención es totalmente permitida y gratuita, es una muestra de suelo lunar. El viajero la recolecta por su propia mano y luego se conserva en un acrílico como un verdadero tesoro. La muestra de la tierra lunar no puede comercializarse en la Tierra, pues es un recuerdo exclusivo para aquellos que han realizado el viaje. Hay quienes deciden dividir su muestra en porciones pequeñas y hacer joyas incrustadas de suelo lunar para llevar de regalo a sus parientes. La cantidad de suelo lunar no puede exceder ciertas dimensiones y está totalmente prohibido tomar fragmentos rocosos y partículas cristalizadas que superen las dimensiones permitidas, las cuales sí pueden ser comercializadas en la Tierra a altísimo valor.

Llevar recursos a la Luna es no solamente un problema logístico, sino principalmente un gasto oneroso. Por ello fue fundamental diseñar las condiciones para que los recursos pudieran ser producidos en la Luna y en las Estaciones Espaciales Internacionales. Por eso fueron vitales los años de exploración, que mostraron que en el espacio se podían encontrar los mismos elementos que posibilitan la vida en la Tierra, aunque en diversas formas y cantidades. Lo principal era encontrar agua, resolviendo eso el oxígeno era un problema menor y la gravedad un juego. Al momento en que se descubrió hielo bajo el suelo lunar se inició una exploración para verificar la viabilidad de su extracción y posterior transformación en agua. Los sistemas de perforación y extracción de hielo son similares a los que se utilizan en la Tierra. El tratamiento para descongelarla es particular y es necesario para aprovecharla en las actividades humanas.

La poca gravedad se compensa con tecnología magnética, la cual es barata y no provoca daños en la salud humana ni en los sistemas. Es vital mantener la presión corporal estable, pues no debemos olvidar que el cuerpo humano está diseñado para vivir en las condiciones terrestres, así que cualquier descompensación en esas condiciones se traduce en malestar corporal, pérdida de salud o muerte.

Para generar tanto el aire respirable como la gravedad se ha recurrido a la tecnología desarrollada en la Tierra utilizando elementos químicos obtenidos en la Luna y el espacio. De esta manera se abaratan los costos de producción y se mejoran los tiempos de abastecimiento.

Dentro de las burbujas el complemento de la gravedad proviene de las instalaciones que cargan el magnetismo a la infraestructura, lo que permite que los usuarios tengan un desplazamiento más cómodo. Como las burbujas son instalaciones herméticas, la fuerza magnética se conserva muy bien en el sitio.

Fuera de las burbujas sería muy complicado producir esta gravedad artificial, por lo que ésta se limita a los lugares cerrados, donde incluso hay una discriminación. Se prefiere en sitios de alto nivel de desplazamiento, como banquetas, vías, andenes, corredores, cables guías para deslizarse. Asimismo, se han creado zapatos y trajes cuyas características les ayudan a navegar sin gravedad con menor dificultad, es decir, ya no se corre el riesgo de dar volteretas o saltos cuyo destino es ningún lugar. Los riesgos de la vida en las burbujas lunares han sido muy estudiados y se han tomado las medidas adecuadas para la óptima seguridad.

El oxígeno también se obtiene en el sitio. Una gran parte es el que se recupera del suelo lunar y el resto se elabora química y mecánicamente. A pesar de lo que se crea, este tema fue resuelto de forma rápida y eficiente y en realidad no representa un problema para los habitantes de la Luna ni para los visitantes de la Tierra.

La energía también fue un problema que se resolvió sin complicaciones. Debido a que el sol ilumina directamente a la Luna, se colocaron paneles solares para aprovecharlo como fuente de energía. La energía solar es fundamental, pero se complementa con la obtenida de elementos que se encuentran en la Luna, tales como el argón y el neón, que sirven para iluminar. También se aprovecha el helio, que es muy abundante, y se produce energía nuclear que favorece la producción de energía eléctrica. Así se resuelve el problema de abastecimiento y se cuenta con reservas para utilizarse en las actividades de la cada vez más creciente conquista del espacio.

La producción de energía nuclear en la Luna representó un avance fundamental para la era espacial. Desde su invención se convirtió en la base de elaboración de combustibles super potentes, utilizados sobre todo en naves que viajan a velocidades extremas. Este combustible fue el que permitió que los viajes a la Luna se volvieran alcanzables para el ciudadano común.

El manejo de la energía nuclear fuera de la Tierra es igual de delicado que en ella. Deben extremarse precauciones, aunque la tranquilidad de que en el espacio exterior la presencia humana es mínima facilita las pruebas y disminuye la ocurrencia de accidentes.

También se han aprovechado otros recursos, como los minerales de las rocas lunares y del suelo, cuya utilidad es en la elaboración de artículos y bienes de uso humano y de maquinarias. La infraestructura de las instalaciones lunares está hecha con materia prima lunar. Se ha desarrollado un traslado de materiales lunares hacia la Tierra, principalmente de sustancias que son abundantes en la Luna y difíciles de obtener en la Tierra, así hay una exportación del helio, principalmente para su aplicación en la producción de energía nuclear.

Los recursos minerales y químicos también son utilizados para hacer paneles solares y desarrollar circuitos eléctricos y receptores para los sistemas de comunicación. Hay un incipiente pero importante proyecto de producción agrícola, el que se ha desarrollado según las condiciones del suelo lunar. Se ha iniciado una planta de ensamble de naves para uso exclusivo en la atmósfera de la Luna y cohetes interplanetarios, por lo que puede decirse que, además de un sitio novedoso para vacacionar, la Luna se ha convertido en la primera zona industrial fuera de la Tierra.

Después de los días destinados al campamento lunar, los Moreno se preparan para la siguiente etapa de su viaje. La labor física de los recorridos que han realizado en las áreas naturales de la Luna ha sido difícil, pero al mismo tiempo increíble. Están cansados, pero puede más la emoción de pensar en el siguiente lugar. Ahora están esperando junto con los demás pasajeros a que llegue la nave que los ha de llevar a la siguiente escala de su viaje.

La nave que los recoge es una nave mucho más grande que las naves en las que han estado viajando y que simulan al Apolo 11. La nave viaja a una altura media, igual que su velocidad, todo para la comodidad de los pasajeros. Es una nave turística, por lo que tiene varias partes de material traslúcido que dejan ver el panorama. Dany y Romina están impresionados mirando el relieve lunar desde las alturas. Pasan por dunas y crestas, cráteres y hasta una larga cordillera que parece dividir en dos aquel paisaje. Luego ambos descubren entre unas montañas una planicie brumosa de cuyo centro emergen luces coloridas. Daniel se acerca a los dos y les dice con tono confidente:

—Hemos llegado a la primera colonia humana de la Luna.

En efecto, aquel sitio es la *Colonia Establecida*, donde viven de manera aún temporal personas que desean algo más que vacacionar en el espacio. Muchos de ellos son técnicos o investigadores, pero próximamente se abrirá la posibilidad de que gente común pueda alargar sus periodos de estadía en el satélite de la Tierra de manera voluntaria. La colonia está ubicada en medio de dos zonas montañosas, lo que ofrece una protección natural contra los fenómenos cósmicos y el clima.

El descenso se realiza en una plataforma ubicada en uno de los extremos de la gigantesca bóveda que cubre la colonia. Luego abordan a vehículos seguros que los conducirán hasta su nueva residencia: el Hotel Lunar, que semeja una nave espacial por fuera. Dentro de la estructura externa del hotel, la distribución y apariencia de las áreas es muy similar a la de cualquier hotel terrestre. Es un lugar confortable que tiene gravedad magnética en todas sus áreas. El ambiente es muy internacional, pues es el destino en el que todos los *tours* espaciales coinciden, lo que da la posibilidad de convivir con una comunidad global en la última fiesta del año, la fiesta de Año Nuevo.

Es un lugar para el descanso familiar y dentro de él hay todo para pasarla bien. Aunque no es exagerado en lujos o extravagancias, se han instalado amenidades que pueden satisfacer los gustos de los más caprichosos. Después de todo, ¿qué hay más allá de pasar una temporada en la Luna?

Cuando los Moreno entran en la *suite* lunar, su equipaje completo ya está ahí. El servicio, por supuesto, es muy diferente del campamento lunar, pues hay cierto grado extra de comodidad y lujo. El fin de año augura ser más relajado que el festejo de Navidad.

La estructura del hotel está realizada con materiales ligeros y su altura no excede los 6 pisos. Sin embargo, se está analizando la posibilidad de construcciones más altas y pesadas, así como las mejores maneras de dotar de energía y servicios un complejo más grande.

Para algunos viajeros el Hotel Lunar será el fin de su viaje, mientras que para otros es el punto de partida para continuar con su itinerario. Aunque el hotel intenta replicar en mucho la apariencia de un hotel o un yate, la verdad es que resulta imposible que el viajero olvide que se encuentra en el espacio exterior. Por todas partes aparecen condiciones que le recuerdan que no está en su hábitat natural: dificultades de movilidad, ambiente artificial para respirar y un enorme domo que da la impresión de estar en un estadio de futbol techado.

La libertad de movimiento está restringida, lo que no le quita la emoción al viaje, que es en todos los sentidos una aventura sinigual.

La conquista de la Luna llevaba 50 años en avance acelerado, investigaciones, viajes de experimentación y exploración, lo que finalmente dio como resultado el establecimiento de la Colonia Lunar. Este gran paso facilitó la construcción de la gigantesca bóveda protectora y aislante, así como la posibilidad de aumentar su tamaño añadiendo secciones o módulos.

La bóveda fue fabricada, en su mayoría, con materiales de la Luna, pues fueron los que demostraron mejor resistencia a las condiciones de la naturaleza lunar, tales como los cambios drásticos de temperatura, las tormentas de arena y polvos estelares, así como los meteoritos que bombardean la superficie lunar.

El establecimiento de la Colonia Lunar fue objeto de muchos estudios, los cuales finalmente eligieron un lugar apto para su construcción, el cual además resultara económicamente viable para la adaptación y mantenimiento.

La tecnología empleada en su construcción fue traída de la Tierra, pero desde hace años ya se diseña y fabrica en los laboratorios lunares. Las capas exteriores de la bóveda son muy resistentes y en el interior se utilizan materiales aislantes cuyo fin es mantener una temperatura controlada y garantizar la circulación del oxígeno.

La Colonia Lunar cuenta con un sofisticado plan de defensa contra elementos naturales, constituido, en primer lugar, por un sistema de observación y comunicación tanto en sitio como con la órbita primaria de la luna, para detectar meteoritos o cuerpos que amenacen la supervivencia de la Colonia.

Además, hay satélites vigías, que envían información de manera oportuna y determinan la entrada de los siguientes sistemas de defensa: cohetes de destrucción, cuyo fin es abatir los cuerpos espaciales amenazantes antes de que lleguen a las zonas habitadas.

El tercer sistema se ubica en los alrededores de las zonas habitadas. Es una barrera de misiles de alcance medio que impactarán los objetos antes de chocar o caer sobre las construcciones. Los misiles son guiados directamente por el material de los objetos y no hay forma de que fallen en la destrucción de su objetivo.

Adicionalmente, el domo expele gases repelentes de químicos o sustancias dañinas a través de tuberías. Es una especie de impermeabilizante que da una protección extra.

No se ha escatimado en costos para proteger la integridad de los exploradores. Además, debido a que no se conoce el universo por completo, se considera importante prevenir cualquier probable ataque de civilizaciones hostiles. La seguridad ya no se requiere en la Tierra, pues la humanidad ha evolucionado al grado de ir reduciendo la violencia. Por ello este afán de defensa se ha trasladado al espacio, en principio, para luchar contra los elementos naturales.

El asentamiento lunar fue planeado de manera ordenada y definida, pensando que crecería eventualmente. Por eso se cuidaron los detalles, para evitar que los asentamientos replicaran las condiciones de caos con que algunas ciudades terrestres del pasado se desarrollaron.

La planeación urbana de la Colonia Lunar es un proyecto de 100 años que actualmente ha construido apenas el 10% de su capacidad.

Esta primera etapa distribuye las calles y avenidas de la Colonia de manera organizada. Se le han puesto nombres alusivos a la carrera espacial y la conquista lunar, por eso la calle más importante lleva el nombre de Neil Armstrong, quien fue el primer hombre que caminó sobre la Luna.

Los minerales presentes en la Luna, tales como el silicio, permiten la fabricación de cristales plastificados, duros y aislantes, que ayudan a mantener una temperatura media en la colonia y benefician el ahorro de energía. Caminar dentro de las calles de la Colonia Lunar es fácil, pues tienen gravedad artificial. Sin embargo, hay áreas cuya gravedad es menos estable, donde sí es difícil caminar o desplazarse. Por fortuna, los viajeros esporádicos casi nunca van a esas áreas.

Para garantizar la permanencia y desarrollo de la Colonia en la Luna se debe mantener una actitud de progreso tecnológico que enfrente las vicisitudes actuales y los retos futuros. La carrera de conquista del espacio exterior es una carrera sin fin que avanza vertiginosa y de manera constante. Por ello es importante mantener el dedo en el renglón del desarrollo científico y tecnológico, para lo cual también sirven los laboratorios de investigación montados en la Luna, los que se enfocan en el desarrollo de materiales y combustibles para mejorar la fabricación de naves. Se busca hacer las naves más eficientes en el uso de combustible y además hacerlas más rápidas y cómodas. Eso reduciría los costos de las misiones espaciales y reduciría también el riesgo de explosión.

Aprovechando los recursos del espacio exterior, como la luminosidad y la aceleración de las naves, se pueden crear dispositivos que produzcan energía autónomamente, es decir, dispositivos recargables. El manejo de estas energías complementadas con el plasma y la energía nuclear también le han dado otra dimensión al desarrollo de tecnología terrestre. Pero, sobre todo, ha sentado el precedente para la siguiente etapa de la conquista espacial. Con naves que vuelen a velocidades más rápidas y a distancias más largas, se puede pensar en la posibilidad de establecer estaciones y bases permanentes en diferentes puntos del espacio que a su vez sean puntos de partida para nuevas expediciones hasta los confines del universo.

Asimismo, la experimentación médica del cuidado de la salud humana en el espacio y la prevención de enfermedades es importante. Hay que hacer una pausa en el camino, pues el cuerpo humano responde adversamente a algunas condiciones del espacio. Los estudios de la mejora de la reacción del cuerpo a estas condiciones son recientes e incipientes. Así que la ansiedad por ir más allá en la conquista espacial debe refrenarse hasta hallar la manera de que el hombre pueda hacer los viajes sin consecuencias físicas. Debe garantizarse que las condiciones de adaptación del cuerpo humano se desarrollen convenientemente, solo así se pueden realizar los planes de expansión.

Los científicos, médicos y personal de muchas disciplinas de la salud trabajan arduamente en el espacio, tanto con las personas que están establecidas en la Luna como con los visitantes esporádicos. De igual manera, en la Tierra se estudia el efecto que tienen algunos materiales del espacio. La más grande de las preocupaciones es la radiación, la cual es silenciosa pero sumamente poderosa. Los médicos están observando los efectos para determinar los tratamientos preventivos y curativos, para anticiparse a riesgos y enfermedades probables.

La alimentación en la Luna se obtiene de plantas que han podido adaptarse a las condiciones artificiales de producción dentro de la Colonia y las burbujas de los campamentos lunares. Se han desarrollado también harinas y productos vitamínicos cuya materia prima son, tan solo, elementos químicos. También se producen bebidas a partir de plantas genéticamente modificadas. Sin embargo, no existe una superficie de la Luna que haya sido destinada para la producción de alimentos. Hasta ahora, todo lo que se produce dentro de las bases lunares se desarrolla en laboratorios controlados y cerrados. Se ha comenzado a probar si estas plantas pueden sobrevivir en condiciones no tan controladas, así que se experimenta en espacios pequeños, terrazas y azoteas de las viviendas y ya está en proceso la investigación para crear una superficie de cultivo dedicada. Se está sugiriendo un tipo de tecnología semejante a la empleada en las burbujas de campamento, pero que sea exclusivamente para productos alimenticios. Hasta ahora la mayor parte de los insumos comestibles de la Luna sigue llegando de la Tierra. El proceso inverso, alimentos producidos en la Luna para alimentar la Tierra, ahora solo es una muy costosa fantasía.

Todos los productos que se envían a la Colonia Lunar desde la Tierra son seleccionados bajo criterios sumamente estrictos. Deben cumplir requerimientos nutricionales y se evita en todo momento atender al capricho, la frivolidad o el placer. Por ahora, la Luna solo es divertida para quienes viajan a ella como turistas, el resto vive como pionero, buscando mejorar las condiciones para un futuro que cada día parece más próximo.

En un extremo de la Colonia Lunar se localiza la plataforma de lanzamiento. Está en el mismo valle donde se localiza el asentamiento humano más grande en territorio lunar. La plataforma está formada por varios módulos, en los cuales hay oficinas, dormitorios, laboratorios de experimentación, un almacén y un andén para naves más pequeñas. Separado de esta infraestructura se encuentra un espacio destinado a la exploración del espacio exterior, el cual está dividido en dos partes: una donde se encuentran los cohetes que ya prestan sus servicios para viajes a Venus y Marte; y otra para exploración, con naves no tripuladas.

Tanto en Venus como en Marte ya hay presencia temporal de humanos. La mayoría son investigadores, aunque se han colado ya muchos viajeros que pueden pagar una aventura como esta.

Los viajes interplanetarios requieren una preparación diferente, pues las condiciones pueden ser muy adversas y peligrosas en su desarrollo. El entrenamiento es parecido al entrenamiento básico de astronauta. Este tipo de viajes son muy largos en tiempo y requieren mucho entrenamiento y desarrollo psicoemocional.

La plataforma se completa con un módulo asilado de observación en el que hay laboratorios y telescopios, así como un centro de monitoreo de naves, sondas, satélites y todo tipo de objetos no tripulados que se han enviado a explorar.

Para quienes visitan la plataforma con motivos turísticos, el recorrido es breve, pero no por ello menos impresionante, pues deja ver la importancia del desarrollo tecnológico actual y los alcances de la ciencia espacial. El recorrido termina con una proyección en la que pueden ver un recorrido virtual por los sitios que quedaron fuera del recorrido físico. Finalmente entran a un simulador en el que recrean la aventura de hacer un viaje desde la Luna hacia otros planetas. El espíritu de aventura del ser humano es explotado al máximo en estas atracciones, pues tras esta demostración, los viajeros reciben la promoción para viajar con descuento durante los próximos cinco años a Marte.

La Plataforma es dirigida por la Agencia Mundial del Espacio, la cual es multinacional y está conformada por notables de todas las áreas afines a los estudios espaciales. Funciona como una confederación en la que tienen mayor participación aquellos países que han realizado más aportaciones al desarrollo de la conquista espacial. La iniciativa privada también participa en algunos proyectos, lo mismo que gobiernos cuyo presupuesto no les alcanza para desarrollar investigaciones espaciales por su cuenta. Muchos son los entusiastas que desean ampliar las expectativas del espacio para el hombre, por lo que hay una efervescencia de inversión en este tipo de proyectos.

La Plataforma Lunar tiene comunicación con el sistema de Bases Espaciales y Plataformas de lanzamiento de cohetes en la Tierra. Asimismo, se enlaza con cada uno de los satélites y naves que están en misiones de exploración. Literalmente, el satélite natural de la Tierra es el centro del universo que el hombre está diseñando para alcanzar la conquista espacial.

El último día del año del 2070 ha llegado. En la Colonia hay más movimiento del habitual. Es el día que marca el final de un ciclo y el inicio de otro. En la Luna parece más significativo que el año termine. Las metas y objetivos trazados son reflexionados por los viajeros que miran a la distancia la Tierra. El camino que recorrieron y el que les resta por recorrer están ante ellos en ese momento especial.

Humanamente vale preguntar: ¿cuánto avanzó el hombre en la carrera por conquistar el universo? ¿Qué tan grande fue el paso que se dio en este año? Para cualquiera que trabaje más o menos cerca del desarrollo espacial, es obvio que el año rindió sus frutos, pero que el universo es más grande aun que las metas personales o globales. La humanidad está formada por individuos cuyas vidas son ejemplo o escarnio, pero en los últimos años, gracias a los cambios sustanciales de la humanidad y a los sacrificios de la comunidad científica, los frutos parecen ser más tangibles. Puede ayudar también el hecho de que el *gran medio* deja al alcance de todos los avances, las proyecciones a futuro, los planes que se han trazado y que en épocas pasadas parecían utopías o eran celosamente guardados por los grupos de poder.

Fuera de eso, en la Colonia la gente de los diferentes países prepara los festejos respectivos según sus tradiciones y costumbres. La fiesta de Fin de Año dura prácticamente todo el día. Lo usual es hacer un enlace con la Tierra en cada horario en el que va entrando el nuevo año por los diferentes países. Luego, ya que comparten el mismo espacio y la misma nostalgia, la comunidad de la Colonia Lunar festeja de manera general tras la entrada del Año Nuevo en el último huso horario de la Tierra. A través de un enlace el director de la Agencia Mundial del Espacio felicita a los colonos, a los turistas, al equipo técnico y a los humanos de todo el planeta. Todos, emocionados gritan, con ganas de que los oigan en sus casas, ¡Feliz Año Nuevo!

Para quienes trabajan en la Luna, es un día lleno de actividad. Es una fecha en la que hay más visitantes de lo usual y por lo tanto la demanda de servicios es más alta. El personal del hotel y los colonos requieren estar atentos y preparados para cualquier eventualidad. Sin embargo, pese a lo ajetreados que están, se dan tiempo para desearse y desearle a los demás un feliz fin del año.

El 1 de enero la Luna parecerá dormida, los trasnochados se quedarán dormidos hasta tarde, aunque los encargados de supervisar que todo marche bien en la Colonia Lunar deberán estar alertas.

El brindis general solo incluye uvas y vino, para hacer el tradicional pedido de deseos de Año Nuevo. La cena se realiza en pequeños grupos, preferentemente de la misma nacionalidad, y a los Moreno les toca compartir con varios residentes mexicanos y con el nutrido grupo de excursionistas con quienes viajan. Aunque todos los alimentos provienen de los huertos lunares, el día de hoy la comida parece un tanto especial. Dany y Romina son quienes notan que los platos se ven más gustosos y divertidos, según su opinión infantil, y entonces Brenda y Daniel miran las viandas, muy distintas a lo que han consumido en el espacio hasta ese día: pastas, verduras y algo parecido a carne de soya como platillo principal. Todo está decorado especialmente para la ocasión. También hay postres y bebidas, aunque se evita el alcohol. Tras el brindis, las familias se dan abrazos y se felicitan unas a otras. Los Moreno salen al pasillo del hotel para quedarse juntos en un pequeño balcón, desde donde llamarán a los abuelos para felicitarlos. Reciben felicitaciones y buenos deseos y se envían imágenes de sus respectivos festejos.

Aunque en el 2070 la gente está acostumbrada a viajar por el mundo y a convivir con personas de diferentes razas, costumbres y religiones; pese al tiempo excesivo que muchas personas pasan fuera de su casa o de su país; a pesar de que muchos pierden la oportunidad de ir a compromisos familiares por el trabajo, parece que la excesiva lejanía con la Tierra despierta nostalgias. Muchos de los paseantes lloran al estar hablando con sus parientes en la Tierra, otros se abrazan y se quedan atrapados en ese instante. La Tierra está tan lejos de ellos que lo negro del espacio solo trae a la memoria de lo incierto que es todo desde lejos.

El fin de año se acaba, está a punto de ser el año nuevo. El sabor de boca es intenso, desconocido, como el viaje que pronto habrá de terminar para los Moreno.

De todos los procesos que conocieron en la Luna, el más significativo fue el de la extracción del agua. En el suelo lunar hay capas sólidas de agua, las cuales son detectadas para su explotación. Daniel y su familia deciden que los últimos días de su estancia en la Colonia Lunar los pasarán recorriendo aquellos procesos que les parecieron más interesantes. Él en particular tiene la inquietud de ver más a fondo varios de ellos, pues le serán de gran utilidad en el desarrollo de nuevos productos para su empresa. Los niños eligen los que les resultaron de su agrado y lo mismo hace Brenda.

La perforación para extraer agua de la Luna es un procedimiento que a fuerza de práctica y desarrollo se ha vuelto sencillo. El diámetro de la punta para hacer la excavación es más amplio que el que se requeriría en la Tierra, pues la intención es introducir varios ductos en el mismo agujero. Cuando se llega a las capas con hielo se insertan los ductos y se introduce un equipo de perforación horizontal. Estos nuevos ductos se rellenan con cables que dotarán de energía a los equipos y luego se utilizan para inyectar calor y otros elementos químicos que calientan el hielo y podrá ser transportada finalmente en una condición entre sólida y líquida, equivalente a un tipo gel. Debido a las difíciles y variables condiciones de la temperatura lunar, hacer que el hielo se vuelva líquido es difícil, por eso el agua obtenida de este proceso se ha destinado en exclusiva al consumo humano y para otras actividades de limpieza se ha optado por productos hechos de espuma o talcos que brindan la misma posibilidad de limpieza que el agua.

A todos los turistas les resultó difícil la adaptación en la Colonia. Y ahora que casi están a punto de partir, ya están acostumbrados a las extrañas costumbres de la Luna. A lo primero que se debe acostumbrar el visitante es a la administración del tiempo. Es normal que se busque la equivalencia del tiempo según se mide en la Tierra. Sin embargo, en la Luna, si se midieran los días como en la Tierra, los días durarían semanas, lo mismo que las noches. Sin embargo, por una cuestión práctica, el tiempo se mide como se suele medir en la Tierra. Por desgracia, Daniel y el resto de los viajeros del *tour* solo estuvieron en la luna mientras era de día, así que no podrán experimentar la oscuridad total que trae la noche en ese lugar.

El tiempo no para y ha llegado la hora de volver a casa. Ha llegado el momento de dejar la Colonia Lunar y los Moreno, junto con sus compañeros de viaje, tienen sentimientos encontrados. Por un lado, se sienten tristes de dejar la Colonia Lunar, pero al mismo tiempo están felices de volver a casa, la Tierra ahora parece una promesa lejana. La experiencia ha sido muy intensa y profunda. Pasará algún tiempo hasta que todos la procesen emocionalmente. Por otra parte, en el aspecto físico, el cuerpo también extraña su lugar natural. El regreso trae a los exploradores la sensación de tranquilidad, pues ya ha pasado la aventura y lo novedoso del viaje, después de acostumbrarse a los lugares exóticos que han visitado, ha quedado atrás. Algunos, sin embargo, no quisieran que el viaje acabara, pero otros anhelan con ansias regresar y volver a poner los pies sobre la Tierra.

Dany y Romina disfrutaron muchísimo el paseo. Para ellos y para los otros niños y jóvenes que viajaban en el grupo fue una gran experiencia. De hecho, son los jóvenes y los niños los que se imaginan volviendo a esos sitios alguna vez más. La experiencia ha sido fantástica y muchos están regresando a la Tierra con la intención de prepararse para ir a una misión espacial.

Las oportunidades en el espacio son una realidad para niños y jóvenes. Las Estaciones Espaciales Internacionales, los campamentos lunares y la Colonia Lunar, así como la promesa de bases humanas en crecimiento en Marte y Venus, son totalmente posibles y parecen alcanzables ya para cualquiera en el futuro no tan lejano. Daniel está seguro de que esa conquista espacial representará un campo laboral interesantísimo para las nuevas generaciones. La carrera espacial, por otra parte, no solo se desarrolla en el espacio, pues no se debe olvidar que las primeras tentativas, tecnologías y emprendimientos para alcanzar el espacio se hicieron en la Tierra. Todavía hoy y mañana será importante que haya científicos en la Tierra estudiando el universo y así contribuir al desarrollo de la humanidad.

Mientras preparan sus maletas para regresar, los Moreno recuerdan partes de su viaje. Parece que cada prenda y objeto de cuantos usaron en su estancia espacial tiene una memoria imborrable: una experiencia. Brenda piensa en los lunamieleros que compartían con ellos el viaje y se acuerda que ella y Daniel tuvieron la oportunidad de hacer ese mismo viaje hace 13 años y aún lo recuerdan de manera especial, aunque fue muy breve, las condiciones han mejorado mucho desde entonces, seguramente seguirían contando su primer beso en la Luna. Ahora conocieron a personas increíbles y vieron cosas que parecían ser producto de la más pura ciencia ficción. Pero aquello fue real por completo, ellos estuvieron viviendo una temporada en el espacio. Brenda presta especial atención al acomodo de sus prendas, pues para ella todas son riquezas invaluables que le recordarán este magnífico viaje.

Su viaje había comenzado con maletas llenas de sueños, de expectativas y avidez de experiencias nuevas. Desde el principio los Moreno sabían que no era un viaje como cualquiera y que sería excepcional. Todos se sienten satisfechos y Daniel tiene el gesto de quien se dice a sí mismo *Misión cumplida*. Cuando él y Brenda decidieron hacer el esfuerzo de este viaje, ambos tenían muchas expectativas y parecía que se habían cumplido.

Antes de emprender la vuelta, los Moreno, juntos en su *suite* en el Hotel Lunar, llaman a los abuelos para avisarles que van de regreso. Han arreglado sus maletas y ya todo está listo. Aunque lejanos por la distancia física, los papás de Brenda y Daniel estuvieron todo el tiempo en el viaje, el Sr. Franz se atreve a preguntarle a su yerno:

—¿Todavía estoy en edad de hacer el viaje, Daniel?

Y es Romina quien contesta afable:

—Pero rápido, abuelo, porque se acaban los boletos.

Todos ríen a carcajadas.

Las maletas, como ha sido la regla en todo su viaje, son recolectadas primero. Cada uno se queda, tan solo, con una ligera maleta de mano. Y esperan la hora para reunirse en el *lobby* del Hotel Lunar y emprender la vuelta a casa.

El regreso

Del Hotel Lunar van a la Estación Espacial Internacional IV, donde les quedan dos experiencias interesantes antes del recorrido final hasta la Tierra. La primera experiencia inicia muy temprano al día siguiente de su arribo a la Estación, serán llevados al extremo Oriente de la Estación donde serán testigos de la adición de un nuevo módulo a la Estación Espacial Internacional IV.

El acontecimiento será histórico no solo para los Moreno, sino para todo el mundo latinoamericano, pues este nuevo módulo, llamado Módulo 2071, fue desarrollado por la comunidad Latinoamericana para ponerse a funcionar en el espacio y recolectar energía espacial. El proyecto fue patrocinado por varios gobiernos y consiste en colocar varios paneles que absorberán las emisiones de los cuerpos celestes y las transformarán en energía viable de ser consumida por humanos. La hazaña será transmitida por el *gran medio*, pero los viajeros de este *tour* tendrán la oportunidad de verlo en vivo y a todo color.

Los llevan en un transporte por dentro de la Estación y los acomodan en una especie de tribuna desde la cual tienen perfecta visibilidad del sitio donde sucederá el acoplamiento del Módulo 2071. La parte de arriba y zonas laterales que no se ven directamente, serán proyectadas en gigantescas pantallas que transmiten en vivo las imágenes de los acontecimientos, son las mismas imágenes que se verán en la Tierra a través del *gran medio*. Para que el espectáculo sea disfrutado con comodidad por los turistas de la Estación, se han encendido los sistemas de gravedad artificial y ha sido retirada la primera capa de la bóveda protectora.

Fuera de la Estación se encuentran dos transbordadores, que han remolcado las partes del módulo desde la Tierra y ahora las mantienen emparejadas con la infraestructura de la Estación para su unión. En la parte interior de la Estación, dos grúas hacen contacto con los módulos para unirlos. Las labores parecen lentas y lo son, se estima que la unión exacta tardará varios días, tras los cuales todavía llevará semanas acondicionar el interior y echar a volar la planta de captación de energía espacial. El día actual es solo el comienzo y tuvieron mucha suerte de que les tocara el evento poco antes de su regreso.

Hay expectación entre los participantes de las maniobras. Todo ha sido planeado con anticipación y estudiado. Los ajustes se realizarán *in situ*, pues la estructura se armó previamente en la Tierra. Solo el ensamble final se hará con materiales y diseños producidos en la Luna o en las Estaciones Espaciales. La maquinaria del laboratorio también fue construida por completo en la base lunar, y entonces Daniel le susurra a Brenda que ésa era la noticia que su colega le dio en el laboratorio lunar.

La mano de obra y supervisión se realiza en conjunto entre humanos y robots de trabajo. Incluso hay un equipo remoto que observa la misión desde la Tierra y ofrece apoyo. Si en la Tierra el desarrollo de infraestructura es delicado, en el espacio lo es mucho más. Un error puede ser fatal.

Tras la puesta en marcha del Módulo 2071, se planea ampliar un módulo más con servicios médicos. Se espera que el hospital espacial atraiga turismo médico, pero también se pretende que sea un sitio que asista a los cada vez más habitantes del espacio tanto en los campamentos lunares, la Colonia Lunar y más.

Ambas adiciones ayudarán a una renovación general de la Estación, la cual consiste en aplicar nuevos y mejores materiales, así como equipos médicos más adaptados al espacio, pues ahora el problema de los quirófanos y los equipos de cirugía es la falta de gravedad en la que tienen que utilizarse.

—Papi —dice Romina—, ¿por qué te miran todos tan raro?

Un par de los nuevos amigos del *tour* le hacía señas a Daniel, pues habían descubierto que varios de los robots que estaban ensamblando partes en el espacio eran de su empresa. Se sonrojó y se acercó a ellos, que le dieron palmadas y le preguntaron detalles técnicos. Les habló de los brazos mecánicos y las grúas, así como de los pequeños robots dotados de cámaras de video que enviaban información sobre los puntos de difícil acceso. Los hombres estaban impresionados de lo que oían y veían. No cabía duda, la humanidad no tiene límites en su capacidad creativa.

Poco después, visitan las instalaciones deportivas de la Estación, donde los residentes temporales del lugar, ya sea por trabajo o visita, practican algún deporte de los que son factibles bajo esas condiciones.

Existen pequeños espacios con gravedad artificial para practicar algunos deportes de la manera más similar a la forma en que se practican en la Tierra. En las instalaciones se hacen realidad escenas parecidas a la práctica de un juego de pelota desarrollado en una saga de películas de hace ya muchos años, donde un joven mago participaba en un juego en el aire a bordo de una escoba.

La familia Moreno, como buenos deportistas y curiosos de intentar algo nuevo y diferente, no quisieron dejar pasar la oportunidad de participar en algún deporte en el que se movieran por el aire aprovechando la falta de gravedad. No pudieron evitar los errores, las volteretas bruscas y una que otra caída o golpe con las paredes, debidamente acondicionadas para amortiguar los impactos, todo sin consecuencias graves, solo algunos sustos, emoción, diversión y adrenalina. Romina tuvo que ser ayudada en varias ocasiones por los demás integrantes para mantener el equilibrio.

La segunda experiencia del día y con la que culmina su viaje se pone en marcha por la noche. En su habitación, después de varios días fuera de la Tierra y con cierta experiencia acumulada para desenvolverse sin gravedad, pasarán un tiempo con gravedad cero. Resulta divertido estar flotando en el cuarto mientras cenan y luego intentan hacer volteretas y giros en el reducido espacio de la habitación y en sus módulos de descanso. Lo más difícil es ir al baño en estas condiciones, pero les habían dado un manual y al parecer no sufrieron ningún percance. Reciben un aviso para que se sujeten a las paredes y a los muebles, porque pronto regresará la gravead. Así lo hacen y todos los Moreno ríen divertidos por este gran final.

La mañana siguiente partirán hacia la Tierra. Todos los pasajeros ya tienen listo su equipaje y lo envían previamente al vehículo que los llevará. El grupo de 32 pasajeros está reunido en el sitio dispuesto para retirarse y es despedido por los empleados del Hotel Espacial. "¡Vuelve pronto!", se lee en la entrada al pasillo que los llevará a la sala de abordaje previa a la plataforma.

En la sala adjunta a la zona de abordaje les avisan que antes de subir a la nave harán un brindis. El guía de la excursión les da un breve mensaje y brindan por un buen regreso. Viajarán en otro trasbordador, que es de color azul con blanco y un poco más grande que el que los trajo al espacio. En el viaje se agregará carga adicional y seis pasajeros más: científicos y técnicos que terminan su estadía en el espacio y regresan a la Tierra para pasar tiempo con sus familiares.

Abordan de manera ordenada y unos minutos después la nave arranca suave hasta que se libera de la plataforma y se aleja de la Estación Espacial Internacional IV. Los motores imprimen fuerza y velocidad y se alejan rápidamente con dirección a la Tierra. En las pantallas la tripulación y los pasajeros miran cómo se van alejando de la Estación. Unas horas más tarde les anuncian que el aterrizaje está próximo. El trasbordador se posa en la plataforma de llegada gracias a un potente sistema de frenado que es auxiliado por paracaídas gigantes. Cuando finalmente se apagan los motores y todo el jaleo del viaje se detiene, 38 pasajeros y la tripulación aplauden.

La misión *Vacaciones espaciales* llegó a su fin.

El túnel para abandonar el trasbordador se acopla a la salida y tras unos minutos para recuperarse al cambio de ambiente, les dan la indicación de que pueden abandonar sus lugares en orden y con precaución.

La agencia turística que realiza los viajes les da la bienvenida y los despide con gusto. Les hacen entrega de un certificado de *Viajero espacial* y de manera inmediata les llega información con las promociones vigentes para nuevas experiencias espaciales.

Camino a casa, cada uno podrá contestar la encuesta de satisfacción y dar sus propuestas de mejora. Recibirán un video con fotos del viaje, videos y la información detallada de los itinerarios y sitios de visita.

Los días que pasaron juntos fueron memorables y el nutrido grupo de 32 turistas se despide con cariño. Fueron la familia en el espacio. Algunos viajarán juntos hasta Mérida y luego cada cual irá a su propio Estado.

Los Moreno comen en Mérida, verdadera comida yucateca, la cual, tras la comida espacial, parece excesivamente condimentada, pero deliciosa. Luego toman un *helitaxi* que los lleva a la plaza comercial cercana a su casa y ahí los recibe un taxi. Llegan a su casa a media tarde, la temperatura es fresca, no hay viento, los rayos del sol están desapareciendo, las sombras están por apoderarse de la casa y de la ciudad. Daniel desactiva el *Modo vacaciones* de la casa y los equipos regresan a la normalidad. Las mascotas los reciben con besos y abrazos y los niños corren a sus cuartos para tumbarse sobre sus camas. Después de hacer un escaneo rápido de las aplicaciones de seguridad,

Brenda hace una revisión visual de la casa. Todo está en orden, al día siguiente revisarán más a detalle.

Los perros saltan alrededor de los Moreno. Los gatos se restriegan en sus pies en señal de bienvenida. Brenda los acaricia cariñosamente y les dice con voz suave:

—Mis hermosos, mañana que llegue el equipaje les daremos sus regalos. Ustedes también estuvieron en nuestro viaje de alguna forma.

Dani se deja abrazar por los perros, que lo tumban en el suelo y lo lamen de pies a cabeza. Luego remata con un comentario mientras atrapa a uno de los gatos:

—¡Yo les traje arena lunar, a ver si así se vuelven más limpios!

Todos ríen.

El servicio veterinario de asistencia en casa continuará activo por 48 horas más, las cuales están incluidas en el contrato original. Este lapso se agrega porque se detectó que las mascotas pueden presentar estados de ansiedad también cuando sus amos vuelven. Así que para vigilarlos se da este tiempo.

Ya están en casa. Todo está bien. No hay lugar como el hogar.

¡La Tierra, lo mejor!

La familia Moreno está en casa. Han descansado del pesado viaje. Resienten los efectos del estrés por la ansiedad y la expectativa que lo desconocido provoca. No fue un viaje tradicional y después del desayuno se reúnen en el jardín. Se sientan en cómodos bancos alrededor de una pequeña mesa circular donde solo caben los cuatro. Los cubre una sombrilla y sus mascotas están sentadas a su alrededor.

Daniel y Brenda beben café y los niños té. Continúan charlando emocionados sobre los sucesos más relevantes del viaje. Los cuatro intercambian anécdotas, algunas serias y otras, curiosas, todos ríen y hacen bromas.

Romina interrumpe la cháchara diciendo:

—¡Ya estuvo suave de que sea su bufón por ser la más chiquita! ¡Se están ensañando conmigo! Si vamos a hablar de las experiencias que trajimos del viaje, ya dejen de burlarse de mí. Aunque, si se trata de burlarse, yo también tengo detalles interesantes de todos ustedes.

Todos ríen divertidos, pero Daniel toma la palabra para darle un giro a la conversación.

—Tienes razón, Romina, yo voy a empezar a hablar de lo que me dejó este viaje. Para mí fue un viaje importante de dos maneras, en lo profesional y en lo personal. Profesionalmente me hizo sentir muy orgulloso de trabajar en una empresa cuyos desarrollos tecnológicos han ayudado a realizar y mejorar los viajes y las labores del espacio. No saben lo emocionado que me sentí al ver el logotipo de mi empresa en los brazos robóticos y algunos robots que ensamblaron el Módulo 2071. Sin duda lo que hacemos en mi empresa mejora y hace más llevaderas las actividades pesadas de la humanidad. Hacemos más seguro el mundo y me hace sentir que tengo mucho más para dar. Ahora, en el aspecto personal, me dio mucho gusto hacer este viaje con ustedes. Fue fabuloso. Yo ya había ido al espacio en tres ocasiones, pero ésta es la mejor. Porque no es lo mismo viajar por trabajo que por diversión. Todas aquellas veces los extrañé muchísimo y cada vez veía cosas que sabía que les gustaría ver a ustedes. Ahora sé que no me equivocaba, pues casi todo cuanto yo pensé que les fascinaría es lo que los vi mirando admirados. Pronto se podrá viajar mejor y me sentí feliz de poder hacer este viaje a un lugar tan remoto. ¡Valió la pena el viaje!

Y ya estoy pensando en organizar otro, tal vez, anotarnos en la lista de espera nuestro primer viaje a Marte en familia.

Brenda da un largo sorbo a su café y luego dice:

—Para mí este viaje fue muy especial. Papá y yo fuimos de Luna de Miel a la Luna, pero ir con ustedes, hijos, ¡fue una experiencia que no tuvo precio! Yo me quedo con la belleza del firmamento. A mí me gusta ver lo inmenso que es el espacio. Me impresiona, me da miedo, pero me resulta sumamente emocionante y despierta mi curiosidad. ¿Qué hay más allá? Y si pudiera ir a averiguarlo, siento que lo podría hacer. Estar con ustedes y verlos tan felices y emocionados también me llenó de orgullo y esperanza. Sé que hay muchos más viajes por delante, pero sin duda éste lo guardaré en un lugar muy especial de mi corazón. Otra cosa que me gustó mucho es que en el espacio también hay centros comerciales.

Romina abre mucho la boca y ríe a carcajadas. Su mamá se ha burlado de sí misma.

Le toca hablar a Dany, quien carraspea como si fuera un señor muy importante, se levanta y habla:

—Para mí, fue una experiencia padrísima, pues yo sentía que estaba en un video juego o en una película de las que me gustan. Mientras íbamos haciendo las escalas… ¡Las escalas, por favor! Todo me parecía como parte de una misión en la que debíamos avanzar y pasar pruebas para mantenernos en el camino. Ya sé que solamente visitamos la Estación Espacial y la Luna y que no era un videojuego, pero yo me imaginaba que era una gran misión. Creo que en algunos años más la humanidad podrá llegar a otros planetas y hasta creo que sería posible que empiecen a nacer personas en el espacio. Tal vez eso cambiaría la genética o algunas cosas de los nuevos humanos espaciales… Y todo esto que les cuento solo se me ocurrió por todo lo que vimos allá en el espacio y, claro, porque yo sentía que estaba en uno de los videojuegos que me gusta jugar.

Llega el turno de Romina, quien agradece que hayan dejado de recordar sus chistes y sus caras de asombro. Ella respira muy profundo y toma con delicadeza su taza de té, le da un sorbo y comienza a hablar así:

—Me quitaron las palabras de la boca, pues han dicho mucho de lo que yo les quería decir… Es lo malo de ser la última en hablar y la más pequeña ¡no hay justicia! Pero, pues me amuelo, porque yo elegí el orden… Me aguanto, pues. Para mí fue una experiencia inolvidable y me sentí como en un sueño. Todo pareció tan rápido como cerrar los ojos en el taxi que nos llevó a la plaza comercial y abrirlos cuando estábamos en la Luna. Vivir esos días en la superficie de la Luna fue extraordinario, fascinante, y jamás voy a olvidar esta aventura. Y lo bueno que además de todo el material que nos van a enviar, yo grabé mi propio material. Lo podré ver una y otra vez y sentiré que volvemos a estar en el espacio. Me gustó tanto el viaje que hasta pienso que puedo escribir un libro, ya lo empecé a redactar en mi diario, como una memoria de lo que es la vida en el espacio. Y ahora que nos pidan un trabajo sobre el turismo, no perderé la oportunidad de compartir mis impresiones sobre el turismo espacial. Sin duda estar en el espacio sin gravedad, a oscuras y con esos trajes especiales para poder respirar es una sensación única, da la impresión de se está volando y es fantástico. Yo les quiero agradecer, papás, porque sé que hicieron un gran esfuerzo para llevarnos a mi hermano y a mí a este viaje. Y también quiero decirles que creo que somos la mejor familia de todo el universo. Les agradezco su apoyo, porque sí tuve miedo y angustia en muchos momentos y ustedes siempre estuvieron ahí para darme una mirada de apoyo. Ahora me siento preparada para otro viaje parecido. Igual que Dany, yo también creo que en poco tiempo será posible viajar a otros lugares y me encantaría seguir los pasos de mi prima y volverme astronauta algún día.

Conclusión y reflexión final

Después de estas palabras, Daniel les dice:

—El ser humano puso los ojos en el espacio intentando hallar un lugar para vivir después de haber dañado mucho la Tierra. Sin embargo, no existían en ese momento las tecnologías ni las herramientas suficientes para llevar a cabo la misión de explorar y habitar en el espacio. Entonces, como humanidad se reflexionó que lo que había llevado a esa lamentable situación al planeta eran las propias acciones desenfrenadas y egoístas del hombre. Hace unos cuantos años apenas, nosotros mismos estuvimos a punto de exterminarnos, ocasionamos el cambio climático y estuvimos a punto de guerras y pestes devastadoras porque habíamos perdido la esencia de la vida y la esencia de las capacidades que como humanidad tenemos. Nos faltaba la brújula de los valores. Esos hombres del pasado, que hirieron a la Tierra con sus malos actos, fueron los mismos que una vez pudieron llegar a la Luna a pesar de la poca tecnología y recursos con que contaban. Fueron también los que nos dieron satélites artificiales y las primeras Estaciones Espaciales. Pero el tiempo que paramos en el afán del espacio se tuvo que dedicar a limpiar la casa.

Cuando el medio ambiente mejoró y el planeta empezó a recuperarse; cuando la humanidad dejó de estar amenazada por la propia humanidad, los valores reinaron y la conquista del espacio pudo continuar. Hoy ya no deseamos conquistar el espacio para poseerlo ni para arrebatarle sus recursos. Lo buscamos porque sabemos que hay algo más allá que nos está llamando. Vamos a él por la aventura, por el conocimiento, por la ciencia, porque tenemos la esperanza de encontrarnos a otros seres que, como nosotros, estén buscando en el infinito del espacio a alguien con quién hablar. Nuestro tiempo en la Tierra será limitado y dicen que en algún momento nos reuniremos con el cosmos, con la energía que fluye en el espacio. Yo espero que la próxima colonización de los planetas sea pacífica y no repita las colonizaciones de los continentes americano y africano. El espacio nos resulta llamativo porque es desconocido y ahora que se puede visitar con todas las comodidades que ofrece la tecnología, muchos irán allá y volverán como nosotros, extasiados. Sin embargo, yo les digo que no hay nada como caminar sobre la Tierra. No hay nada comparado con la belleza de la naturaleza de nuestro planeta. La suavidad del viento, la brisa del mar, las verdes montañas, los ríos cristalinos y la vida que bulle con todas las especies naturales que pueblan nuestro mundo, esos son privilegios que ningún viajero del espacio puede disfrutar. Este planeta en el que vivimos los hombres desde que aparecimos es nuestro hogar y sin importar dónde vivamos o dónde vayamos o si acaso nacen humanos fuera de la Tierra, siempre seremos terrícolas, perteneceremos a la Tierra como la Tierra será de los humanos. Hemos aprendido a amar nuestro hogar y a cuidarlo y la vida del hombre en el planeta está garantizada por muchísimos años más.

México en 2070 -Viajando a un futuro mejor-, de Jorge Sánchez Zarza
se terminó de imprimir en el mes de diciembre de 2021,
en los talleres de Impresos Barrilete, ubicados en: José Guadalupe Posada Núm.
12, Unidad Habitacional ISSSTE, Texcoco, Estado de México.
La presente edición estuvo al cuidado de Gabriela Ballesteros
y es una Impresión Bajo Demanda (POD).